Tango

PIETER ASPE

Tango

Manteau

THRILLER

Voor Dette

Mijn vrouw draagt de liefde in haar ogen.
DANTE ALIGHIERI

Standaard Uitgeverij nv, Belgiëlei 147a, B-2018 Antwerpen
www.manteau.be
info@manteau.be
Vertegenwoordiging in Nederland: Prometheus / Bert Bakker,
Herengracht 406, NL-1017 BX Amsterdam
www.pbo.nl
pbo@pbo.nl

Eerste druk april 2004

Omslagontwerp Wil Immink
ISBN 90 223 1831 1
D 2004/0034/109
NUR 330

1

Het motregende. Een naargeestige windvlaag schudde de takken van de kalende bomen en deed een handvol weerbarstige bladeren ritselen. In de verte blafte een hond. Voor de rest was het stil in het bos. Jakob Decloedt hoorde zichzelf ademen. Met korte, amechtige halen als een dier in het nauw. Hij zat op zijn knieën met zijn handen in zijn nek. De loop van het pistool tegen zijn slaap voelde koud en gemeen aan. Jakob maakte zich geen illusies meer over de toekomst. De tijd die hem nog was toegemeten, liep als zand door een zandloper. Hij kneep zijn ogen dicht en zegde in gedachten een gebed waarvan hij de meeste woorden was vergeten: Onze Vader...uw rijk kome...vergeef ons onze schulden...verlos ons van het kwaad. Nog voor hij amen kon zeggen, doorboorde een kogel zijn schedel. Het schot veroorzaakte een lichtflits in zijn hoofd gevolgd door een dof gevoel dat eigenlijk best aangenaam was, een soort verdoving waaruit hij nooit meer zou ontwaken.

'En?'

Versavel grijnsde toen Van In instapte, languit de benen strekte en zich uitrekte alsof hij de voorbije weken geen oog had dichtgedaan.

'Breek me de bek niet open, Guido.'

'Was het zo erg?'

'Erger.'

Versavel zette de Golf in zijn één en gaf voorzichtig gas. Het was eenentwintig dagen geleden dat hij Van In en Hannelore had uitgewuifd op de luchthaven en hoewel hij zich had voorgenomen niet te laten blijken dat hij hen had gemist, glimlachte hij tevreden.

'Wie gaat er nu op huwelijksreis naar Argentinië?'

'Daar zeg je wat.'

Van In stak een sigaret op. De heenreis had hij min of meer traumaloos doorstaan omdat het een nachtvlucht was en hij het grootste deel van de reis had kunnen slapen, maar bij het terugkeren had hij bijna een rolberoerte gekregen toen een woedende stewardess hem van het toilet had gehaald, waar hij stiekem een sigaretje rookte.

'Het schijnt toch wel een mooi land te zijn.'

'Dat is het ook', zei Van In.

Het enige wat hij van Argentinië had gezien, waren de luchthaven van Buenos Aires en het landgoed van señor Hernández, de man van een nicht van Hannelore, bij wie ze te gast waren geweest. Het verblijf was best meegevallen: hij had leren paardrijden en Hannelore had zich met volle overgave op de tango gestort, met als resultaat dat hij nooit meer in het zadel zou kruipen en zij de dans in korte tijd behoorlijk onder de knie had gekregen. Dankzij meneer Hernández natuurlijk, die zich de hele tijd had opgeofferd om het haar te leren. Van In had het moeten stellen met een nurkse stalknecht, die hem met een halfwild paard opscheepte dat er een duivels genoegen in schepte te bokken telkens als hij dacht dat hij het de baas was. Het had niet veel gescheeld of ze hadden hem in een rolstoel moeten evacueren, zo vaak had het nukkige dier hem van zich afgeschud.

'Lekker vlees ook.'

'Ja', zei Van In.

Hij dacht niet aan het sappige rundvlees dat de kok van señor Hernández hen iedere avond voorzette, maar aan Corazón, het paard dat hem zoveel ellende had berokkend dat hij er ook wel eens zijn tanden in had willen zetten.

'En hoe was het hier?'

'Nogal rustig', glimlachte Versavel. 'De criminelen wisten wellicht dat je op reis was.'

'Onnozelaar.'

'Dankjewel.'

Versavel parkeerde de Golf voor het gebouw van de LOD – na de politiehervorming was de Bijzondere Recherche omgedoopt tot Lokale Opsporingsdienst, een afkorting die Van In haatte en bijgevolg nooit in de mond nam – trok zijn das recht en zei: 'Welkom thuis, commissaris.' Het was een emotioneel moment en het scheelde niet veel of ze gaven elkaar een zoen.

'Ik ben blij dat je terug bent, Pieter.'

'Ik ook', zei Van In.

Ze stapten uit, net op het moment dat hoofdcommissaris De Kee kwam aangereden in een splinternieuwe BMW, eentje uit de vijfhonderd-serie.

'Zou hij zijn ouders vermoord hebben?'

De vader van De Kee zat er warmpjes bij en hij had vorig jaar op het nippertje een hersenbloeding overleefd. Het was een publiek geheim dat De Kee op de erfenis zat te wachten en dat hij gek was op wagens die hij zich niet kon veroorloven.

'Of hij heeft een rijke vriendin weten te strikken', zei Versavel.

De hoofdcommissaris reeg minnaressen aaneen als parels aan een snoer, meestal oudere dames die geen al te hoge eisen stelden aan zijn potentie maar gewoon vielen voor zijn functie en het feit dat hij verkeersboetes kon regelen. De meesten genoten een behoorlijk pensioen, maar daar kocht je geen dure BMW mee.

'Daar komt hij straks wel over opscheppen. Je kent De Kee toch.'

Ze liepen naar de ingang. Van In met zijn handen in zijn zakken en de schouders lichtjes voorovergebogen. Versavel kaarsrecht en met soepele tred. Op de eerste verdieping dreef de geur van slappe koffie.

'Carine is vroeg op post vandaag.'

'Zal ik nieuwe koffie zetten?'

'Niet voor we een kop van haar brouwsel hebben gedronken', zuchtte Van In.

Zijn bureau zag er net zo uit als drie weken geleden. Er stonden alleen een telefoontoestel en een asbak op. Zo had hij het graag. Hij ging zitten, draaide op zijn stoel en keek naar de klok boven de deur. Het was vijf over acht. Het beloofde een eindeloze dag te worden. De lucht zag grijs en het regende. De kilte kwam door de ramen naar binnen. Hij haatte dit soort dagen. Dan nog liever de Argentijnse lente, dacht hij bij zichzelf. Versavel zette zijn computer aan en liep naar de keuken. Van In durfde er een maandloon om te verwedden dat hij de koffie die Carine had gezet discreet in de gootsteen zou gieten en daarna nieuwe zou zetten, met het excuus dat de baas vannacht was doorgezakt en iets sterkers nodig had. De gedachte was nog niet koud, of Carine kwam binnen. Ze droeg een spijkerbroek en een losse trui van een merk waarvan Van In het logo herkende maar zich de naam niet meer kon herinneren. Hij wist alleen dat het duur spul was.

'Ben je gaan winkelen in Knokke?'

Ze sloeg haar ogen op en bekeek hem hoofdschuddend.

'Een mens kan beter gaan winkelen dan zijn geld verzuipen', zei ze.

'Heeft Guido weer uit de biecht geklapt?'

'Hm', zei ze.

Het beloofde niet alleen een eindeloze dag te worden, maar ook een vervelende. Van In wierp een blik door het raam naar buiten. Het was harder gaan regenen. De auto's reden met hun lichten aan. Hij stak een sigaret op en blies de rook voor zich uit. Eergisteren lagen hij en Hannelore nog te zonnen aan het zwembad op het landgoed van señor Hernández. Nee, eigenlijk was Argentinië hem best bevallen. Hij hoopte alleen dat ze haar plan niet zou doorzetten en hen allebei zou inschrijven voor een danscursus, zoals ze vanochtend bij het ontbijt nog had geopperd. Dan nog liever paardrijden.

'Commissaris.'

Inspecteur Bruynooghe stond in de deuropening, achter hem een vrouw van een jaar of vijfendertig, een blondine met lange benen. Jammer dat het gezicht niet bij het lichaam paste. Haar neus was te groot en er was iets mis met haar ogen.

'Waarmee kan ik u van dienst zijn, mevrouw?' vroeg Van In nadat Bruynooghe hem had verteld dat mevrouw Stroobandts hem dringend wenste te spreken.

De vrouw ging aarzelend zitten. Van In deed alsof hij over haar schouder keek, maar af en toe kon hij het niet laten en wierp hij een vluchtige blik op haar lange benen.

'Het gaat over mijn vriend', zei ze gesmoord.

Haar ogen waren zwaar opgemaakt en haar gezicht zat onder een dikke laag schmink, maar dat kon amper verbergen dat ze gehuild had. Waarschijnlijk hadden ze gewoon ruzie gemaakt. Bruynooghe wist toch dat de bijzondere recherche zich niet inliet met huiselijke twisten? Hij had haar niet mogen binnenlaten.

'Heeft hij u geslagen?'

Ze keek hem verbouwereerd aan. Jakob was de liefste man die ze ooit had gekend. Hij sloofde zich voor haar uit, bood een luisterend oor als ze daar behoefte aan had en hij presteerde meer dan behoorlijk in bed.

'Ik denk dat hem iets overkomen is', zei ze toonloos. 'Toen ik vanochtend bij hem aanbelde, was hij er niet. En de telefoon neemt hij ook niet op.'

Nog erger dan huiselijke twisten waren bezitterige vrouwen die moord en brand schreeuwden als hun partner vijf minuten te laat op een afspraak arriveerde. In andere omstandigheden had Van In de vrouw waarschijnlijk de mantel uitgeveegd, maar dit was zijn eerste werkdag na de vakantie. Zijn batterijen waren weer opgeladen. Het was nog te vroeg om zich op te winden, dus probeerde hij een zalvende toon aan te slaan.

'Wanneer hebt u hem voor het laatst gezien?'

'Gistermiddag', zei ze.

'Wonen jullie samen?'

'Nog niet.'

Van In zuchtte. Hoeveel keer had hij een dergelijk verhaal al gehoord. Man leert vrouw kennen en belooft haar eeuwige trouw, maar bedenkt zich na een paar weken en durft dat niet toe te geven. Hij probeerde mevrouw Stroobandts uit te leggen dat Jakob misschien niet de ware was, maar ze bleef halsstarrig volhouden dat haar Jakob haar nooit zou laten zitten, dat ze van elkaar hielden en dat ze op het punt stonden te gaan trouwen. Ook met het argument dat er pas na vierentwintig uur sprake was van een onrustwekkende verdwijning en hij voor die tijd niet veel kon ondernemen, wist hij haar niet te kalmeren. Ze dreigde ermee in zijn kantoor te blijven wachten en vanavond desnoods voor zijn deur post te vatten tot die periode verstreken was. Van In vroeg zich niet af hoe ze aan zijn adres was gekomen. Hij beloofde haar de zaak zo spoedig mogelijk aan te pakken, maar ook daarmee nam ze geen genoegen.

'Ik wil dat u meteen met me meegaat', zei ze vastberaden.

Van In wisselde een blik met Versavel, maar die haalde zijn schouders op.

Jakob Decloedt woonde in een rijtjeshuis in de Groenestraat, een volkse buurt waar iedereen iedereen kende en kinderen nog ongestoord op straat konden spelen. Toen Van In voor de tweede keer aanbelde, kwamen de eerste buurtbewoners al naar buiten om te zien wat er aan de hand was. Een van hen, een oud gerimpeld besje met bovenlipbeharing, ontfermde zich over mevrouw Stroobandts.

'Wat doen we nu?' vroeg Van In nadat een overbuurvrouw was komen melden dat ze gisteren om tien uur nog licht had zien branden bij meneere Jakob.

'Misschien is hij nadien nog uitgegaan', zei Versavel.

Een korte rondvraag bij de omstanders leerde hen dat Jakob 's avonds zelden de deur uitging en zeker nooit als het regende, want daar had hij een hekel aan. Ze spraken allen zonder uitzondering vol lof over meneere Jakob, die ze omschreven als een rustige, correcte man met een hart van goud en ze staken niet onder stoelen of banken dat ze het bijzonder fijn vonden dat hij een paar maanden geleden op Violet Stroobandts was gevallen.

'Een junge vint lik Jakob eejt een goê vrouwmens nodig', zei een oudere heer die een paar huizen verderop woonde met een guitige blik in zijn ogen.

'Niemand zal het ons kwalijk nemen dat we binnen een kijkje gaan nemen', zei Van In.

Strikt genomen mocht de politie een huis pas binnendringen met de uitdrukkelijke toestemming van het parket, maar gezien de omstandigheden besliste Van In op eigen houtje te handelen. Het slot in de voordeur was van eenvoudige makelij. Het kostte hem amper een minuut om de deur open te maken met behulp van een geleend stukje ijzerdraad. Hij kreeg er zelfs applaus voor.

'Hallo. Is er iemand thuis?'

De muren in de gang waren keurig wit geverfd. Er hing een spiegel en een ingelijste reproductie van een schilderij van Gustav Klimt. De vloer was smetteloos en geurde naar bruine zeep. De houten trap was keurig geboend.

'Volgens mij is hij er niet', zei Versavel terwijl hij de voordeur achter zich dichtduwde.

Van In knikte.

'Laten we dat maar hopen', zei hij.

De meeste huizen in de Groenestraat waren op dezelfde manier ingedeeld. Een gang met aan de linkerkant een deur die toegang gaf tot een voorkamer die meestal dienstdeed als salon en aan het eind een deur die naar de woonkamer annex keuken leidde. Van In duwde de deur van de woonkamer open. Toen hij de rommel op de vloer zag liggen, wist hij dat er iets mis was. De ravage werd pas helemaal duidelijk toen hij het licht aanstak.

'Wat denk je?' vroeg Versavel.

Het gebeurde wel vaker dat dronken mannen de inboedel kort en klein sloegen als ze het na een nachtje stappen aan de stok kregen met hun vrouw, maar die mogelijkheid leek weinig waarschijnlijk omdat mevrouw Stroobandts en Jakob nog niet samenwoonden.

'Het lijkt wel een huiszoeking', zei Van In.

De laden van de kasten waren uitgekiept, de kussens van de bank opengesneden. Ook in de keuken lag alles overhoop.

'Zal ik informeren bij de federale politie?'

Van In dacht even na over de vraag voor hij ze beantwoordde. Het gebeurde wel vaker dat de federale politie actie ondernam zonder dat ze de bijzondere recherche daarvan op de hoogte brachten, maar hij kon moeilijk geloven dat ze zo brutaal te werk gingen.

'Nee', zei hij. 'Laten we eerst naar boven gaan.'

Ze liepen de trap op. Het huis telde twee slaapkamers. De kamer aan de voorkant was ingericht als logeerkamer. Er stond een lampetstel en de lakens roken muf. De inhoud van de kleerkast lag verspreid over de vloer. In de andere kamer stond een tweepersoonsbed, er was een klokje en op een van de nachttafeltjes lagen enkele ongebruikte condooms. De kleerkast en een ouderwetse commode waren leeggehaald.

'Is er nog een zolder?'

'Ik denk het wel', zei Versavel.

'Laten we hopen dat hij daar niet ligt.'

Ze beklommen de smalle trap naar boven. Van In stak het licht aan, keek even rond en haalde opgelucht adem. Op een oud televisietoestel en een krakkemikkige fiets na was de zolder leeg.

'Merkwaardige zaak. Vind je niet?'

Het bescheiden huis en de inrichting ervan wezen erop dat Jakob Decloedt geen grootverdiener was. Dat hij ontvoerd was om zijn geld leek niet erg waarschijnlijk. Een ordinaire diefstal was het ook niet. Iemand was het huis binnengedrongen om er iets te zoeken. Het was de vraag of Jakob toen nog thuis was en zo ja wat er nadien gebeurd was. Volgens Violet Stroobandts ging hij zelden uit, en die bewering werd door de getuigenissen van de buurtbewoners gestaafd.

'Misschien is hij bij een familielid', zei Versavel.

'Of op de vlucht.'

'Toch niet voor zijn vriendin?'

'Wie weet.'

Van In trok zijn voorhoofd in rimpels. Opperen dat Jakob vermoord was, leek hem voorbarig, maar het was een mogelijkheid waarmee hij rekening diende te houden.

'Het is in ieder geval een onrustwekkende verdwijning', zei hij na een poos.

'Zal ik de cavalerie optrommelen?'

'Ja, doe dat maar.'

Ze liepen naar beneden. Voor het huis had zich een kleine menigte gevormd. Toen Van In naar buiten kwam, stapte Violet Stroobandts op hem af. In haar ogen stond wanhoop.

'Vertel me in vredesnaam wat er aan de hand is', vroeg ze met een prop in haar keel. 'Er is hem toch niets overkomen?'

'Nee', zei Van In. 'Tenminste, dat weten we nog niet.'

In zijn carrière was hij al menig keer geconfronteerd met mensen die zich zorgen maakten over het lot van een dierbare, maar hij had zelden zoveel verdriet in iemands ogen gezien als in die van Violet Stroobandts.

'Laten we even naar binnen gaan, mevrouw.'

In de gang vroeg hij haar of Jakob vijanden had, er vreemde gewoonten op nahield of dat hij soms bij een of andere duistere zaak betrokken was geraakt, maar hij kreeg een negatief antwoord op elke vraag. Toen werd de emotie haar te veel. Ze zakte in elkaar als een lappenpop.

'Is het ernstig?'

Een van de ziekenbroeders die Violet op de brancard hielp, schudde het hoofd.

'Volgens mij is het een appelflauwte', zei hij. 'Met een beetje geluk is ze vanmiddag weer thuis.'

Van In knikte en liep naar de Golf. Het team van de technische recherche was een paar minuten geleden gearriveerd. Carine en Bruynooghe hadden hun tenten opgeslagen in de woonkamer van de oude mevrouw die zich in eerste instantie over Violet Stroobandts had ontfermd. Van daaruit zou het buurtonderzoek worden gecoördineerd.

'Lange Rei?'

Van In trok het portier open en liet zich in de passagiersstoel glijden. Carine was er net achter gekomen dat Jakob Decloedt als manusje-van-alles in het Borgia-hotel aan de Lange Rei werkte. Wie weet leverde dat iets op.

'Ben je er al binnen geweest?' vroeg Versavel.

'Waar?'

'In het Borgia-hotel?'

'Nee. Jij wel misschien?'

'Eén keer.'

'En?'

'Heel stijlvol en bijzonder rustig.'

'En wat vond Frank ervan?'

Versavel moest even slikken.

'Frank was er toen niet bij.'

'Ach zo.'

Van In liet zich onderuitzakken in zijn stoel en stak een sigaret op. Versavel had zijn vriend één keer bedrogen met een Duitser en dat was hem zuur opgebroken. Dat hij daarna nog een avontuurtje had beleefd, had hij waarschijnlijk om die reden bewust verzwegen.

'Jij vertelt me toch ook niet alles over je seksleven', zei Versavel toen het een tijdje stil bleef in de wagen.

'Omdat ik je niet jaloers wil maken natuurlijk.'

'Opschepper.'

'Hm.'

Hannelore had op de luchthaven van Buenos Aires een vuurrode jurk gekocht waaronder ze geen beha kon dragen en die als een tweede huid om haar lichaam zat. Ze had beloofd dat ze hem vanavond zou aantrekken. Van In probeerde zich daar een voorstelling van te maken maar hij wiste het beeld toen zijn lust vorm begon aan te nemen.

'Zal ik voor de deur parkeren?'

'Liever niet', zei Van In.

Het regende nog altijd toen ze uitstapten.

'Zo ver hoefde je ook weer niet te parkeren', zei Van In nukkig.

Ze liepen het eind terug. Het Borgia-hotel was ondergebracht in een oud pand met hoge ramen en een monumentale ingang. De balie was van donker notenhout en het koperen beslag op de antieke kasten glansde zachtjes in het gedempte licht van de schemerlampen. De receptionist droeg een livrei met een broek met zijstreep.

'Kan ik u ergens mee van dienst zijn?'

'Ja', zei Van In. 'Ik wil de baas spreken.'

Hij haalde zijn legitimatiekaart tevoorschijn en duwde ze de receptionist onder de neus. De man slikte even, maar bleef glimlachen.

'Meneer Minski is er momenteel niet', zei hij beleefd.

'De man die de leiding heeft dan', zei Van In.

De receptionist knikte, pakte de hoorn van het telefoontoestel en toetste een nummer in. Het was een kort gesprek.

'Meneer Devriendt zal u dadelijk ontvangen', zei hij terwijl hij ophing. 'Kan ik u ondertussen iets te drinken aanbieden?'

'Waarom ook niet?'

'Champagne?'

Het was er een beetje over, maar Van In liet niet merken dat hij dat erg vond.

'Een halfje dan', zei hij. 'Mijn medewerker drinkt geen alcohol.'

Ze gingen in de salon zitten, in antieke stoelen met een hoge rug en veel bladgoud, het soort dat je in Franse kastelen en musea aantreft. Op de prijslijst die bij de balie uithing, stond dat een standaardkamer 245 euro kostte, een suite iets minder dan het dubbele. Wie kan zich dat in godsnaam veroorloven, dacht Van In toen de receptionist kwam aandraven met een dienblad.

'Je zou je moeten schamen', zei Versavel toen de receptionist zich na het inschenken terugtrok. 'Stel dat iemand ons hier ziet zitten.'

'Moeten ze maar denken dat ik me lekker laat omkopen. Kan ik eindelijk met pensioen.'

Van In speelde al een tijdje met de gedachte om vervroegd uit dienst te treden. In Argentinië had hij het er met Hannelore uitvoerig over gehad en tot zijn grote verbazing had ze niet weigerachtig gereageerd op zijn plan om ergens in Zuid-Frankrijk een pensionnetje over te nemen en de rest van hun dagen in de zon door te brengen. De kinderen hebben de leeftijd waarop het nog kan, had ze gezegd, en wat mij betreft kan het parket de boom in. Onderzoeksrechters hadden een hondenleven. Ze had onlangs naast een promotie gegrepen die eigenlijk voor haar was bestemd, maar die haar was ontglipt omdat ze niet over de juiste partijkaart beschikte.

'Dat meen je toch niet.'

'Ben jij misschien van plan om de hele rit uit te zitten?'

Versavel zeurde al jaren dat hij zich op het platteland wilde terugtrekken, want meneer wilde per se schrijver worden.

'Ik denk dat meneer Devriendt er aankomt.'

De hotelmanager was een man van middelbare leeftijd met strak achterovergekamd grijs haar. Hij droeg een onberispelijk pak en een das waarin het logo van het hotel was geweven, het wapenschild van de Borgia's, een adellijk Italiaans geslacht dat in de vijftiende en zestiende eeuw berucht was vanwege zijn machtshonger en de middelen die het had gebruikt om die te stillen. Hij knikte minzaam toen Van In opstond en hem de hand drukte en net als de receptionist vroeg hij waarmee hij hem van dienst kon zijn.

'Het gaat om een medewerker', zei Van In. 'Jakob Decloedt.'

'Ach die Jacques. Hij heeft zich toch niet weer in de nesten gewerkt?'

'Hoezo, in de nesten?'

Meneer Devriendt schudde meewarig het hoofd, als een bezorgde onderwijzer die een moeilijke leerling vaderlijk terechtwijst.

'Jacques is een brave jongen, maar hij kan het gokken niet laten. Weet u dat hij bijna zijn hele salaris aan krasloten besteedt? De laatste tijd gaat het iets beter, maar ja. Gokken is een verslaving die moeilijk te genezen valt.'

'Tja', zei Van In. 'Dat geldt in principe voor iedere verslaving.'

Hij stak een sigaret op en inhaleerde diep. Meneer Devriendt leek een betrouwbare man. Hoe kwam het dan dat hij hem niet geloofde? Echte gokkers hielden zich niet bezig met krasloten, ze zetten geld in op de paardenrennen of ze bezochten casino's.

'Er is hem toch niets overkomen?'

Van In reikte naar zijn glas en nam een slokje champagne. Vanuit zijn ooghoeken kon hij de ontbijtzaal inkijken. Voorzover hij kon zien zat er niemand.

'Jakob Decloedt is sinds gisteravond spoorloos verdwenen', zei hij.

'Dat meent u niet.'

Meneer Devriendt zette een stapje achteruit en sloeg zijn handen in elkaar.

'Volgens zijn vriendin had hij vandaag vrij genomen om met haar een uitstap te maken. Toen ze vanochtend aanbelde, gaf hij niet thuis en dat vond zij verdacht.'

Van In zei bewust niet dat ze het huis van Jakob Decloedt waren binnengedrongen. Hij observeerde meneer Devriendt. De hotelmanager keek verbaasd en schudde opnieuw meewarig het hoofd.

'Dat zijn we van Jakob niet gewend. Als iemand zich aan een afspraak houdt, is hij het wel. Voorzover ik me herinner is hij nog nooit te laat op zijn werk verschenen.'

'Mocht hij morgen toch komen opdagen, wilt u me dan bellen?'

'Natuurlijk. Kan ik verder nog iets voor u doen?'

'Nee', zei Van In.

Hij dronk zijn glas leeg en stak zijn hand uit naar de hotelmanager.

'Mooi hotel. Hier moest ik ook eens komen logeren.'

'U en uw collega zijn hier steeds van harte welkom', zei meneer Devriendt.

'Dat zal wel', zei Van In.

'Weet u dat zeker?'

Carine Neels keek de vrouw die voor haar zat doordringend aan. Een buurtonderzoek leverde vaak niets op omdat nogal wat mensen bang waren dat ze de verklaringen die ze eventueel bij de politie aflegden voor de rechter zouden moeten herhalen als de dader werd gevat. Of gewoonweg omdat de consumptiemaatschappij alleen nog egoïsten voortbracht die zich maar weinig aantrokken van het lot van hun medemensen. Dit keer had ze meer geluk. Mevrouw Cortvriendts hobby was het bijwonen van assisenzaken en ze stak niet onder stoelen of banken dat ze de handel en de wandel van de buurtbewoners op de voet volgde.

Bovendien woonde ze schuin tegenover Jakob Decloedt, van wie ze geen hoge pet op had. Sinds hij met die blonde del had aangepapt, hield ze hem nog scherper in de gaten. Dat ze zich niet vroeger had aangemeld, weet ze aan het feit dat ze vanochtend naar de markt was geweest en pas een kwartier geleden terug was thuisgekomen.

'Nateurlik wittuk da zekers.'

Sommige mensen noemden mevrouw Cortvriendt de zwarte weduwe omdat ze twee echtgenoten had overleefd, naar verluidt brave kerels die beter hadden verdiend.

'Wilt u dan hier onderaan tekenen, mevrouw?'

Carine schoof haar de verklaring toe die ze met de hand had genoteerd, en een balpen. Voor een vrouw van achtenzestig beschikte mevrouw Cortvriendt over een bijzonder scherp geheugen. De verklaring die ze had afgelegd, was zeer gedetailleerd. Om vijfentwintig voor elf had ze twee mannen van buitenlandse origine het huis van Jakob Decloedt zien binnengaan waar ze ruim een uur waren gebleven. Om kwart voor twaalf waren ze met zijn drieën in een zwarte BMW gestapt die een eindje verderop in de straat geparkeerd stond en weggereden. De klap op de vuurpijl was dat ze ook de nummerplaat had genoteerd: LOK 485.

'Dank u, mevrouw.'

Carine pakte het blad terug en gaf Bruynooghe een teken dat mevrouw mocht beschikken. Daarna belde ze Van In.

'Gestolen natuurlijk.'

Versavel gaf Van In een facsimile van het aangifteformulier dat hij via zijn computer had opgevraagd en waaruit bleek dat de zwarte BMW de dag ervoor gestolen was in Antwerpen.

'We hebben met professionelen te doen, Guido.'

Van In zuchtte. Brugge was tot nu toe gespaard gebleven

van de georganiseerde misdaad. De ontvoering van Jakob Decloedt en de afrekening die daarna waarschijnlijk had plaatsgevonden, maakten een einde aan die geruststellende gedachte.

'Misschien had Decloedt gokschulden', zei Versavel. 'En wilden ze hem alleen maar een lesje leren.'

'Dan was hij nu al weer opgedoken.'

'Tenzij ze hem ernstig hebben toegetakeld en hij ergens ligt te creperen.'

Beroepsmisdadigers konden lelijk tekeergaan als het om geld ging. Iemand een lesje leren kon gaan van een pak slaag tot een onderdompeling in een bad met heet water. Het gebeurde wel vaker dat iemand een afstraffing niet overleefde.

'Stuur extra mensen op pad', zei Van In. 'En laat ze afgelegen plekken doorzoeken. Misschien levert het iets op.'

'Wat bedoel je met afgelegen plekken?'

'Dat ik het niet weet, Guido. Maar we moeten toch iets doen.'

Versavel knikte. Als Van In zich machteloos voelde, kon hij zich behoorlijk opwinden. Hij nam het hem niet kwalijk.

'Zal ik contact opnemen met Europol? Wie weet kunnen zij ons helpen.'

'De vraag is: willen ze ons wel helpen?'

Op papier waren de politiehervorming en de samenwerking tussen de verschillende korpsen een feit, maar mensen die in de praktijk stonden, ondervonden dagelijks aan den lijve dat er van dat laatste niet veel terechtkwam. Binnen de federale politie was de concurrentiestrijd tussen de rijkswacht en de gerechtelijke politie nog steeds niet geluwd en de lokale politie werd nog even stiefmoederlijk behandeld als vroeger, zeker als het om het uitwisselen van informatie ging. En dan waren er nog de algemene politiesteundienst en Europol, waar alleen hoogopgeleide specialisten werkten die neerkeken op het voetvolk, dat voor niets anders goed was dan het uitschrijven van parkeerbonnen. Vroeger had Van In een goed contact gehad met de directeur van Europol, een rondborstige West-Vlaming met wie hij geregeld Duvels ging hijsen. Op hem kon hij nu geen beroep meer doen omdat de man sinds kort een andere functie had gekregen.

'Proberen kost niets.'

'Vooruit dan maar.'

Van In liet zijn vingers kraken, genoot even van het relaxte gevoel en schonk zich een kop koffie in. Eigenlijk had hij best zin in een Duvel, maar daarvoor was het nog te vroeg. Tijdens zijn wittebroodsweken was hij vier kilo aangekomen en die wilde hij kwijt. Daarom had hij zich voorgenomen voor de middag geen alcoholische drank meer te drinken, behalve als hij iets aangeboden kreeg.

'Jekkes.'

'Vergif van Carine?'

'Hoe kun je het raden.'

Van In trok een vies gezicht en schoof zijn kopje terzijde.

'Zal ik nieuwe zetten?'

'Graag.'

Net zoals er in Brugge geen sprake was van de georganiseerde misdaad, was het evenmin een gokparadijs. In de schaarse wedkantoren kwam er amper volk over de vloer en als er in cafés om geld werd gespeeld, was de inzet bescheiden. Volgens meneer Devriendt, de manager van het Borgia-hotel, was Jakob Decloedt verslaafd aan krasloten, maar Van In kon zich niet voorstellen dat hij daarvoor in criminele milieus geld leende. Dat gebeurde in de grootsteden, niet in Brugge.

'Is er al nieuws over mevrouw Stroobandts?' vroeg hij

toen Versavel hem vijf minuten later een kop geurige koffie inschonk.

Versavel haalde zijn schouders op, liep naar zijn bureau en toetste het nummer van het algemeen ziekenhuis Sint-Jan in, waar een receptionist hem doorverbond met de dienst spoedgevallen. Hij kreeg een vriendelijke mevrouw aan de lijn die hem na een korte rondvraag bij de collega's meedeelde dat mevrouw Stroobandts een kwartier tevoren een taxi naar huis had genomen.

'Heb je haar adres?'

'Momentje.'

Versavel pakte zijn notitieboekje en sloeg het open.

'Riddersstraat 16. Zal ik het telefoonnummer voor je opzoeken?'

'Nee', zei Van In. 'Laten we er zelf naartoe gaan.'

2

Van In belde geen tweede keer aan hoewel het een tijdje duurde voor de deur werd geopend. Hij wachtte geduldig af omdat hij iemand door de gang hoorde sloffen.

'Groot huis. Vind je niet?'

Versavel knikte. Hij begreep perfect wat Van In daarmee wilde zeggen. Brugge is een dure stad om in te wonen, grote huizen zijn er bijna onbetaalbaar. Jakob Decloedt had een bescheiden inkomen. Vreemd dat hij een vriendin had die zich een dergelijke luxe wel kon veroorloven.

'Misschien woont ze nog bij haar moeder.'

Op de deurbel stond Stroobandts-Van Haecke. Het was een gok geweest, maar toen de voordeur openging en een vriendelijke oude mevrouw hen met vragende ogen aankeek, wist hij bijna zeker dat hij gelijk had. Toen Van In zich voorstelde, reageerde ze als een moeder: verbaasd en angstig tegelijk.

'Politie? Er is toch niets gebeurd met Violet?'

'Maakt u zich maar geen zorgen, mevrouw. Uw dochter is onderweg naar huis. Mogen we even binnenkomen?'

De vrouw aarzelde voor ze een antwoord gaf. Toen ze eindelijk ja knikte en hen binnenliet, begreep Van In waarom ze had geaarzeld. Het huis mocht dan groot en goed gelegen zijn, het was totaal uitgewoond en bijzonder armoedig gemeubileerd. Ook de woonkamer, waar mevrouw Stroobandts hen binnenleidde, was dringend aan renovatie toe. Het behang stond op bepaalde plekken bol van de vochtigheid en hoog tegen het plafond woekerde zwarte schimmel. Er stonden een bankstel, twee kasten en een stoel die zelfs het Leger des Heils niet als gift zou aannemen en ook nog een televisietoestel dat bijna zo oud was als Hannelore.

'Gaat u zitten, heren.'

Van In nam plaats op de bank. Versavel gaf de voorkeur aan de stoel, een wijze beslissing want de vering van de bank was zo versleten dat Van In voor zichzelf het ergste vreesde.

'Uw dochter is vanochtend onwel geworden toen ze ontdekte dat haar vriend verdwenen was. Ze heeft een paar uur in het ziekenhuis doorgebracht. Of bent u daar niet van op de hoogte?'

Bij het binnenkomen had Van In goed rondgekeken in de gang maar hij had geen telefoontoestel zien staan en ook in de woonkamer stond er geen. Tegenwoordig was het bijna ondenkbaar dat een huishouden niet over een of meer toestellen beschikte. Maar hij kon zich niet voorstellen dat Violet haar moeder niet op een of andere manier had laten waarschuwen vanuit het ziekenhuis.

'In het ziekenhuis?'

De oude vrouw werd bleek, haar handen begonnen te beven. Versavel stond op, pakte haar bij de arm en gebood haar vriendelijk op zijn stoel te gaan zitten.

'Uw dochter mankeert niets', zei hij vaderlijk.

'Waarom komt ze dan niet thuis? U zei net dat ze onderweg was.'

Versavel wierp een hulpeloze blik naar Van In. Hij had zich die vraag ook al een paar keer gesteld.

'Misschien is ze eerst boodschappen gaan doen.'

Hij klonk niet echt geloofwaardig, maar de oude vrouw

nam er vrede mee. Ze slaakte een diepe zucht en wreef met een hand over haar voorhoofd alsof ze haar bezorgdheid wilde wegwissen.

'Vindt u het erg dat we nog even op haar wachten?'

De oude vrouw schudde haar hoofd en stelde voor een kop koffie te zetten. Ze dronken er elk vier, maar Violet kwam niet opdagen. Toen werd het de moeder van Violet te machtig. Ze barstte in tranen uit. Versavel belde iemand van Slachtofferhulp met de vraag of ze een hulpverlener naar de Riddersstraat konden sturen. Het kwam eerst tot een discussie omdat mevrouw Stroobandts naar de letter van de wet geen slachtoffer was, maar hij haalde uiteindelijk zijn slag thuis toen hij ermee dreigde hen aan te klagen wegens het niet verlenen van hulp aan een mens in nood.

'Het komt allemaal wel goed', zei Versavel toen de hulpverlener tien minuten later arriveerde en hij afscheid nam van mevrouw Stroobandts. De oude vrouw sloeg haar armen om hem heen en gaf hem een zoen.

'U bent een lieve jongen', zei ze gesmoord.

Regen geselde het zeil van de zonnewering boven het terras van L'Estaminet. De straalkachels die aan de gevel en aan het metalen skelet van de zonnewering waren bevestigd, verspreidden een aangename warmte. Johan, de kroegbaas, kwam snel aangelopen, nog geen halve minuut nadat hij Van In en Versavel had zien binnenkomen. Op het dienblad, dat hij op één hand droeg, stonden een Duvel en een perrier.

'Kan ik de heren van de politie bekoren met een hapje?'

Op kille, vochtige dagen trakteerde hij goede klanten vaak op een portie gedroogde worst. Van In was er verzot op.

'Doe maar twee porties', zei hij. 'Ik ga dood van de honger.'

'Okido.'

'En veel mosterd', riep Van In de kroegbaas na.

Versavel nam een zuinig slokje van de perrier. Eigenlijk had hij ook iets hartigers kunnen gebruiken, een cappuccino bijvoorbeeld, maar hij zag daar toch maar van af. De vier koppen koffie die hij bij mevrouw Stroobandts had gedronken, gaven hem zure oprispingen. Van In leek daar helemaal geen last van te hebben. Hij vroeg nog om extra mosterd.

'Ik vraag me af hoeveel verdoken ellende er bestaat achter al die dure gevels', zei hij.

Terwijl ze op Violet wachtten, had mevrouw Stroobandts hen verteld hoe ze van welvarend arm was geworden. Wijlen haar man had in twintig jaar heel het familiefortuin vergokt en daarna zelfmoord gepleegd. Maar het ergste was dat Violet daardoor nooit had kunnen voortstuderen en op haar achttiende noodgedwongen bij een bank was gaan werken om in hun onderhoud te kunnen voorzien.

'Ik vraag me af waarom ze het huis niet hebben verkocht', zei Van In. 'Volgens mij is het een fortuin waard.'

'Zou jij je huis verkopen?'

Van In trok een bezorgd gezicht. Jaren geleden had hij bijna zijn huis moeten verkopen en hij had hemel en aarde bewogen om een gedwongen verkoop te vermijden.

'Bij nader inzien heb je gelijk', zei hij.

Eigenlijk had hij ook medelijden met de Stroobandts, vooral met Violet, die waarschijnlijk na al die jaren eindelijk verliefd was geworden en nu ook dat geluk dreigde kwijt te raken.

'Laten we hopen dat ze geen domme dingen doet.'

Vrouwen werden wel vaker verliefd op mannen die veel weg hadden van hun vader, ook al was papalief geen heilige. Ze namen de slechte eigenschappen die hun partner met hun vader gemeen had erbij, in de hoop dat de liefde het tij zou kunnen keren. De vader van Violet was te gronde gegaan aan het gokken en van Jakob Decloedt werd gezegd dat hij bijna zijn hele salaris aan krasloten uitgaf. Het was zeer de vraag of ze nog meer tegenslag kon verdragen.

Van In pakte een stukje gedroogde worst, sopte het royaal in de mosterd en bracht het naar zijn mond.

'Wie weet maken we ons onnodig zorgen om haar', zei hij plotseling met dichtgeknepen ogen, want het was verdomme pikante mosterd.

'Wat bedoel je daar nu mee?'

'Misschien zijn ze samen naar het buitenland gevlucht.'

'Gevlucht!'

Soms kwam Van In met bizarre conclusies voor de dag. Vroeger deed Versavel nog moeite om te vragen op welke argumenten hij zich baseerde om dat soort dingen te vertellen, maar het was al heel lang geleden dat hij dat nog had gedaan.

'Jakob Decloedt kan in de loop van de dag contact met haar opgenomen hebben', zei Van In toen Versavel niet reageerde. 'En haar uitgelegd hebben wat er aan de hand is.'

'Dan had Violet zeker haar moeder iets laten weten.'

'Word toch eens wakker, Guido. Als Decloedt in conflict gekomen is met zware criminelen, doet hij er het best aan niemand in vertrouwen te nemen. Maffiosi kennen geen genade. Als ze ooit zouden vermoeden dat de moeder van Violet weet waar haar dochter en Decloedt ondergedoken zitten, zijn ze in staat om haar zwaar onder druk te zetten.'

'Overdrijf je nu niet een beetje?'

'Het is beter om te overdrijven dan te minimaliseren.'

Van In nam een slok Duvel. De gedachte dat de maffia ongemerkt in Brugge was neergestreken, zat hem niet lekker.

Lucien Wouters keek door het raam van zijn kantoor naar buiten en geeuwde. Hij had de voorbije vierentwintig uur amper geslapen en dat was hem aan te zien. Zijn ogen stonden dof en zijn huid had een vale teint. De mysterieuze verdwijning van Jakob Decloedt baarde hem zorgen, niet dat hij zich het lot van de man aantrok, hij was hoogstwaarschijnlijk toch al dood, hij baalde van het feit dat het onderzoek waaraan hij twee jaar intensief had gewerkt, vruchteloos was geweest. Hij stak een sigaar op en blies de rook in kringetjes naar het plafond. Wat moest hij doen? Het parket-generaal bellen en hen de informatie doorspelen die zijn diensten beetje bij beetje hadden verzameld of de zaak op zijn beloop laten en wachten tot het lijk werd ontdekt? Hij boog zich over zijn bureau en drukte de knop van de intercom in.

'Sofie, kun jij even voor me natrekken wie er in Brugge de leiding heeft van de LOD?'

Hij liet de knop van de intercom los voor ze ja kon zeggen en nam een trek van zijn sigaar. Voor de val van het IJzeren Gordijn wist bijna niemand iets af van de Russische maffia, alleen dat die bestond en dat haar tentakels zich tot in de hoogste regionen uitstrekten. Niemand lag er wakker van. Integendeel. De schade die de maffia het sovjetregime toebracht, kwam het Westen goed uit. Het monster groeide uit tot een veelkoppige draak. Er waren zelfs analisten die beweerden dat zonder de maffia het communisme nog decennia overeind zou zijn gebleven. Maffioze criminelen zijn nu eenmaal kapitalisten die zich laten leiden door de wetten van de vrijemarkteconomie en zweren bij vrij verkeer van diensten en goederen. Het was ook logisch te veronderstellen dat ze na de ineenstorting van de Sovjet-Unie hun werkterrein zouden uitbreiden, maar niemand had durven voorspellen dat de expansiedrang van de maffia een dergelijke vlucht zou nemen en dat ze erin zouden slagen in het westerse bedrijfsleven te infiltreren. Eerst hadden een paar enkelingen hun geluk beproefd, tegenwoordig streken ze bij bosjes neer op plekken waar veel geld te verdienen viel: grote steden, toeristische trekpleisters of gokparadijzen. Ze zeulden koffers vol dollars met zich mee, kochten handelszaken op of investeerden in vastgoed. Op die manier waren ze in staat het geld dat ze illegaal verdienden wit te wassen en zich een deftig imago aan te meten, want ze betaalden netjes belasting op de inkomsten van hun legale activiteiten. In het begin had men hen oogluikend laten betijen, het was pas toen men een paar jaar geleden begon te beseffen dat ze het economische leven dreigden te ontwrichten, dat er op het hoogste politieke niveau beslist werd de strijd met de maffia aan te binden. Lucien Wouters leidde de cel die daarmee belast was. Hij had de voorbije maanden aardig wat resultaten geboekt en waarschijnlijk ook een doorbraak kunnen forceren als Jakob Decloedt het werk had kunnen afmaken, maar zoals de zaken er nu voor stonden, zag het ernaar uit dat hij weer van nul af zou moeten beginnen. Een discreet klopje op de eiken deur haalde Lucien Wouters uit zijn overpeinzingen. Sofie wachtte niet op antwoord, ze ging spontaan naar binnen en glimlachte tegen haar baas.

'Je ziet er weer niet uit', zei ze bezorgd.

'Dat zegt mijn vrouw ook.'

Sofie werkte al ruim acht jaar voor Wouters, en net als de meeste secretaresses kende ze haar baas door en door. Voor ze het dossier op zijn bureau legde, gaf ze hem een vriendschappelijk schouderklopje. Daar kikkerde hij van op.

'Je bent een schat.'

'En jij hebt meer slaap nodig. Of wil je een tweede keer onder het mes?'

Wouters had vier overbruggingen en een te hoge bloeddruk, zoals zoveel hardwerkende vijftigers. Om van cholesterol nog maar te zwijgen.

'Slapen kost tijd, meid.'

'Noem me geen meid.'

Sofie gooide het dossier op het bureau en deed alsof ze gekrenkt was. Lucien was zo oud dat hij haar vader kon zijn en zij had best zijn dochter willen zijn – hij was een lieve man die ze op handen droeg, maar ze kon het niet laten hem af en toe te plagen.

'Wat moet ik dan zeggen?'

'Schat, natuurlijk. Dat zeggen alle bazen toch tegen hun secretaresse.'

'Oké, schat.'

'Dank je, baas.'

Ze draaide zich om en liep naar buiten. Lucien Wouters keek haar glimlachend na. Het meisje verdiende beter dan de arrogante kerel met wie ze samenwoonde.

'NV Het Koningshof koopt kapitale villa voor recordprijs van 4,4 miljoen euro', las Van In hardop.

Johan, de kroegbaas van L'Estaminet, die net een tweede Duvel serveerde, leverde hoofdschuddend commentaar op de krantenkop.

'Wat loop ik hier in vredesnaam nog te doen?'

'Er zijn nu eenmaal mensen die meer verdienen dan jij en ik', zei Van In.

'Jaloers?'

'Natuurlijk niet.'

Van In vouwde de krant dicht en nam een slok Duvel. Hij had zich al meermaals afgevraagd wat hij zou doen als hij rijk was. Een wereldreis maken? Een villa met uitzicht op zee kopen? Een Porsche Cayenne? Of een paar onderbroeken van Calvin Klein? Hij was er nooit uit gekomen.

'Als ik geld te veel had, ik zou een trip met de Orient Express maken', zei Versavel.

'En er daarna een boek over schrijven zeker.'

Ze lachten. Met Van In en Versavel over geld praten, leverde evenveel op als proberen te bewijzen dat God bestaat. Er werd alleen maar geluld.

'Nog een geluk dat het niet in Brugge is.'

'Wat niet in Brugge?'

'Het project van NV Het Koningshof. Stel je voor, een vijfsterrenhotel waar je zeshonderd euro voor een kamer moet afdokken. Wie kan zich dat permitteren?'

'Dat heb je ook gezegd van het Borgia-hotel.'

Johan, die zich net had omgedraaid, keerde op zijn stappen terug.

'Zei je Borgia-hotel?'

Van In knikte. Johan zette zijn dienblad op tafel, pakte de krant en las het stuk waarin met bombarie de bouw van het vijfsterrenhotel werd aangekondigd dat NV Het Koningshof in Knokke zou neerpoten. Het ging ook uitvoerig over de prijs die ze voor de villa hadden betaald die daarvoor gesloopt zou worden.

'Volgens mij is het Borgia-hotel ook in handen van NV Het Koningshof', zei hij.

'Tiens.'

Van In fronste zijn wenkbrauwen. Iedereen maakt wel eens mee dat een feit of een gebeurtenis waarmee je toevallig geconfronteerd wordt, je niet loslaat en je er korte tijd nadien op een schijnbaar toevallige manier weer mee in aanraking komt. Vanochtend had hij zich geërgerd aan de hoge prijzen van het Borgia-hotel en nu las hij in de krant – hij las nota bene nooit de krant in L'Estaminet – dat NV Het Koningshof, dat volgens Johan ook eigenaar was van het Borgia-hotel, van plan was een fortuin te investeren in een megalomaan hotelproject in Knokke.

'Is er iets?'

Versavel keek Van In bedachtzaam aan.

'Ik zie het aan je gezicht', zei hij toen hij geen antwoord kreeg.

'Bel mevrouw Stroobandts voor me, Guido. Ik wil weten of haar dochter al thuis is.'

'Je denkt toch niet dat...'

'Laten we dat maar hopen.'

Violet Stroobandts voelde zich opgelaten. Om de tien seconden keek ze schichtig om zich heen. Ze had de indruk dat ze in het oog werd gehouden, maar dat kon natuurlijk niet. Niemand wist dat ze hier was. Ze had vanmiddag een taxi genomen naar het station van Brugge en daar een ticket gekocht naar Saintes, een stadje in het zuidwesten van Frankrijk waar een oude vriend woonde die ze al jaren niet meer had gezien. Ze had hem gebeld in de trein en hij had geen vragen gesteld toen ze hem zei dat ze voor een paar dagen bij hem wilde komen logeren. Jean was een lieve jongen bij wie ze vroeger, toen hij nog in België woonde, altijd welkom was en die menige nacht geduldig naar haar problemen had geluisterd. Eigenlijk was ze nog altijd een beetje verliefd op hem en als het van haar had afgehangen, was ze zeer zeker met hem getrouwd. Maar dat wilde Jean niet omdat hij impotent was en hij het zonde vond dat een mooie jonge vrouw haar leven vergooide aan een man die haar seksueel niet kon bevredigen. Ze had hem ervan proberen te overtuigen dat ze dat niet erg vond, dat ze meer behoefte had aan tederheid en liefde en dat er andere manieren bestonden om een vrouw in de zevende hemel te brengen, maar hij had de boot afgehouden en gezegd dat ze naar een complete man moest uitkijken. Ze pakte een papieren zakdoekje uit haar handtas en veegde een traan weg die spontaan opwelde. Mocht ze dan nooit gelukkig zijn? Ze was twee keer op een lieve man gevallen en twee keer had het noodlot daar een stokje voor gestoken. Jakob was dood, zoveel was zeker. Hij had haar verteld wat hij van plan was en haar gewaarschuwd voor de mogelijke gevolgen. Ze had hem gesmeekt dat hij zijn plan niet zou uitvoeren, maar Jakob had telkens koppig zijn hoofd geschud en gezegd dat hij haar een beter leven wilde geven. Uiteindelijk had ze ermee ingestemd, maar daar had ze nu spijt van.

'Hallo, met Hannelore Martens.'

Als Hannelore de telefoon opnam, zei ze nooit 'Met onderzoeksrechter Martens', dat vond ze te onpersoonlijk.

'Lucien Wouters. Ken je me nog?'

'Natuurlijk ken ik je nog.'

Terwijl ze oude herinneringen uitwisselden, liet ze zich onderuitzakken op haar stoel en sloeg haar benen over elkaar. Lucien Wouters was na de gynaecoloog de eerste man die haar naakt had gezien. Het was meer dan vijfendertig jaar geleden, maar hij schepte er nog altijd over op.

'Alles goed met Marie-Louise?'

'Ze sukkelt een beetje met haar gezondheid en ze zeurt af en toe dat ik te hard werk, maar voor de rest gaat alles goed.'

Er ging geen familiefeest voorbij of haar moeder diste het verhaal op over hoe ze van haar bevallen was. Zonder Lucien was ik nooit in het ziekenhuis geraakt en was jij waarschijnlijk op straat of in een taxi geboren, begon ze steevast. Hannelore kende het verhaal uit haar hoofd. Haar moeder was alleen toen haar vliezen braken. Ze had eerst papa gebeld, die in Brussel een vergadering bijwoonde en hem beloofd dat ze zou wachten tot hij thuis was. Maar na tien minuten had ze een taxi gebeld omdat de weeën steeds heviger werden en ze bang was dat ze het niet zou volhouden tot hij er was. De taxi liet op zich wachten en de buren gaven niet thuis. Toen had ze een politiewagen laten stoppen die toevallig voorbijreed. Lucien, die toen nog maar een paar maanden in dienst was, had haar meteen op de achterbank geïnstalleerd, de sirene aangezet en was als een gek naar het ziekenhuis gereden. Vijf minuten later was haar moeder bevallen op weg naar de verloskamer. Het ging allemaal zo snel dat de gynaecoloog verbaasd tegen haar moeder zei: 'Als ik jou was, zou ik mijn dochter Spoetnik noemen.'

'Doe haar in ieder geval de groeten.'

'Zal ik doen.'

Lucien was in de jaren tachtig naar Brussel verhuisd, waar hij carrière had gemaakt bij de Staatsveiligheid. Het was een eeuwigheid geleden dat ze elkaar nog hadden gezien.

'Ik bel je in verband met Pieter Van In', zei Lucien.

Hannelore keek verbaasd. Sinds ze bij Van In woonde, hadden ze geen contact meer gehad.

'Hij heeft toch niets uitgespookt?'

De Staatsveiligheid hield dossiers bij van tienduizenden mensen die op een of andere manier van staatsgevaarlijke activiteiten werden verdacht, maar ze hielden ook ministers, hoge ambtenaren, invloedrijke zakenlui, politiemensen en BV's in het oog. Kortom, mensen die de moeite waard waren om ze om te kopen of te chanteren.

'Maak je geen zorgen, Hanne. Je man pist niet naast de pot. Ik zou hem gewoon eens willen spreken.'

'Zeg het maar. Ik ben doodbenieuwd om je terug te zien.'

'Is vanavond oké?'

'Voor mij wel.'

'Om een uur of zeven?'

'Oké', zei Hannelore. 'Ben je nog altijd verslingerd aan tarbot?'

'Tarbot met vette sperzieboontjes. Het water loopt me nu al in de mond.'

'Ik bel meteen de visboer.'

'Fijn.'

Ze babbelden nog een beetje over koetjes en kalfjes en hoewel Hannelore haar best deed om te achterhalen waarom Lucien haar belde, kwam ze niets te weten. Het enige wat hij zei, was: 'Dat hoor je vanavond wel.'

'Je hebt beloofd dat je je rode jurk aan zou hebben', zei Van In toen hij Hannelore in een spijkerbroek en een sweater aan het fornuis zag staan.

Hij ging achter haar staan, sloeg zijn armen om haar heen en liet zijn handen over haar borsten en buik naar beneden glijden.

'Dat kan ik je vanavond niet aandoen, schat. We krijgen bezoek.'

'Hoezo bezoek?'

'Iemand van de Staatsveiligheid wil dringend met je spreken.'

'Lucien?'

Van In stopte zijn handen tussen de band van haar spijkerbroek.

'Wie anders?'

'Business or pleasure?'

Hij stopte zijn hand dieper, tot hij met zijn vinger een krulletje kon draaien in haar schaamhaar.

'Hou het maar op business.'

Ze trok zijn hand weg, pakte de schotel met de stukken tarbot en deed de deur van de oven open. Van In rook aan zijn vingers.

'Je ruikt weer lekker.'

'Onnozelaar.'

'Wil je straks mijn slavin zijn?'

Het beeld van Hannelore in haar rode jurk bezorgde hem een prettig visioen. Hij lag in een immens groot bed onder koele satijnen lakens. Er werd gebeld en hij riep 'Binnen'. De deur ging open en daar stond ze. Smalle schouders, een decolleté tot aan haar navel en heupen die smeekten om gestreeld te worden. 'Je mag vanavond alles met me doen wat je wilt, schat.' Ze schoof de schouderlintjes van haar jurk met een achteloos gebaar opzij, kwam bij hem op bed zitten en maakte een slikkend geluid dat hem bijna ziek maakte van lust.

'Alleen als je de afwas doet.'

Ze gooide de verse sperzieboontjes in een pan met heet water. Als ze gaar waren, zou ze ze langzaam stoven in olie en hoeveboter tot ze glansden van het vet. Ze had het recept van haar vader. Vette boontjes, iedereen was er gek op. Zelfs Van In, die anders weinig groenten at, verslond ze gretig.

'Oké.'

Van In pakte een Duvel uit de koelkast en liet zich in een stoel neerzakken. Violet Stroobandts was nog altijd niet thuisgekomen en dat verontrustte hem. Het kon bijna niet anders of ze wist meer over de mysterieuze verdwijning van Jakob Decloedt dan ze kwijt wilde.

'Kennen we iemand bij de fiscus?'

Hannelore draaide zich om en keek hem aan met betraande ogen. Ze was uitjes aan het hakken.

'Waarom vraag je dat?'

'Zo maar', zei Van In.

'Maak dat de ganzen wijs, je vraagt nooit zo maar iets.'

Er werd aangebeld nog voor Van In kon zeggen dat hij wel eens wilde weten of een duur hotel als het Borgia-hotel winstgevend kon zijn.

'Dat zal Lucien zijn.'

Hannelore pakte een keukenhanddoek en veegde haar handen schoon.

'Je boft dat je zo verwend wordt', zei Lucien Wouters toen Van In na de maaltijd de tafel afruimde en alle borden netjes op het aanrecht stapelde. Drie voor de soep, drie voor het voorgerecht en evenveel voor het hoofdgerecht. En dan waren er nog de pannen en de glazen. Het was tien uur. Wouters had de hele avond zitten kletsen maar nog met geen woord gerept over de reden van het onverwachte bezoek. Het werd stilaan tijd dat hij ter zake kwam. Straks werd Hannelore te moe en kwam er van de beloofde stoeipartij niets terecht. Het leek wel of Wouters Van Ins gedachten kon raden want hij stak van wal terwijl Hannelore de koffie serveerde.

'Jullie weten dat de Antwerpse politie de Russische maffia de voorbije jaren ernstige schade heeft toegebracht?'

'Zo stond het toch in de krant', reageerde Van In.

De Antwerpse politie had de georganiseerde misdaad inderdaad hard aangepakt, maar toen later bleek dat het merendeel van de hogere officieren zich ook onbeschaamd had laten omkopen, had Van In het succesverhaal door een andere bril bekeken. Wouters knikte omdat hij de scepsis bij zijn collega bemerkte.

'Het zou natuurlijk dom zijn te veronderstellen dat het kwaad met wortel en tak is uitgeroeid', zei hij. 'Maar uit het onderzoek dat mijn dienst heeft gedaan, blijkt dat een aantal kopstukken zijn werkterrein heeft verplaatst.'

'Of uitgebreid', zei Hannelore.

Nog niet zo lang geleden had ze daarover met procureur Beekman van gedachten gewisseld en ook hij had toegegeven dat de maffia de komende jaren wel eens het grootste misdaadprobleem in West-Vlaanderen kon worden. Er waren aanwijzingen dat de Albanese maffia zich in Oostende aan het nestelen was omdat daar redelijk wat prostitutie was en er kwamen steeds meer klachten over winkels aan de kust waar gestolen goederen aan de man werden gebracht. Over de Russische maffia, die zich meer bezighield met het witwassen van crimineel geld, had hij zich niet durven uitspreken, maar het een bracht onvermijdelijk het andere met zich.

'Dat is waar', zei Wouters. 'Maar we hebben ook redenen om aan te nemen dat sommigen het in Antwerpen voor bekeken houden en hun activiteiten naar West-Vlaanderen hebben overgeheveld.'

'Knokke en Brugge.'

'Daar lijkt het op.'

Wouters drukte zich heel voorzichtig uit. Dat was niet ongewoon want tenslotte werkte hij bij de Staatsveiligheid, waar geheimdoenerij bijna een handelsmerk was. Vertel in godsnaam wat je te vertellen hebt, wilde Van In zeggen maar hij bleef beleefd, al was het maar om Hannelore niet voor het hoofd te stoten. Hij stond op, liep naar de koelkast, pakte een Duvel en wachtte geduldig tot Wouters zijn verhaal had afgemaakt.

'Ik wist niet dat jullie tipgevers betaalden.'

'Jakob Decloedt was niet zomaar een tipgever', zei Wouters. 'Hij beschikte over belangrijke informatie die de plaatselijke maffia de das kon omdoen.'

'Weten we nu tenminste waarom ze hem zijn komen halen. Laten we hopen dat hij niet veel heeft afgezien.'

Van In onderdrukte een geeuw en keek naar Hannelore, van wie hij een boze blik terugkreeg. Ze had Lucien in geen jaren gezien en het was pas kwart over tien.

'Denk je dat de vriendin van Decloedt iets met de zaak te maken heeft?' vroeg ze.

'Dat zou me niet verbazen.'

'Dan zouden we beter zo snel mogelijk een opsporingsbericht laten verspreiden', zei Hannelore.

Lucien Wouters knikte. De diensten van de Staatsveiligheid stelden geen onderzoeksdaden, ze verzamelden inlichtingen, infiltreerden in criminele of staatsgevaarlijke netwerken en stonden in voor de veiligheid van vips, meestal buitenlandse politici die in België op bezoek kwamen. Ze hadden een dossier samengesteld over de manier waarop de Russische maffia in Brugge geld witwaste dat afkomstig was van criminele activiteiten. De methode die de maffia daarvoor gebruikte, was heel simpel. Ze kochten luxehotels die niet rendabel waren wegens te duur en declareerden bij de fiscus een omzet die ze alleen konden maken bij een volledige bezetting van het hotel. Op dat geld betaalden ze netjes belastingen, de rest investeerden ze legaal in onroerend goed.

'En er is nog iets', zei Wouters. 'In een stad als Brugge is het behoorlijk moeilijk om langs de officiële weg bepaalde vergunningen te regelen, maar dat schijnt sinds kort veel gemakkelijker te gaan dan vroeger. Tenminste als je de juiste persoon kent.'

'Is dat niet altijd zo geweest?' vroeg Van In.

Hij kreeg een teken van Hannelore dat hij zijn mond moest houden.

'Namen, Lucien.'

'Mieke Cantecleer en Pieter De Ridder. En dat zou wel eens nog maar het topje van de ijsberg kunnen zijn.'

Mieke Cantecleer was schepen van Openbare Werken, Pieter De Ridder staatssecretaris voor Ontwikkelingssamenwerking.

'Dat meen je niet', zei Van In. 'Cantecleer is te dom om voor de duivel te dansen en tegen De Ridder loopt al een gerechtelijk onderzoek wegens fraude. Hij zou beter moeten weten.'

'We beschikken nog niet over voldoende bewijsmateriaal om die beschuldigingen hard te maken. Decloedt beweerde dat hij foto's had waarop Cantecleer, De Ridder en twee kopstukken van de Russische maffia nogal indecent staan afgebeeld tijdens een feestje in het Borgia-hotel. Waarschijnlijk zijn ze daar achter gekomen en hebben ze hem daarom uit de weg geruimd.'

'Als dat geen kolfje naar Pieters hand is, weet ik het ook niet', zei Hannelore. 'Hij is dol op corrupte politici.'

'Dat heb ik gelezen', glimlachte Lucien Wouters. 'Interessant dossier, moet ik zeggen.'

Van In stak een sigaret op. Hij had geen hoge pet op van geheim agenten, en zeker niet van geheim agenten die eindeloos bleven doorlullen. Dus vroeg hij op de man af hoe het kopstuk van de Russische maffia heette. Wouters aarzelde. Bepaalde informatie was zo vertrouwelijk dat hij ze met niemand mocht delen, maar Hannelore haalde hem over de streep met een dikke knuffel.

'Zijn naam is Gregor Minski.'

'Minski?'

'Ken je hem misschien?' vroeg Hannelore verbaasd.

'De eigenaar van het Borgia-hotel.'

Wouters schudde zijn hoofd.

'Officieel heeft Minski niets met het Borgia-hotel te maken.'

'Officieus dan.'

'Misschien.'

Na de koffie dronken ze nog een slaapmutsje. Het was halftwaalf toen Wouters eindelijk afscheid nam.

'Ga jij alvast maar naar boven', zei Hannelore. 'Ik moet nog even iets op de computer intikken.'

'Zal het lang duren?'

'Hooguit vijf minuten.'

'Oké.'

Van In liep de trap op en stak nog even zijn hoofd binnen in de kinderkamer voor hij zijn kleren uittrok en onder de dekens kroop. Wachten duurt lang, ook al is het maar vijf minuten. Hij was moe en het scheelde niet veel of zijn ogen vielen dicht. Net op het moment dat hij dreigde weg te soezen, ging het licht aan. Hannelore stond in de deuropening in haar rode jurk die ze beloofd had aan te trekken. Aan haar uitgestoken wijsvinger bungelden een slipje en een beha.

'Je dacht toch niet dat ik je vergeten was, schat.'

3

'Ik vraag me af wat die Wouters hier gisteren kwam doen?' Van In zat op de rand van het bed. Hannelore stond voor de spiegel in de badkamer. Ze had net gedoucht. Waterdruppels gleden als parels van haar rug.

'Je waarschuwen natuurlijk.'

'Waarschuwen waarvoor?'

Volgens Wouters leidde Gregor Minski een organisatie die zich bezighield met het witwassen van misdaadgeld. Het onderzoek naar deze malafide praktijken duurde al twee jaar en had tot dusver nog niet veel opgeleverd.

'Voor het wespennest waarin je terecht dreigt te komen.'

Van In stak zijn voeten in zijn slippers, duwde zich geeuwend overeind en slofte naar de badkamer. Het was een komisch gezicht: behalve de slippers had hij niets aan.

'Een wespennest.'

Hij liet zijn hand over haar rug glijden, maar toen hij in haar billen wilde knijpen gaf ze hem een tik.

'Je hebt je pleziertje al gehad.'

Ze trok vliegensvlug haar slipje en beha aan. Kreeg hij er dan nooit genoeg van? Mannen werden meestal rustiger als ze getrouwd waren, bij hem werd het alleen erger. Ze durfde haar kleren bijna niet meer uit te trekken als hij in de buurt was.

'Het is sterker dan mezelf', protesteerde Van In zachtjes.

'Neem een koude douche en je hebt nergens nog last van.'

Ze draaide zich om en gaf hem een speelse zoen. Eigenlijk vond ze het ook wel vreemd dat het onderzoek naar de praktijken van Minski bitter weinig had opgeleverd, maar aan de andere kant kende ze ook de mentaliteit bij de Staatsveiligheid, waar iedereen aan paranoia leek te lijden. Je moest ze bij wijze van spreken op de pijnbank leggen voor ze een buitenstaander details over een onderzoek prijsgaven. Het was duidelijk dat Lucien Wouters niet alles had verteld en dat het hem alleen om de foto's te doen was.

Van In slaakte een diepe zucht, deed zijn slippers uit en stapte in de douche.

'Je hebt je pleziertje al gehad', murmelde hij hoofdschuddend. 'Waar gaan we naartoe?'

Hij stelde de thermostatische kraan in op negenendertig graden en draaide ze open. Het warme water deed hem eerst terugdeinzen en verkwikte hem dan tot in het diepste van zijn botten. Twee verdwijningen in evenveel dagen, compromitterende foto's van een schepen en een staatssecretaris in het gezelschap van een kopstuk van de Russische maffia, corruptie en een interventie van de Staatsveiligheid. Een mens zou zich om minder zorgen maken.

'Je ziet er goed uit', zei Versavel toen Van In in zijn badjas de deur openmaakte.

'Kopje koffie?'

'Graag.'

De ontbijttafel was nog gedekt. In de keuken hing de geur van geroosterd brood. Versavel liet zich op een stoel neerploffen en bediende zich van de koffie.

'Scheelt er iets?'

Versavel droeg een overhemd nooit langer dan één dag,

zijn schoenen glansden steeds alsof ze zo uit de etalage van een dure winkel kwamen en hij maakte kwistig gebruik van badschuim en aftershave. Vandaag was dat niet het geval en dat kon alleen betekenen dat er iets mis was met hem. Toen Versavel de vraag niet meteen beantwoordde en in gedachten verzonken een slokje van zijn koffie nam, wist Van In wat er schortte.

'Problemen met Frank?'

'Hij is vannacht niet thuisgekomen.'

'Het is niet de eerste keer dat je dat meemaakt en het zal waarschijnlijk ook niet de laatste keer zijn', zei Van In.

De voorbije weken ging het er weer stormachtig aan toe bij hen. Versavel maakte zich zorgen over zijn potentie en dat veroorzaakte de nodige wrevel bij Frank. Van In vroeg zich af hoe Hannelore zou reageren al hij daar last van kreeg, want net als Frank was zij veel jonger dan haar partner, met name hijzelf.

'Trek het je toch niet aan, man.'

Hij gaf Versavel een schouderklopje, maar dat kon de grimmige trek om zijn mond niet verzachten.

'Ik doe mijn best.'

'Zo mag ik het horen, Guido.'

Van In was bereid voor Versavel zijn hand in het vuur te steken. De vriendschap die ze met elkaar deelden, was onaantastbaar. En dat was zeldzaam in een tijd waarin eigenbelang en geldgewin als het hoogste goed werden beschouwd. Tegenwoordig wist je niet meer of iemand die je voor een vriend hield dat ook was. Sommige mensen konden zelfs hun eigen kinderen niet meer vertrouwen.

'Is er al nieuws van Violet Stroobandts?'

Nu een lang gesprek met Versavel beginnen over Frank zou op niets positiefs uitdraaien. Het zou hem alleen nog depressiever maken. Er meteen invliegen was de enige manier om hem af te leiden.

‘Nee’, zei Versavel. ‘De dagploeg is een halfuur geleden langsgeweest bij mevrouw Stroobandts. Haar dochter is nog steeds spoorloos.’

Van In vertelde hem over het bezoek van Lucien Wouters en aan de manier waarop Versavel zijn wenkbrauwen optrok, was te merken dat ook hij zich daar vragen bij stelde.

‘Waarom zou de maffia een poging doen om de foto’s te recupereren?’

‘Dat heb ik mij ook afgevraagd, Guido. Ik kan me niet voorstellen dat Minski wakker ligt van het feit dat er foto’s circuleren van een seksfuif waaraan hij, de schepen van Openbare Werken en de staatssecretaris voor Ontwikkelingssamenwerking hebben deelgenomen. Die kunnen alleen de carrière van Cantecleer en De Ridder schade toebrengen. Maffiosi mogen dan criminelen zijn, ze nemen geen onnodige risico’s. Ze komen pas in actie als hun belangen bedreigd worden.’

‘Ben je van plan om hen daarover te ondervragen?’

‘Cantecleer en De Ridder?’

Versavel knikte.

‘Nu nog niet, Guido. We kunnen beter eerst Minski natrekken. En de pv’s er nog eens op nalezen. Wie weet levert dat iets op.’

‘Kom binnen.’

Gregor Minski zat aan zijn bureau bij een schuifraam dat uitzicht bood op een perfect onderhouden tuin die in de lente en de zomer vol bloemen stond maar er nu een beetje desolaat bij lag. In de asbak voor hem lag een sigaar te roken, een cohiba die minstens vijfentwintig euro kostte. De deur ging open. Een pezige man met geprononceerde jukbeenderen en kortgeknipt haar kwam de kamer binnen.

'U hebt mij gebeld, meneer?'

Vadim Kirpitsjenko bleef in het midden van de kamer staan en wachtte gelaten af tot Minski hem zou vragen te gaan zitten, maar dat deed hij niet.

'Ik heb gehoord dat de vrouw ontsnapt is.'

Het gezicht van Minski was uitdrukkingsloos, zijn stem zo scherp als een fileermes. Dertig jaar geleden was hij in de leer gegaan bij Andrej Zemskov, een maffiabaas die toen een groot deel van Moskou controleerde en voor wie hij destijds zijn eerste moord had gepleegd. Het slachtoffer was een onfortuinlijke bonthandelaar die verzuimd had zijn schulden op tijd te betalen. Een kogel was voldoende geweest, maar Minski vond dat hij zijn baas meer verschuldigd was. Voor hij de bonthandelaar met een nekschot afmaakte, had hij hem op een beestachtige manier gemarteld – hij verbrijzelde zijn vingerkootjes een voor een met een buigtang – om er zeker van te zijn dat de arme man geen geld had achtergehouden. Sindsdien noemden ze hem 'de vereffenaar'.

'De kans is klein dat er nog afdrukken in omloop zijn', zei Kirpitsjenko voorzichtig.

Hij en Kerkorian hadden bij Decloedt een digitaal fototoestel, geheugenkaarten en een stapeltje afdrukken gevonden. Een normale mens zou daar genoegen mee hebben genomen, maar Minski was geen gewone mens.

'Waarom is ze dan gevlucht?'

'Misschien is ze bang.'

'Of ze weet te veel.'

'Dat zou kunnen', zei Kirpitsjenko.

Minski nam een trek van zijn sigaar. Decloedt had geprobeerd om hem de foto's te verkopen voor vijftigduizend euro, maar hij was er niet op ingegaan. Niemand chanteerde Gregor Minski.

'Ik wil het zeker weten.'

Kirpitsjenko knikte.

'Ik zal mijn best doen, meneer.'

'Je best doen is niet goed genoeg, Vadim.'

Minski stond op en ging voor het raam staan. Zijn rijzige, hoekige gestalte wierp een flauwe schaduw af op het parket. De zaken liepen behoorlijk goed, hij had de mensen die zijn plannen konden dwarsbomen in zijn macht en de NV Het Koningshof werd beheerd door een stroman waardoor hij zelf in de luwte kon blijven. De goegemeente dacht dat hij een Russische zakenman met pensioen was die zijn hart aan Brugge had verpand. En dat wilde hij zo houden.

'Mag Kerkorian me daarbij helpen?' vroeg Kirpitsjenko benepen.

Kerkorian was de rechterhand van Minski en genoot meer vertrouwen dan hij. Als ze er niet in slaagden de vrouw op te sporen hoefde hij de verantwoordelijkheid daarvoor niet alleen te dragen.

'Het maakt niet uit wie of wat je nodig hebt, Vadim.'

Minski draaide zich om. Zijn ogen glansden kil. De moord op Decloedt had voor enige beroering gezorgd, als nu ook diens vriendin in verdachte omstandigheden zou omkomen, was de kans groot dat de politie hem op het spoor kwam. Kirpitsjenko opofferen was de enige manier om daaraan te ontsnappen.

Er werd geklopt. Een jongeman van een jaar of vijfentwintig met geblondeerd haar kwam de kamer binnen. Hij droeg een zwierig pak. Om zijn hals zat een zijden sjaaltje.

'Dag papa', zei hij in het Russisch.

Hij liep op Minski toe en gaf hem een zoen. Daarna wendde hij zich tot Kirpitsjenko.

'En hoe gaat het nog met jou, oude rukker?'

'Ik red me wel, meneer.'

'Hou toch op met dat gemeneer. Ik heet Joeri. Begrepen?'

Kirpitsjenko sloeg de ogen neer. Joeri was Minski's enige zoon en zijn oogappel. Hij was verwend en wispelturig waardoor je nooit wist hoe je hem moest aanpakken. Vandaag was hij in een euforische stemming.

'Volgens mij ben je al lang niet meer van bil geweest', lachte hij. 'Je ziet eruit als een verkouden begrafenisondernemer.'

Toen hij ook nog zei dat papa zijn medewerkers op dat gebied beter moest 'soigneren', werd het Minski te gortig. Hij gaf Kirpitsjenko met een gebaar te kennen dat hij mocht gaan.

'Je moet goed lezen wat er staat', zei Van In.

Hij reikte Versavel het pv aan waarin de verklaring van mevrouw Cortvriendt stond genoteerd, de overbuurvrouw van Decloedt die een gedetailleerde beschrijving had gegeven van de ontvoering. Versavel zette zijn leesbril op, nam het pv aan en las de zin die Van In had aangestreept. Om vijfentwintig voor elf zag ik twee mannen van buitenlandse origine het huis van Decloedt binnengaan, stond er.

'Ja. En dan?'

Van In glimlachte terwijl hij zich zelfvoldaan in de handen wreef. Anders dan in misdaadromans, waar de speurder van dienst via allerlei door de schrijver op voorhand bedachte aanwijzingen het mysterie oplost, moet de echte politieman het vaak doen alleen met de gegevens die in het dossier vermeld staan. De kunst bestaat erin tussen de regels te lezen, een tekst op de goede manier te interpreteren of tegenstrijdigheden te ontdekken in de verklaringen die getuigen of verdachten afleggen. Mevrouw Cortvriendt had een heel betrouwbare verklaring afgelegd. Dat had het onderzoek al uitgewezen.

'Ik vind dat we mevrouw Stroobandts nog maar eens een bezoekje moeten brengen', zei hij.

Versavel zette zijn leesbril af. Van In nu om een verklaring vragen had geen zin. Hij kon evengoed de paus ervan proberen te overtuigen dat seks voor het huwelijk gezond was.

'Zal ik de auto voorrijden?'

'Nee. We gaan te voet.'

Van de Hauwerstraat was het amper tien minuten lopen naar de Riddersstraat, waar mevrouw Stroobandts woonde.

'Waar blijven ze in vredesnaam vandaan komen?' zuchtte Van In toen ze de Zuidzandstraat insloegen en hij de drukte zag.

De winkelstraat puilde uit van kuierende mensen en opdringerige toeristen die voor niemand uit de weg gingen, zelfs niet voor senioren of rolstoelpatiënten.

'Sommigen komen van Mars, anderen van Venus', zei Versavel filosofisch.

'Hebben ze daar ook psychiatrische instellingen?'

Ze liepen voorbij rijkgevulde etalages van chique boetieks waar spullen te koop lagen die niemand eigenlijk echt nodig had, maar die toch vlot over de toonbank gingen omdat mensen nu eenmaal dingen wilden kopen die ze niet echt nodig hadden. Zelfs Van In bleef even staan bij de etalage van een winkeltje schuin tegenover de kathedraal waar allerlei dure hebbedingetjes op een nieuwe eigenaar lagen te wachten. Versavel onderging het allemaal gelaten. Hij protesteerde zelfs niet toen Van In de winkel binnenging en een zilveren asbak kocht.

'We hadden toch beter de auto genomen', zei Van In toen ze een klein halfuur later bij mevrouw Stroobandts aanbelden.

‘Tja’, zei Versavel.

Waar zou Frank nu zitten, dacht hij. En bij wie?

‘Goedemorgen, mevrouw. Mogen we even binnenkomen?’

‘Hebt u al nieuws over Violet?’

‘Nee’, zei Van In. ‘Maar laat alstublieft de moed niet zakken.’

De ogen van mevrouw Stroobandts waren roodomrand en toen ze zich omdraaide, merkte Van In dat haar schouders verkrampt waren. Hij probeerde zich voor te stellen hoe de vrouw zich voelde. Ze liep hen voor naar de keuken, die in tegenstelling tot de beste kamer waar ze hen de vorige keer had ontvangen best knus was ingericht. Er stonden een eiken tafel, vier stoelen met rieten zitting en een ouderwetse gasradiator die een aangename warmte verspreidde.

‘Hebt u er enig idee van bij wie uw dochter haar toevlucht gezocht zou kunnen hebben?’ vroeg Van In toen ze aan de keukentafel hadden plaatsgenomen. ‘Familie, vrienden, kennissen.’

Violet was nu bijna vierentwintig uur spoorloos verdwenen en rekening houdend met de gegevens waarover hij beschikte, was de kans niet erg groot dat ze spontaan weer zou opduiken, maar dat durfde hij mevrouw Stroobandts niet te zeggen.

‘Waarom zou ze mij dat aandoen?’

‘Dat weet ik niet’, zei Van In.

Violet was een normale, gezonde vrouw die haar jonge leven had opgeofferd om voor haar moeder te zorgen. Hij nam aan dat de relatie met Jakob Decloedt nieuwe perspectieven voor haar had geopend en dat zijn plotselinge verdwijning de hoop op een beter bestaan de grond in had geboord. Wie weet wilde ze gewoon niet meer naar huis komen.

'Misschien kunnen we toch beter een lijst maken van adressen waar ze zou kunnen zijn', zei hij. 'Hebt u er bezwaar tegen dat we haar kamer doorzoeken?'

Mevrouw Stroobandts keek hem verontrust aan.

'Haar kamer doorzoeken', herhaalde ze bijna wezenloos alsof Van In gevraagd had of hij een naaktfoto van haar mocht nemen. 'Is dat echt noodzakelijk?'

'Ik denk het wel.'

De oude vrouw staarde voor zich uit. Ze leek te wachten tot iemand anders die vraag zou beantwoorden.

'Violet is nogal gesteld op haar privacy', zei ze na een poosje.

'Wie is dat niet?'

Van In probeerde te glimlachen. Wat dachten de mensen wel? Dat hij iemand kon opsporen met behulp van een wichelroede?

'De commissaris bedoelt het goed', kwam Versavel zalvend tussenbeide. 'Niemand zal merken dat we de kamer doorzocht hebben.'

Mevrouw Stroobandts keek hem vertederd aan. Ze was niet vergeten wat hij gisteren voor haar had gedaan. Ze richtte haar hoofd op en zei met een Brugs accent: 'À la guerre comme à la guerre.'

De kamer van Violet was ruim en luchtig. Er stonden een eenpersoonsbed met een bloemetjessprei, een toilettafel, een kleerkast en twee gemakkelijke stoelen. Op een legplank hield een rij boeken zichzelf in evenwicht.

'*Madame Bovary*.'

Versavel las de titel hardop van een van de ruggen. Als hij ergens binnenkwam, keek hij altijd of er boeken waren. Die vertelden vaak meer over de persoon die er woonde dan een lang gesprek. Hij nam het boek van de plank, waardoor het evenwicht op de plank werd verstoord en er vier of vijf naar beneden donderden.

'Hou daar alsjeblieft mee op, Guido', zei Van In toen hij de deur van de keuken hoorde opengaan en mevrouw Stroobandts onder aan de trap met enige bezorgdheid in haar stem vroeg wat er boven allemaal gaande was.

'Het is mijn collega maar', riep hij vriendelijk terug.

Om een of andere reden nam mevrouw Stroobandts genoegen met die uitleg. Ze slofte weer naar de keuken.

'Vrouwen die *Madame Bovary* meer dan één keer lezen, hebben een probleem', zei Versavel.

Hij liet Van In het boek zien, dat duidelijk stuk gelezen was.

'Zegt meneer de vrouwenkenner.'

Van In schudde zijn hoofd. Vrouwen lazen nu eenmaal boeken. *Madame Bovary* of andere. Het maakte hem niet uit.

'Je bent een cultuurbarbaar, Pieter.'

'Je mag me daarvoor dankbaar zijn', zei Van In. 'Want zonder barbaren was er nooit cultuur geweest.'

Het doorzoeken van de kamer nam amper twintig minuten in beslag. Behalve de boeken, een paar ansichtkaarten (op twee ervan stond een Romeinse triomfboog afgebeeld), een agenda, een fotoalbum en een stapel tijdschriften troffen ze er alleen kleren, ondergoed en wat goedkope make-up aan. Van In sloeg de agenda open. Achterin trof hij een vijftiental namen met adressen en telefoonnummers aan. Zes ervan stonden onder de S van Stroobandts. Hij had de agenda kunnen meenemen maar hij zag daarvan af omdat het niet om een officiële huiszoeking ging en sommige advocaten daar wel eens bezwaar tegen zouden kunnen maken als het later tot een rechtszaak kwam en de agenda als bewijsstuk werd opgevoerd.

'Kun jij de namen en adressen voor me overschrijven, Guido. Kunnen we straks meteen aan de slag.'

Versavel protesteerde niet. Hij kreeg altijd de vervelende klussen toegeschoven.

'Wat doe jij ondertussen?'

'Nog een praatje maken met mevrouw Stroobandts.'

Van In had een hekel aan schrijfwerk, en zeker als dat met de hand moest gebeuren.

'Hebt u iets gevonden, commissaris?'

In de keuken geurde het naar versgezette koffie. Mevrouw Stroobandts haalde twee kopjes uit de keukenkast en zette ze op de tafel.

'Mijn assistent is nog volop bezig', zei Van In.

Hij ging aan tafel zitten, stak een sigaret op en kreeg onmiddellijk een asbak aangereikt.

'Vertel me eens iets meer over Jakob Decloedt', zei hij toen mevrouw Stroobandts de koppen inschonk.

Ze ging zitten en roerde bedachtzaam in de koffie.

'Wenst u suiker?'

'Nee. Dank u', zei Van In.

Er viel een stilte, terwijl mevrouw Stroobandts maar in haar kopje bleef roeren. Van In bestudeerde de rimpels op haar voorhoofd en de blik in haar ogen.

'Weet u, commissaris', zei ze plotseling. 'Ik wens mijn dochter het beste toe en Jacob Decloedt is waarschijnlijk het beste dat haar overkomen is. Hij is een lieve man die haar op handen draagt en haar dingen geeft die een moeder haar dochter niet kan geven. Als u begrijpt wat ik bedoel.'

Van In knikte.

'Ze hadden dus uw zegen?'

'Natuurlijk.'

Mevrouw Stroobandts sloeg even haar ogen op. Gedurende een fractie van een seconde lichtten ze op als die van een kat in het licht van koplampen. Wat ze uitdrukten, was moeilijk te zeggen, maar Van In kon zich niet van de indruk ontdoen dat het woede was.

'Dan heb ik nog één vraag.'

Mevrouw Stroobandts tikte haar lepeltje af tegen de rand van het kopje. Had hij de woede in haar ogen gemerkt? Waarschijnlijk niet. Niemand hoefde te weten hoe erg ze het vond dat Violet haar alleen zou laten. Voor een nietsnut dan nog, een gokker zoals haar vader. En wat was er in vredesnaam verkeerd aan het voorstel om bij haar in te trekken? Mocht ze niet horen wat ze 's nachts in de slaapkamer uitspookten? Nee. Violet verdiende beter dan een armoedzaaier.

'Is er iets mevrouw?' vroeg Van In.

Mevrouw Stroobandts schrok op uit haar overpeinzingen.

'Excuseer mij, commissaris. Vraagt u maar.'

'Als ik het goed begrijp, hadden uw dochter en meneer Decloedt al een tijdje verkering. Wat ik me afvraag is: hoe komt het dat ze geen sleutel had van zijn huis. We leven tenslotte niet meer in de Middeleeuwen.'

'Waarom vraagt u dat?'

'Omdat ik redenen heb om aan te nemen dat de mannen die het huis van Jakob Decloedt zijn binnendrongen over een sleutel beschikten.'

In de verklaring die mevrouw Cortvriendt had afgelegd, stond dat twee mannen van vreemde origine het huis van Decloedt waren binnengegaan, niet dat ze eerst hadden gebeld. Van In kreeg de indruk dat de vraag haar in verwarring bracht. Het duurde een paar seconden voor ze antwoordde.

'Violet is de sleutel kwijtgeraakt', zei ze met trillende stem.

'Herinnert u zich ook nog wanneer dat gebeurd is?'

Mevrouw Stroobandts vouwde haar handen in haar

schoot en trok haar schouders op. Ze leek een schuw musje zoals ze daar zat. Ze kon niet zeggen dat het al lang geleden was dat de sleutel zoek was geraakt, want dan zou de commissaris vragen waarom Violet had gewacht om een duplicaat te laten maken. Dus zei ze de waarheid, tenminste wat het tijdstip betrof waarop de sleutel zoek was geraakt. Van In keek haar vol ongeloof aan.

'Is dat niet daags voor Decloedt verdween?'

'Ik denk het wel.'

'Vreemd toeval. Vindt u niet?'

Van In keek de vrouw recht in de ogen, maar ze keek niet weg. Ze staarde omdat ze bang was, bang om wat ze had aangericht.

'Het was jouw idee om te voet te gaan', zei Versavel toen Van In zijn kraag opzette en over het weer begon te mopperen.

Van In reageerde met een dierlijk gegrom. Zijn jas was doorweekt van de regen en zijn rechtervoet was kletsnat omdat hij in een plas was getrapt. Het eerste wat hij deed toen ze vijf minuten later kamer 204 binnenstapten, was zijn schoenen en sokken uittrekken en zijn voeten masseren.

'Is er nog jenever?'

'Niet genoeg, vrees ik.'

'Ik neem genoegen met wat er is.'

'Oké, baas.'

Versavel trok de bovenste lade van de archiefkast open. De fles jenever was nog meer dan halfvol en dat had een merkwaardige invloed op Van Ins humeur. Na twee kopjes was hij weer de oude.

'Het verhaal over die sleutel zit me dwars', zei Van In.

'Denk je dat ze liegt?'

'Daar ben ik bijna zeker van. De vraag is waarom.'

'Je gelooft toch niet dat ze iets te maken heeft met de verdwijning van Decloedt?'

'We mogen niets uitsluiten, Guido.'

'Wat ben je van plan?'

Van In stak een sigaret op en schonk zijn kopje royaal bij. Wie weet volgden ze een totaal verkeerd spoor en had de maffia niets te maken met de verdwijning van Jakob Decloedt en Violet Stroobandts, maar waren ze midden in een familiedrama beland. Hij had trouwens nooit veel geloof gehecht aan het verhaal van Wouters. Mensen die te lang bij de Staatsveiligheid werkten, zagen overal spoken.

'Heeft Bruynooghe vanavond dienst?'

'Ik denk het niet.'

'Bel hem dan en zeg dat hij zich onmiddellijk aanmeldt.'

'Daar zal hij blij mee zijn.'

Terwijl Versavel belde, trok Van In zijn sokken en schoenen weer aan. Hij zag zichzelf straks al liggen bij de open haard met zijn voeten op de bank en een Duvel binnen handbereik. De baas genoot nu eenmaal meer privileges dan zijn ondergeschikten.

'En?' vroeg hij toen het gesprek afgelopen was.

'Wil je een verbloemde versie of de naakte waarheid?'

Bruynooghe had gezegd dat Van In de boom in kon.

'Komt hij of komt hij niet?'

'Hij komt', zei Versavel.

'Dan is het goed.'

'Doen wij nog iets?'

'Ik zou niet weten wat.'

Van In had Carine de opdracht gegeven iedereen te bellen die in de agenda van Violet stond vermeld. Er zat niets anders op dan afwachten tot ze daarmee klaar was.

Van In liep de Vette Vispoort in. Hij deed zijn best om een denkbeeldige rechte lijn te volgen maar dat lukte niet zo goed. Carine was pas om twintig over vijf verslag komen doen van de belronde en tegen die tijd was de jenever op. Eén ding wisten ze nu tenminste zo goed als zeker: Violet Stroobandts logeerde niet bij familie of vrienden. Hij tastte in zijn broekzak, pakte zijn sleutelbos en bekeek de sleutels een voor een. Waarom leken die verdomde dingen allemaal op elkaar?

'Hallo, ik ben thuis.'

Hannelore zat in de keuken. Op tafel stonden een mand met broodjes, een schotel met fijne vleeswaren en twee borden.

'Is er iets?'

Hij wilde haar een zoen geven, maar ze duwde hem weg.

'Nee.'

'Waarom duw je me dan weg?'

'Omdat je stinkt.'

Van In liet zich op een stoel neerzakken en knoopte de veters van zijn schoenen los. Oké, hij had een paar borrels op. Daar kon ze toch niet boos om zijn.

'Eten we niet warm vanavond?'

'Nee, meneer.'

Hannelore dronk zelf ook graag een glaasje, maar ze had een hekel aan dronkelappen.

'Tiens.'

'Is dat alles wat je kunt zeggen?'

'Wat moet ik zeggen? Dat ik dol ben op broodjes met salami?'

Hij schopte zijn schoenen uit en stak een sigaret op. Van de gezellige avond die hij zich had gedroomd, zou niet veel terechtkomen. Straks liep ze mokkend naar boven en kon hij op de bank slapen. De eerste keer na hun wittebroodsweken.

'Ik denk dat je iets vergeten bent.'
Van In vond het vreemd dat ze zo kalm bleef.
'Vergeten?'
De borden. Er stonden maar twee borden op tafel.
'Zijn de kinderen er niet?'
'Nee, schat. De kinderen zijn er niet.'
'Ach zo.'
Waarom waren de kinderen er niet en waarom aten ze niet warm? Iemand die regelmatig drinkt, leert de vijand beter kennen dan iemand die het zelden doet. Van In mocht dan een halve fles jenever op hebben, hij was in staat om snel te ontnuchteren als hij met een noodsituatie werd geconfronteerd. Uit de toon die Hannelore aansloeg, kon hij opmaken dat ze pisnijdig was en het een kwestie van tijd was voor ze in woede zou uitbarsten, tenzij hij haar een bewijs leverde van zijn onschuld.
'Nooit gehoord van Korsakov?'
Korsakov, Korsakov. Kortetermijngeheugen. Wat hebben we voor vandaag gepland? Iets wat zij heel belangrijk vindt. Van In pijnigde zijn hersenen maar het schoot hem niet te binnen, tot hij over haar schouder keek en de rode jurk over de rugleuning van de bank zag hangen.
'Je dacht toch niet dat ik vergeten was dat we vanavond gingen dansen?'
'Natuurlijk was je het vergeten.'
'Ik zou niet durven.'
Het klonk zo ontwapenend dat Hannelore bijna moest glimlachen. Waarom hield ze toch zo van die man?

Bruynooghe vatte post achter een witte Mercedes schuin tegenover het huis van mevrouw Stroobandts en bereidde zich in gedachten voor op een lange, koude avond. In Amerikaanse politieseries zaten agenten die een surveillanceopdracht moesten uitvoeren in een leegstaande flat die toevallig uitzicht bood op het te bewaken pand of in een speciaal daartoe ingerichte bestelwagen. In Brugge moest je het zelf maar zien te redden. Een paar voorbijgangers hadden hem al met enige argwaan bekeken en bij een van de buren van mevrouw Stroobandts zag hij af en toe de gordijnen bewegen. Straks belden ze de politie. En dan was er nog die verdomde regen. Bruynooghe haalde een heupflesje uit zijn binnenzak en nam stiekem een slokje. De goedkope brandewijn verschroeide zijn verhemelte, maar zorgde na een tijdje toch voor een beetje warmte. Onderneem geen enkele actie voor ik ter plaatse ben, had Van In hem op het hart gedrukt. Hij had hem het nummer van Hannelores mobieltje gegeven en gezegd dat hij onmiddellijk moest bellen als hij iets verdachts merkte. Maar het ergste was dat Club Brugge tegen Anderlecht speelde en hij er vorige week hemel en aarde om had bewogen om vanavond vrij te krijgen.

De dansleraar, een gebruinde veertiger met een afgetraind lichaam, bekeek Van In met een meewarige blik.

'Tango is passie, meneer Van In. Het ritme ervan is gebaseerd op uw hartslag.'

Een van de cursisten, een gepensioneerde leraar met lang wuivend haar, deed er nog een schepje bovenop.

'Tango staat synoniem voor het leven in al zijn betekenissen', voegde hij er schools aan toe.

Van In haalde stoïcijns zijn schouders op. Hannelore keek een beetje beduusd. De dansleraar en de gepensioneerde leraar hadden gelijk. Van In bakte er niets van. Hij had geen gevoel voor ritme en zelfs als zij hem leidde, struikelde hij voortdurend over zijn eigen voeten.

'Laten we het nog één keer proberen', zei ze.

Aan de muur hing een bord waarop de basispassen stonden afgebeeld. Het had evengoed een aankondiging voor een executie kunnen zijn.

'Vooruit dan maar.'

Hij legde zijn hand op haar rug en maakte zich klaar voor een nieuwe marteling, want de dansschoenen die ze voor hem had gekocht, knelden als krimpfolie.

'Probeer aan niets te denken', fluisterde Hannelore toen de muziek startte. 'Laat je met me meedrijven op het ritme en denk aan de passie. Denk aan wat ik na de les met je ga doen.'

De eerste passen vielen tegen, maar na een paar minuten ging het beter. Een geluk dat niemand zijn gedachten kon lezen.

Vadim Kirpitsjenko droeg een regenjas en hij had een dikke sjaal omgeslagen die zijn gezicht voor meer dan de helft bedekte. Bruynooghe liep hem tegemoet. Sinds voorbijgangers hem argwanend waren gaan bekijken deed hij dat iedere keer als hij iemand de straat zag inlopen. Zo viel het minder op dat hij doelloos stond te wachten. Dertig stappen in de tegenovergestelde richting en hij wist zeker dat de voorbijganger het huis van mevrouw Stroobandts voorbij was gelopen. Maar dit keer had hij pech. Toen hij zich na dertig stappen omdraaide, zag hij de man met de sjaal voor de deur van nummer 16 staan.

'Proficiat', zei de gepensioneerde leraar toen de les er eindelijk op zat. 'Ik had nooit gedacht dat je het nog zo goed zou doen.'

Van In aanvaardde het compliment met gemengde gevoelens. Als hij bleef klungelen was de kans groot dat Hannelore er de brui aan zou geven en hij geen twee keer per week aan het idiote gedoe moest deelnemen. Deed hij zijn best dan zou ze blijven volharden met het argument dat hij wél kon dansen.

'Tango dansen doe je niet met je benen, maar met je hoofd, meneer', zei hij. 'Het is een wisselwerking tussen het onbewogene en het ingetogene. Eigenlijk is het de dans van de armen en de verschoppelingen, van gaucho's, bordeelbezoekers en misdadigers die hun melancholie probeerden te sublimeren op de muziek van de bandoneon.'

De gepensioneerde leraar fronste zijn voorhoofd en nam met een vluchtige handdruk afscheid van commissaris Van In. Leraren die zich op intellectueel vlak de mindere voelen van hun gesprekspartner druipen meestal geruisloos af.

'Heb ik iets verkeerds gezegd?'

'Nee, schat. Je hebt niets verkeerds gezegd.'

Hannelore trok haar schoenen uit en stopte ze in een plastic tasje. Daarna wenkte ze de ober, want zoals de meeste sportclubs waren dansscholen niet rendabel als er geen après-gebeuren was.

'Een cola en een Duvel', zei ze toen de man de bestelling kwam noteren.

Ze gingen aan een tafeltje zitten. Van In stak een sigaret op en nam een slok van zijn Duvel. Eigenlijk had het compliment van de gepensioneerde leraar hem best deugd gedaan. Hij was zelfs vergeten zijn schoenen uit te trekken.

'Even kijken of ik geen berichten heb ontvangen', zei Hannelore.

Ze pakte haar handtas en haalde haar mobieltje tevoorschijn.

'Je hebt dat ding toch niet afgezet?'

'Natuurlijk. Stel je voor dat iedereen zijn mobieltje laat aanstaan tijdens de les.'

'Verdomme.'

‘Wat is er nu weer?’
‘Zijn er berichten?’
Hannelore wierp een blik op het schermpje.
‘Zes’, zei ze.
‘Zit er één tussen van Bruynooghe?’
‘Ja’, zei ze. ‘Ze zijn alle zes van hem.’

4

'U hebt me op het hart gedrukt dat ik zelf geen actie mocht ondernemen voor u ter plaatse was', zei Bruynooghe kribbig. 'En ik heb uw bevel opgevolgd.'

'Hoe lang is hij binnen geweest?'

'Drieënveertig minuten.'

'Heb je iets gehoord?'

'Nee. Ik stond hier in de regen.'

'Beschrijf hem dan.'

'Blanke man. Gemiddelde gestalte. Tussen de vijfendertig en veertig jaar oud. Droeg een regenjas en een sjaal die het grootste deel van zijn gezicht bedekte.'

Van In keek naar Hannelore. Ze had zich tijdens de rit van de dansschool naar de Riddersstraat bijzonder gedeisd gehouden en gelaten de verwijten geslikt die hij haar naar het hoofd had geslingerd. De gedachte dat mevrouw Stroobandts dood kon zijn omdat zij haar mobieltje had afgezet, bleef haar parten spelen.

'Heb je al aangebeld?'

Bruynooghe was een loyale diender die Van In op handen droeg. Behalve vanavond – het feit dat hij Club Brugge-Anderlecht had gemist, zat hem bijzonder hoog – had hij zijn baas nog nooit tegengesproken omdat hij van mening was dat een ordentelijke maatschappij alleen kon functioneren als het gezag werd gerespecteerd. Maar zoals Petrus die Jezus beloofde dat hij hem nooit zou verraden, reageerde hij voor de tweede keer boos.

'U hebt mij gezegd dat ik geen actie mocht ondernemen voor u ter plaatse was. Ben ik dement of heb ik gelijk?'

Bruynooghe trilde op zijn benen van ingehouden woede.

'Het is al goed, Robert.'

Van In legde zijn arm om de schouder van zijn ondergeschikte en kneep hem stevig in de bovenarm.

'Kom mee', zei hij. 'We gaan erop af.'

Het verontschuldigende gebaar deed wonderen. Bruynooghe vergat op slag de ellende die hij had doorstaan. Hij liep zijn baas grijnzend achterna. Toen na drie keer aanbellen niemand de deur kwam openmaken, vorderde Van In een slotenmaker. De man was binnen vijf minuten daar omdat hij toevallig in de buurt een klus moest opknappen. Een of andere linkse rakker had de sloten van de Heilig Bloedkapel vol siliconen gespoten en een bord aan de poort bevestigd waarop stond: Jezus Christus was geen Vlaams-Blokker. De conciërge had meteen de politie gebeld en een klacht tegen onbekenden ingediend. Het voordeurslot bood niet lang weerstand tegen de krachtige boormachine. Van In bedankte de slotenmaker en stapte naar binnen. Bruynooghe volgde op een eerbiedige afstand. Ze vonden mevrouw Stroobandts in de keuken. Ze zat vastgebonden op een stoel. Haar mond was dichtgeplakt met tape. Het leek of ze sliep. Van In schudde haar bij de schouder, maar ze reageerde niet.

'Zal ik een ziekenwagen bellen?'

'Ja, doe dat maar.'

Toen Van In de tape verwijderde, liet mevrouw Stroobandts een wind, en ze werd kreunend wakker. Ze keek verbaasd om zich heen alsof ze eerst haar vertrouwde spulletjes moest herkennen voor ze wist waar ze zich bevond.

Ondertussen pakte Van In een mes uit de keukenlade en sneed haar los.

'Ik ben het, commissaris Van In. Herkent u mij?'

Het duurde een tijdje voor ze knikte. Daarna vroeg Van In haar naam en geboortedatum. Ze antwoordde correct.

'Ik moet op mijn stoel in slaap gevallen zijn', zei ze.

'Voelt u zich wel goed?'

Mevrouw Stroobandts keek Van In dromerig aan.

'Hij wilde weten waar Violet was', zei ze.

'Wie wilde dat weten?'

'De man.'

Hannelore ging op haar hurken zitten, ze pakte mevrouw Stroobandts bij de hand. Die voelde koud aan en zag een beetje blauw. Ze vond het erg dat het allemaal haar schuld was.

'Welke man?' vroeg ze.

Van In vond het beter dat Hannelore zich over mevrouw Stroobandts ontfermde. Hij gaf Bruynooghe discreet een teken dat hij moest meekomen.

De slaapkamer van Violet lag er nog precies bij zoals de dag ervoor. De boeken stonden in dezelfde volgorde op de plank. Het bed was netjes opgemaakt en toen Van In de kleerkast openmaakte, vond hij alles op zijn plaats. Hij ging op de rand van het bed zitten. Behalve de agenda was er nergens een aanwijzing die kon verraden waar Violet zich schuilhield en dat stelde hem gerust. Aan de andere kant begreep hij niet goed dat mevrouw Stroobandts ongedeerd was. Als de indringer niets had gevonden, was het logisch te veronderstellen dat hij haar onder druk had gezet. En nu het er toch op leek dat ze met maffiosi te maken hadden, was de kans klein dat hij daarbij zachtaardig te werk was gegaan. Tenzij... Van In sprong op van het bed en trok de bovenste lade van de toilettafel open. De agenda lag er nog.

‘Ze wil niet naar het ziekenhuis’, zei Hannelore toen Van In weer binnenkwam.

Een van de ziekenbroeders haalde zijn schouders op.

‘En ik kan haar daartoe niet dwingen.’

Zijn collega knikte bevestigend. Hij had onlangs nog meegemaakt dat een man die bij een val in de badkamer een open beenbreuk had opgelopen, weigerde om naar het ziekenhuis vervoerd te worden. De dokter van het medisch urgentieteam had dan maar beslist hem te verdoven en tegen zijn wil naar het ziekenhuis over te brengen, maar hij en zijn collega waren geen dokter.

‘En ik mankeer niets.’

Mevrouw Stroobandts zat aan de keukentafel. Om haar mond lag een verbeten trekje en haar ogen stonden helder.

‘Dat komt dan goed uit’, zei Van In. ‘Want ik heb mevrouw Stroobandts nog enkele vragen te stellen.’

Hannelore draaide zich om, pakte Van In bij de schouder en fluisterde in zijn oor dat mevrouw Stroobandts haar al alles had verteld en dat hij haar beter voorlopig met rust kon laten.

‘Ik denk niet dat we alles weten, schat.’

Van In stuurde de ziekenbroeders weg, deed de deur dicht en ging bij mevrouw Stroobandts aan tafel zitten.

‘Moet u eens goed naar me luisteren, mevrouw Stroobandts. Als u het onderduikadres van uw dochter hebt prijsgegeven, mag u van mij aannemen dat ze binnen vierentwintig uur dood is. En ik garandeer u dat ze zal afzien. Ze zullen haar eerst verkrachten en daarna met messen bewerken. Wie weet...’

Hannelore had met stijgende verbazing staan luisteren, maar nu kon ze zich niet meer inhouden.

‘Ben je gek geworden, Van In?’

Ze stond te trillen op haar benen van woede, maar daar trok hij zich niets van aan.

'Wie weet snijden ze ook haar borsten af', vervolgde hij doodkalm.

Zelfs Bruynooghe, die anders voor geen kleintje vervaard was, trok een bedenkelijk gezicht. Welke moeder verraadde nu haar dochter? En wat bezielde de commissaris om de oude vrouw zo hard aan te pakken?

'Hou alsjeblieft op met die onzin.'

Hannelore ging tussen Van In en mevrouw Stroobandts staan. Met gebalde vuisten en vlammende ogen. Met slangen in haar haar zou ze sprekend op Medusa hebben geleken.

'Geef me vijf minuten, schat.'

Van In haalde de agenda uit zijn zak en legde die op de keukentafel.

'Kunt u me dan uitleggen, mevrouw Stroobandts, waarom de indringer dit heeft laten liggen? Hij kan er onmogelijk naast gekeken hebben.'

De oude vrouw wierp een blik op de agenda en keek Van In daarna recht in de ogen.

'Hij heeft beloofd dat ze haar niet zouden vermoorden als ik hem vertelde waar ze was.'

'Wie is hij?' vroeg Hannelore.

'De man aan wie ze een paar dagen geleden de sleutel van Decloedt heeft gegeven.'

Het was een gok, maar als hij het bij het rechte eind had, had hij meteen de bevestiging dat mevrouw Stroobandts had meegewerkt aan de ontvoering van Jakob Decloedt.

'Of vergis ik mij, mevrouw Stroobandts?'

Hannelore en Bruynooghe hielden zich muisstil. De spanning in de keuken was te snijden.

'Nee, commissaris. U vergist zich niet. Ik heb nooit goed kunnen opschieten met Decloedt en de gedachte dat ik mijn dochter zou moeten missen als ze met hem trouwde, was ondraaglijk. Toen een van zijn collega's me ook nog kwam vertellen dat hij gokschulden had en zijn baas probeerde te chanteren met foto's die hij stiekem had genomen, heb ik die de sleutel gegeven zodat hij de foto's kon terughalen.'

'Kent u toevallig ook de naam van die collega?'

'Nee.'

'Kunt u hem beschrijven?'

'Hij had een sjaal voor zijn gezicht.'

'Sprak hij met een vreemd accent?'

'Ik geloof het wel.'

'U had ons dat eerder moeten vertellen, mevrouw Stroobandts. Dan hadden wij uw dochter in bescherming kunnen nemen.'

De rest van het verhaal kwam er met horten en stoten uit. De man die zich uitgaf voor een collega van Decloedt had vanavond weer aangebeld en mevrouw Stroobandts wijsgemaakt dat Violet afdrukken van de foto's in haar bezit had waardoor haar leven groot gevaar liep.

Ze was erin getrapt en ze had hem het adres gegeven: rue Gandhi 76 in Saintes, Frankrijk.

Toen had hij haar vastgebonden en haar mond met tape dichtgeplakt

'Dat heeft hij gedaan om te vermijden dat u zich zou bedenken en de politie bellen', zei Van In.

'Waar ligt Saintes ergens?'

'In het zuidwesten van Frankrijk', zei mevrouw Stroobandts. 'In de buurt van Bordeaux.'

'Dan kan hij er nog niet zijn', reageerde Hannelore opgelucht.

'Rue Gandhi, septante-six.'

Bruynooghe werd zichtbaar zenuwachtig. Was die fransoos doof of schortte er iets aan zijn telefoontoestel?

'Probeer eens soixante-seize, Robert', zei Van In.

Het duurde een tijdje voor de Franse agent begreep waarover het ging, maar hij beloofde uiteindelijk zijn chef in te lichten en noteerde het nummer dat Bruynooghe hem opgaf.

'Meer kunnen we voorlopig niet doen.'

Van In stak een sigaret op en blies de rook voor zich uit. De gedachte dat hij toch met de maffia te maken had, beviel hem niet. Bestrijden kon, uitroeien niet. Zelfs als hij erin slaagde de zogezegde collega van Decloedt op te pakken en voldoende bewijsmateriaal tegen hem te verzamelen om hem voor de rechter te slepen, de kopstukken zouden altijd buiten schot blijven. Politiemensen of magistraten die hen te veel last berokkenden, werden omgekocht of vermoord. Eigenlijk was Violet Stroobandts nu al ten dode opgeschreven. En hij zou er wellicht nooit achter komen waarom. Samen met Hannelore een pensionnetje beginnen in Zuid-Frankrijk, het trok hem hoe langer hoe meer aan.

De telefoon ging over. Van In nam op.

'Hallo.'

'C'est bien le commissaire Van Ien à l'appareil?'

'Oui', zei Van In.

Hij legde zijn Franse collega uit wat er aan de hand was en die beloofde onmiddellijk een patrouille naar de rue Ghandhi te sturen en mademoiselle Stroobandts in te lichten over de dreiging die haar boven het hoofd hing, maar hij kon tot zijn grote spijt niet ingaan op het verzoek om het huis onder surveillance te plaatsen. Daar schieten we niet veel mee op, wilde Van In zeggen, maar hij vond de woorden er niet voor in het Frans.

'Je vous rappelle dès que j'ai des nouvelles.'

'Merci', zei Van In.

Hij hing op en nam een trek van zijn halfopgerookte

sigaret. Hij kon twee dingen doen. Wouters bellen en hem vragen Europol in te schakelen of zelf contact opnemen met Violet Stroobandts.

'Guido. Ken jij het nummer van de internationale inlichtingen?'

Van In kreeg van een vriendelijke operator te horen dat er op het gevraagde adres geen telefoonaansluiting was. Waarschijnlijk beschikte de persoon in kwestie alleen over een mobieltje. Dat kwam tegenwoordig steeds vaker voor.

'Zal ik de politie van Saintes bellen?' vroeg Versavel. 'Misschien kunnen zij ons helpen.'

'Laten we daar nog even mee wachten. Straks denken ze nog dat we imbecielen zijn.'

Twintig minuten later ging de telefoon weer.

'Allo. C'est bien le commissaire Van Ien à l'appareil?'

De patrouille die zijn Franse collega erop uit had gestuurd had net over de radio verslag uitgebracht over het bezoek aan mademoiselle Stroobandts in de rue Gandhi. Bleek dat ze beslist had onmiddellijk naar België terug te keren. Van In bedankte zijn collega en belde onmiddellijk daarna de NMBS.

'Als ze de eerstvolgende trein van Saintes naar Angoulême neemt, komt ze om een uur of vier in Brussel aan. De vraag is natuurlijk of ze die trein zal nemen.'

'We kunnen Wouters vragen of hij een paar mannetjes in het Zuidstation wil posteren', zei Versavel. 'Die kerels hebben toch niets anders te doen.'

Van In knikte. Nog een paar uur geduld oefenen en hij zou eindelijk weten hoe de vork in de steel zat.

Mieke Cantecleer droeg alleen een serveerschortje en hoge hakken. Ze stond achter de bar in een zaaltje van het Borgiahotel dat niet toegankelijk was voor de gewone gasten. De eerste keer had ze zich daarbij ontzettend gegeneerd gevoeld, maar na een paar weken was ze er stilaan aan gewend geraakt om in haar blote kont rond te lopen. Het ergste was dat de mannen niet van haar lijf konden blijven als ze te veel dronken en haar soms dingen lieten doen die geen enkele vrouw prettig vond. Maar ze had geen andere keus. Haar man had hun hele fortuin verspeeld op de beurs en tot overmaat van ramp had hij nog eens geld geleend in de hoop het verlies weer goed te maken. Maar ook dat was slecht afgelopen, met als gevolg dat hij bij de bank voor meer dan driehonderdduizend euro in het rood stond. Ze had zich ten einde raad tot Minski gewend en die had de helft van de schuld op zich genomen op voorwaarde dat ze hem en zijn vrienden gedurende een jaar naakt bediende op hun wekelijkse kaartnamiddag. Eerst was ze niet ingegaan op het voorstel, maar toen haar man geen bezwaar maakte, had ze ingebonden. Honderd vijftigduizend euro was veel geld, zelfs voor een schepen. Minski was het alleen om het genoegen te doen haar te vernederen.

'Cantecleer.'

De stem van Minski sneed als een breekmes. Mieke kwam van achter de bar en haastte zich naar de tafel waar de mannen zaten te kaarten.

'Ga op je hurken zitten en kakel als een kip die een ei moet leggen.'

Ze lieten haar de vreemdste dingen doen, maar seks kwam er gelukkig nooit aan te pas. Ze was gewoon een speeltje, meer niet.

'En breng ons daarna wat te drinken.'

Mieke ging op haar hurken zitten en kakelde tot Minski zei dat het goed was. De mannen lachten. Toen ze zich omdraaide, maakte Kerkorian een platte opmerking over haar billen en zei dat de winnaar van het volgende spel haar straks mocht berijden. Cowboy spelen. Ze deden het bijna iedere week. Dan moest zij in het midden van de zaal op handen en knieën gaan zitten en kwam de winnaar op haar rug zitten en kletste op haar kont alsof hij een echt paard bereed. Soms deden ze nog andere dingen met haar, maar daar durfde ze nog niet aan te denken.

'Cantecleer.'

Ze zette haastig de drankjes op een dienbord en bediende hen.

'Niet weglopen, jij.'

Minski stopte zijn hand onder het schortje en trok aan haar schaamhaar.

'Kan ik nog iets voor u doen, meneer Minski?'

'Dat kun je zeker, vette koe. Ken jij commissaris Van In?'

'Een beetje', zei ze benepen.

'Een beetje is niet genoeg.'

Ze wist nooit hoe te reageren als Minski haar iets vroeg. Het was nooit goed, wat ze ook zei.

'Iedereen zegt dat hij vasthoudend en loyaal is.'

'Zegt iedereen dat?'

'De mensen die ik ken toch.'

'Koeien kennen geen mensen.'

'Nee, meneer.'

Minski's hand zat nog altijd onder haar schortje, telkens als ze iets zei trok hij harder aan haar schaamhaar. Het deed zoveel pijn dat ze er tranen van in haar ogen kreeg.

'En koeien huilen niet, ze loeien.'

Ze ging op handen en knieën zitten en probeerde een koe na te doen. En dat tot groot jolijt van de kaarters.

'De trein uit Parijs zou nu al aangekomen moeten zijn.'

Van In wierp een blik op de klok. Het was tien over vier en Wouters had nog niets van zich laten horen.

'Hij heeft misschien vertraging.'

'Zou kunnen.'

Van In stak zijn hand op en bestelde een nieuwe Duvel.

'Wil je ook nog iets, schat?'

'Nee', zei Hannelore. 'Ik heb nog.'

'En jij?'

'Doe mij nog maar een perrier', zei Versavel.

Na het laatste telefoontje van de Franse politie had Van In voorgesteld iets te gaan drinken in L'Estaminet, in afwachting van nieuws van Wouters. Ze hadden de hele middag zitten discussiëren over de manier waarop ze de zaak verder zouden aanpakken, maar veel was er niet uit de bus gekomen. Het onderzoek naar mogelijke wanpraktijken van Cantecleer en De Ridder was nog in een te vroeg stadium om hen daarover nu al aan de tand te voelen en over Minski wisten ze alleen dat hij gefortuneerd was en rentenierde.

'Ik ben benieuwd naar de foto's', zei Van In.

'Als ze die tenminste in haar bezit heeft.'

Hannelore fronste haar voorhoofd waardoor ze er een stuk ouder uitzag.

'Waarom zou ze anders gevlucht zijn?'

'Ze komt ook terug.'

'Misschien wil ze zelf contact opnemen met Minski.'

'Dat had ze ook eerder kunnen doen.'

'Ik denk dat ze gewoon doodsbang is', zei Versavel.

Van In wierp voor de zoveelste keer een blik op de klok.

'Waar blijft die verdomde trein toch?' foeterde hij.

Mieke Cantecleer trok de kap van haar regenjas diep over haar voorhoofd en glipte als een schim het Borgia-hotel uit. In plaats van naar haar auto te lopen, stak ze de rijweg over en liep langs de rei naar de Snaggaardsbrug. De kans was klein dat iemand haar had zien buitenkomen, want het was al donker en het regende behoorlijk hard. De straat was zo goed als leeg. Op de brug bleef ze even staan, ondanks de neergutsende regen en ze keek uit over het water. Ze dacht aan haar vader, die twee jaar geleden overleden was en aan de zomerse middagen wanneer ze met hem ging wandelen toen ze nog kind was, aan de verhalen die hij vertelde over het roemrijke verleden van Brugge, de heroïsche ridders die ten strijde trokken tegen onrecht en verdrukking en de pracht en de praal van de Bourgondische hertogen. Later, op de middelbare school, had een leraar geschiedenis haar proberen uit te leggen dat de Middeleeuwen niet zo'n roemrijke periode waren, dat ridders niet opkwamen voor de rechten van weduwen en wezen en dat de Bourgondische hertogen de pracht en de praal die ze voerden, betaalden met geld dat ze van de armen afpersten. Maar dat had niet kunnen verhinderen dat ze de verhalen die haar vader vertelde, was blijven koesteren als een kostbare schat. Ze herinnerde zich ook nog levendig hoe trots hij was toen ze hem als eerste kwam melden dat ze tot schepen was benoemd en hoe heftig hij de kwaadsprekers aanpakte die later beweerden dat zijn dochter haar ambt niet vanwege haar verdiensten had gekregen, maar omdat iedere politieke partij tegenwoordig een excuus-Truus nodig had. Ik ben blij dat je dit niet moet meemaken, papa, dacht ze. Ze keek naar beneden en zag haar spiegelbeeld in het donkere water. Eigenlijk had ze een rotleven achter de rug. Op school werd ze destijds al gepest omdat ze aan dyslexie leed, haar eerste lief had haar verkracht en de man met wie ze getrouwd was, had al het geld verspeeld dat papa haar had nagelaten. En onlangs had ze een gesprek opgevangen tussen de burgemeester en een hoge partijfunctionaris waaruit bleek dat de kwaadsprekers van toen gelijk hadden.

'Hoe laat komt de laatste trein uit Parijs in Brussel aan?' vroeg Van In.

'Geen idee', zei Versavel. 'Zal ik de inlichtingen bellen?'

'Ja, doe dat.'

'Daarna kunnen we beter naar huis gaan.'

Hannelore dronk haar kopje leeg en maakte aanstalten om op te staan.

'Tiens', zei Van In. 'Wie we daar hebben.'

Inspecteur Bruynooghe parkeerde de politiewagen voor het terras van L'Estaminet. Van In zag onmiddellijk dat er iets mis was. Het was jaren geleden dat hij hem nog had zien rennen. Hij kreeg gelijk.

'Cantecleer is in de Lange Rei gevallen', zei Bruynooghe.

'Is ze dood?'

'Nee. Alleen onderkoeld.'

'Dat was ze vroeger ook al.'

'Je moest je schamen, Van In.'

Hannelore mocht dan niet de beste verstandhouding hebben met de schepen van Openbare Werken, ze vond dat Van In buiten zijn boekje ging. Iedere mens verdiende respect, zelfs Mieke Cantecleer.

'Je zei dat ze gevallen is', zei Van In toen ze in de auto stapten.

'Dat veronderstellen we.'

Bruynooghe startte de wagen en zette het zwaailicht aan. Dat deed hij bijna altijd, ook als het niet om een dringende oproep ging.

'Tiens', zei Van In.

Hij vond het bijzonder merkwaardig dat Cantecleer aan de Lange Rei in het water was gesukkeld omdat de ene kant afgeboord was met een kaaimuur, de andere met een smeedijzeren reling. Had iemand haar een zetje gegeven?

Ook dat leek onwaarschijnlijk. Het was amper halfzeven. Geen enkele moordenaar nam een dergelijk risico. Of toch? Hij was in ieder geval benieuwd naar haar verklaring.

'Moet jij de kinderen niet ophalen?'

'Nee', zei Hannelore. 'Dat heeft mijn moeder gedaan. Maar toch fijn dat je er nu aan denkt.'

Van In was een goede man en een voortreffelijke minnaar, maar soms vergat hij dat hij ook vader was.

Bruynooghe parkeerde de politiewagen voor het Sint-Leocollege, ongeveer ter hoogte van de plek waar de brandweer Cantecleer uit het water had gevist.

'Wie heeft haar gevonden?'

'Een mevrouw die haar hond uitliet.'

'Riep ze om hulp?'

'Niet dat ik weet.'

Van In stapte uit. De regen striemde in zijn gezicht. Wat deed Cantecleer in vredesnaam te voet aan de Lange Rei in dit rotweer? Hij liet zijn blik over de nummerplaten van de geparkeerde auto's gaan. Cantecleer reed met een donkerblauwe BMW 318. Haar nummerplaat begon met KTU. Van In herinnerde zich de lettercombinatie omdat hij er een anagram in zag dat wonderwel bij haar paste.

'Daar staat haar wagen.'

Van In wees de donkerblauwe BMW aan die een eindje verderop stond geparkeerd.

'Hoe komt het toch dat u dat onmiddellijk opmerkt?'

Bruynooghe stak zijn bewondering voor de opmerkingsgave van zijn overste niet onder stoelen of banken.

'Omdat ik commissaris ben, en jij niet, Robert.'

Van In ging bij de kaaimuur staan en keek naar de overkant. De BMW stond pal voor het Borgia-hotel, dat hel verlicht was. Er kwam net een man naar buiten die hij meende te herkennen maar niet meteen kon thuisbrengen. Hij stond er niet verder bij stil. Het feit dat de BMW voor het Borgiahotel stond, intrigeerde hem meer.

Vroeger lieten mensen zich in een ziekenhuis opnemen als ze ernstig ziek waren, tegenwoordig kon je er ook voor een bloedneus of een griepje terecht. Daar konden ze op de dienst spoedeisende hulp van meespreken. Op zon- en feestdagen, als de meeste huisartsen onbereikbaar waren, werden ze overstelpt door hypochonders en bezorgde moeders die dachten dat hun kind aan een ernstige ziekte leed omdat het er een beetje bleekjes uitzag. De verpleegkundigen die de dienst bemanden, kregen het hard te verduren. Sommigen cultiveerden een pantser van onverschilligheid, anderen gingen in het verweer en dat was dan weer niet goed voor hun eigen gezondheid. De verpleegkundige die Van In aan de balie te woord stond, behoorde tot de tweede categorie.

'De patiënte heeft rust nodig, commissaris. Kom morgen terug tijdens de bezoekuren.'

Van In forceerde een glimlach. De verpleegkundige had duidelijk stress. Een autoritaire aanpak zou niet veel uithalen.

'Kan ik dan de behandelende arts spreken?' vroeg hij.

'Nee, die is bezig.'

De verpleegkundige draaide zijn stoel naar het computerscherm en begon verwoed op het toetsenbord te tokkelen.

'Zo dringend is het nu ook weer niet', probeerde Hannelore Van In te sussen.

Ze voelde zich altijd bijzonder gegeneerd als hij een woedeaanval kreeg en mensen allerlei lelijke dingen naar het hoofd slingerde.

'Daar gaat het niet om, Hanne.'

'Waarom dan wel? Je ego?'

Versavel kon een glimlach niet bedwingen. Niemand anders dan Hannelore mocht Van In ongezouten haar mening zeggen.

'Het is in het belang van het onderzoek dat ik Cantecleer vanavond nog spreek', zei Van In.

Hij zou nog wat tegenpruttelen en daarna inbinden.

'En ik stel voor dat we naar huis gaan, vroeg in bed kruipen en wie weet wat er daarna nog komt.'

Ze knipoogde naar Versavel, die duidelijk plezier beleefde aan de conversatie. Van In probeerde boos te kijken, maar diep in zijn binnenste wist hij dat ze gelijk had. Cantecleer kon wachten tot morgen.

'Dan moet dat maar', zei hij.

Toen ze in de auto stapten, kwam er een donkerblauwe Mercedes aangereden die Van In onmiddellijk herkende.

'Wat komt Moens hier doen?'

Politici krijgen het soms hard te verduren in de pers en als we de publieke opinie mogen geloven worden ze door iedereen geminacht. Daarvan was echter niets te merken toen Moens zich aan de balie aanmeldde. De verpleegkundige die Van In de laan uit had gestuurd, veerde overeind, drukte de burgemeester de hand en vroeg wat hij voor hem kon doen. Nog geen minuut later verscheen de behandelende arts, die geen bezwaar maakte dat mevrouw Cantecleer bezoek kreeg. Van In profiteerde van de gelegenheid en liep met hen mee.

'Ze is een halfuurtje geleden wakker geworden', zei de dokter. 'Ze zal waarschijnlijk blij zijn dat ze visite krijgt.'

Hij liep hen voor naar de kamer. Mieke Cantecleer zag er heel breekbaar uit. Ze leek wel tien kilo vermagerd. Moens boog zich over het bed en gaf haar een zoen. Van In, Versavel en Hannelore hielden zich discreet op de achtergrond.

‘Toen ik hoorde wat er gebeurd is, ben ik onmiddellijk hiernaartoe gereden’, zei Moens.

Cantecleer glimlachte. Ze was misschien niet de meest briljante politica, maar dat de burgemeester direct in zijn wagen was gesprongen, nam ze met een flinke korrel zout.

‘Ik denk dat ik gevallen ben’, zei ze, nog voor Moens kon vragen hoe ze in het water was beland. ‘Ik heb al een tijdje last van duizeligheid.’

‘Je werkt te hard, Mieke. Een paar weken vakantie zal je deugd doen.’

Een schepen die in het water sukkelt, was dronken of ziek. Het was beter dat ze een tijdje uit de belangstelling verdween.

‘Je weet toch dat ik geen vakantie kan nemen, Patrick? Het dossier Het Koningshof...’

‘Ssst. Niet aan werken denken. Ik neem het dossier wel van je over. Jij gaat met vakantie en daarmee uit.’

Hoewel Van In stond te popelen om Cantecleer een paar vragen te stellen, wachtte hij beleefd af tot Moens afscheid van haar nam en daarna van hen.

‘Probeer het zo kort mogelijk te houden, Van In.’

‘Ik zal mijn best doen, meneer de burgemeester.’

Het werd een bijzonder kort gesprek. Cantecleer bleef volhouden dat ze zich niet meer herinnerde hoe ze in het water was terechtgekomen, zelfs toen Van In haar uitlegde dat zoiets bijna onmogelijk was als ze niet over de kaaimuur of over de reling was geklauterd. Hij werd pas echt kwaad toen ze ook bleef beweren dat ze niet meer wist waar ze vandaan kwam.

‘Zal ik u dan zeggen waar u vandaan kwam, mevrouw de schepen? Van het Borgia-hotel, waar meneer Minski zijn vuile zaakjes met u regelt. Moest u weer een of andere vergunning voor hem regelen of bracht u hem gewoon een beleefdheidsbezoek?’

Van In besefte dat hij te ver was gegaan, maar hij had nooit verwacht dat ze hysterisch zou worden.

'Je hebt je weer van je beste kant laten zien', zei Hannelore toen ze van het parkeerterrein wegreden.

De arts die Cantecleer een kalmerend spuitje had gegeven, had Van In de huid vol gescholden en hen de deur gewezen.

'En toch heb ik gelijk.'

'Natuurlijk heeft meneer gelijk. Meneer heeft altijd gelijk.'

'Oké', zei Van In. 'Dan is er maar één manier om daar achter te komen.'

'Die naam is me niet bekend', zei de receptionist van het Borgia-hotel. 'Bovendien verblijven er momenteel geen gasten in het hotel.'

En hij bleef met zijn hoofd schudden toen Van In Mieke Cantecleer beschreef.

'Het spijt me, meneer', zei hij. 'Maar ik vrees dat ik u niet kan helpen.'

'Problemen, André?'

In de deuropening van de ontbijtzaal stond een rijzige man met hoekige schouders en kille, diepliggende ogen. De receptionist maakte een kleine buiging en trok zich onmiddellijk terug in het kantoortje achter de balie.

'Mijn naam is Minski. Kan ik jullie misschien helpen?'

'Bent u de eigenaar?'

'Was dat maar waar. Mag ik vragen wie u bent?

Van In stelde zich voor en ze drukten elkaar de hand.

'Ik kom hier één keer per week kaartspelen met vrienden', zei Minski. 'En ik kan u verzekeren dat we daarbij geen vrouwen dulden.'

De manier waarop hij Hannelore bekeek, maakte duidelijk dat hij geen beoefenaar was van de Griekse beginselen. Het leek wel of hij door haar kleren heen keek. Op de vraag of hij Mieke Cantecleer kende, knikte hij bevestigend.

'Puur zakelijk natuurlijk', voegde hij er met een gemeen lachje aan toe.

'En u weet zeker dat ze hier vanmiddag niet is geweest?'

'Heel zeker, commissaris.'

'Is hier ergens een toilet?'

Hannelore moest al een tijdje plassen, maar nu kon ze niet langer meer wachten. André, de receptionist, verscheen als een duvel uit een doosje en wees haar de weg.

'Ze is wel in de buurt geweest', zei Van In. 'De brandweer heeft haar een paar uur geleden uit de Lange Rei opgevist. Haar auto stond hier recht tegenover geparkeerd.'

'Dat meent u niet.'

'Toch wel', zei Van In. 'Vreemd dat u de sirenes van de brandweer niet hebt gehoord.'

Minski haalde zijn schouders op.

'Wat zijn jullie bij de politie toch achterdochtig', zei hij. 'Wilt u even meekomen.'

Minski leidde hen naar het zaaltje waar ze kaartspeelden en dat helemaal aan de achterkant van het hotel gelegen was. De ouderwetse deuren waren gecapitonneerd.

'Daarom komen we hier kaarten. Omdat het rustig is.'

Van In proefde de smaak van de nederlaag in zijn mond. Hij was er bijna zeker van dat de receptionist en Minski logen. De receptionist omdat hij doodsbang was voor Minski en Minski over het feit dat hij hier alleen kwam om te kaarten.

'Dan zullen we u niet langer storen, meneer Minski.'

'Dat doet u ook niet, commissaris.'

Het klonk zo arrogant dat Van In iets lelijks wilde terugzeggen, maar hij hield zich in.

'Je mag me nu de rest van de week plagen', zei Van In toen ze weer buiten stonden.

'Waarom zou ik dat doen?'

Hannelore legde haar arm over zijn schouder.

'Omdat ik ongelijk heb natuurlijk.'

'Daar ben ik nog niet zo zeker van.'

'Hoezo?'

'Omdat ik ongesteld ben.'

'Wat heeft dat er nu mee te maken?'

'Ik heb net tampons gewisseld', zei ze. 'En je raadt nooit wat ik in het emmertje heb aangetroffen?

'Een andere tampon?'

'Wat ben je toch briljant.'

'Is daar iets mis mee?'

Hannelore lachte. Hij had het echt nog niet door.

'In luxehotels worden de emmertjes in de damestoiletten iedere dag leeggemaakt, de receptionist beweert dat er geen gasten logeren en Minski kaart alleen met mannen. Is je euro nu gevallen?'

Ze grabbelde in haar handtas en gaf hem de tampon die ze zorgvuldig in toiletpapier had gewikkeld.

'De rest laat ik aan jou over, schat.'

5

'Ik heb met de verpleegkundige gesproken', zei Hannelore.

Van In schonk koffie in en stak een sigaret op. Zijn hoofd zat vol zaagsel en zijn oogleden wogen als lood. Na de ontdekking van de tampon hadden ze vannacht nog geruime tijd zitten nakaarten over Gregor Minski en Mieke Cantecleer, met als gevolg dat hij amper drie uur had geslapen.

'En?'

'Cantecleer heeft een kwartier geleden om een tampon gevraagd.'

'Weten we tenminste één ding zeker.'

'Wat nu weer?'

'Dat ze niet zwanger is.'

'Onnozelaar.'

Hannelore haalde de knoop aan van de gordel van haar badjas toen die wat openviel en de aanblik van haar dijen Van In op zondige gedachten kon brengen. Ze pakte de doos cornflakes en vulde twee bordjes voor de kinderen.

'Wat ga je nu doen?'

Van In trok bedachtzaam aan zijn sigaret. Mieke Cantecleer moest minstens nog vierentwintig uur in het ziekenhuis blijven en wie weet in welke toestand hij haar zou aantreffen na het incident van gisteren, toen ze bijna hysterisch was geworden nadat hij haar had gevraagd waar ze vandaan kwam.

'Ik heb zin om meneer De Ridder aan de tand te voelen', zei hij.

'De staatssecretaris?'

'Wie anders?'

'Het is te proberen.'

Hannelore ging zitten, beboterde een stuk toast en nam een slokje koffie. Net als Van In was ze er niet gerust op. Ook zij kende de verhalen over magistraten die het aangedurfd hadden de strijd aan te binden met de maffia.

'Ik hoop dat het netwerk niet al te breed vertakt is.'

'Ben je bang?'

'En jij?'

Van In stond op, kwam achter haar staan en sloeg zijn armen om haar heen. Hij liet een hand tussen de revers van haar badjas glijden.

'We zullen voorzichtig moeten zijn, Hanne.'

Een koele, knedende hand op een warm lichaam, het deed zo veel deugd dat ze haar rug kromde en zachtjes kreunde.

'Hoe laat is het nu?'

'Ik heb nog dertien minuten.'

'Je krijgt er vijf', zei ze.

'Pieter De Ridder is lid van de raad van bestuur van de NV Het Koningshof', zei Carine terwijl ze Van In het dossier overhandigde dat ze de avond tevoren had opgesteld over de staatssecretaris. 'En hij was al een keer betrokken bij een schandaaltje.'

'Gesjoemel met geld of vrouwen?'

'Allebei.'

Carine lachte. Het was een publiek geheim dat politici en belangrijke zakenlui zich op hun buitenlandse reisjes lieten verwennen, maar De Ridder had het wel erg bont gemaakt. Hij had in een exclusief hotel een luxesuite gehuurd en drie callgirls besteld, en dat allemaal op kosten van de Vlaamse gemeenschap. Het schandaal was uitgelekt maar kort daarna in de doofpot gestopt, waardoor hij vrijuit was gegaan.

'De ene houdt de andere natuurlijk de hand boven het hoofd', zei Van In nadat hij het dossier had doorgenomen.

Er zat een krantenknipsel bij waarin de eerste minister het in een interview opnam voor zijn collega. Doodernstig verklaarde hij dat een staatssecretaris op buitenlandse missie een zekere status hoog dient te houden, wil hij indruk maken op de mensen met wie hij onderhandelt en dat de burger niet uit het oog mag verliezen dat dergelijke internationale contacten vaak lucratieve contracten of investeringen opleveren waarvan iedereen, dus ook de gewone burger, mee profiteert. Hij zei het met niet zoveel woorden, maar eigenlijk kwam het erop neer dat politici hoeren mochten inhuren als ze dachten daarmee het land te dienen.

'Ik vraag me af welke contracten De Kee vannacht in de wacht wilde slepen', zei Carine.

Van In keek haar verbaasd aan. Hoofdcommissaris De Kee, alias de hormonenkid omdat hij alles probeerde te naaien dat borsten had, stond bekend om zijn promiscue gedrag maar voorzover hij wist betaalde hij nooit voor seks.

'Hij is om een uur of drie gesignaleerd in de Sfinks', zei Carine. 'En naar verluidt heeft hij de rekening betaald met zijn Visa-kaart. Ik bedoel de kaart waarmee hij representatiekosten mag maken.'

'Was jij er ook misschien?'

Carine genoot geen al te beste reputatie als het om seksuele 'eerbaarheid' ging, maar zij kwam er tenminste voor uit.

'Nee, een van mijn vrienden is er barman. De rosse meid die de hele nacht aan het oor van meneer de hoofdcommissaris heeft zitten sabbelen heeft voor bijna duizend euro Veuve Clicquot naar binnen gekieperd.'

De Sfinks had een paar maanden geleden de deuren geopend en was in korte tijd uitgegroeid tot een trefpunt van mensen die graag een katje in het donker knepen. Van In was er nog nooit over de vloer geweest – Hannelore zou hem vermoorden als ze erachter kwam – maar het feit dat Carine de tent ter sprake bracht en dat De Kee er was gesignaleerd, deden bij hem een belletje rinkelen. Carine zag hem nadenken.

'De Sfinks is eigendom van Georges Deneve', anticipeerde ze.

'Dé Georges Deneve?'

Deneve leidde al meer dan twintig jaar een architectenbureau dat van een eenmanszaak was uitgegroeid tot een heuse onderneming, die nu meer dan zestig mensen in dienst had.

'Ja, die', knikte Carine. 'Het hotelproject in Knokke is zijn paradepaardje.'

'Ik had er eerder aan moeten denken', zei Van In.

'Je wordt ook een dagje ouder, Pieter.'

Carine had Van In destijds proberen te verleiden en het was haar bijna gelukt. Jammer dat Hannelore hem weer van haar had afgesnoept. Ze betreurde echter nog meer dat hij haar daarna duidelijk had gemaakt dat hij niet gediend was van haar avances en hij haar zou laten overplaatsen als ze hem nog eens lastigviel.

'Het is al goed, Carine.'

'Oké, ik ga al.'

Ze liep naar de deur maar kon het niet laten om even met haar kont te wiebelen voor ze naar buiten ging.

'Ze is anders wel bijzonder efficiënt', zei Versavel, die het hele gesprek achter zijn computer had gevolgd.

'Of ze wil indruk maken.'

Van In was niet minder ijdel dan de doorsnee man. Ergens diep in zijn hart voelde hij zich nog steeds begeerd. Dat Carine zich voor hem bleef uitsloven streelde zijn ego.

'Je gaat toch weer niet beginnen zeker?'

'Nee, Guido. Wees maar gerust.'

Op weg van de Vette Vispoort naar het politiebureau had hij in de auto zitten nadenken over staatssecretaris De Ridder en het verkennende gesprek dat hij met hem had willen voeren, maar bij nader inzien leek het te vroeg om die stap te zetten. De Ridder was door zijn functie onschendbaar, hem nu al laten aanvoelen dat hij een verdachte was, had voordelen maar wellicht nog meer nadelen. Hem een paar speldenprikjes geven kon onrust zaaien en onrustige mensen maakten vlugger fouten of ze deden een poging om de zaak in der minne te regelen, waardoor ze zich blootgaven. Die fout zou De Ridder wellicht niet maken. Hij had al vele watertjes doorzwommen. Het leek waarschijnlijker dat hij zich na een ondervraging een tijdje gedeisd zou houden en zijn contacten met de maffia op een laag pitje zou zetten. Of erger nog, dat hij ontslag zou nemen uit de raad van bestuur van de NV Het Koningshof. Het speurwerk dat Carine had verricht, opende daarentegen nieuwe perspectieven.

'Is er al nieuws over Violet Stroobandts?'

'Bij mijn weten niet', zei Versavel. De Brusselse federale politie had beloofd een paar mannetjes in het Zuidstation te posteren en de passagiers van alle treinen afkomstig uit Parijs scherp in het oog te houden. De politie van Lille had dezelfde toezegging gedaan, maar het was zeer de vraag of ze die ook zouden nakomen.

'Dan stel ik voor dat we meneer Deneve een bezoekje brengen.'

De opgang van de ampersand was ook het architectenbureau Deneve en partners niet onopgemerkt voorbijgegaan, want het heette sinds kort D&P. Een gerenommeerde graficus had er drie weken over gedaan om van de letters een logo te maken. Hij had de letters eleganter en zwieriger getekend, op een cirkelvormige turkooizen achtergrond geplaatst en daarvoor een bescheiden ereloon van 2600 euro aangerekend. Een prikje als je bedenkt dat het logo voor Brugge 2002 Cultuurhoofdstad van Europa een veelvoud van dat bedrag had gekost en een peulenschil vergeleken met het bedrag dat de openbare omroep destijds voor een nieuw logo had uitgetrokken.

'Mooi gebouw', zei Van In toen hij de zoemer van de deurtelefoon hoorde.

Hij duwde de imposante poort open van het pand waarin de kantoren van D&P waren gevestigd. Ze kwamen in een grote hal die heel modern was aangekleed en in een zacht licht baadde. Aan de balie zat een meisje dat rustig had kunnen meedingen naar de titel van Miss Belgium Beauty. Ze begroette Van In en Versavel met een stralende glimlach.

'Ik ben commissaris Van In van de Bijzondere Recherche en dit is Guido Versavel, mijn naaste medewerker. Is het mogelijk meneer Deneve even te spreken?'

Hij probeerde zijn stem gewichtig te laten klinken, wat hem een por in zijn ribben opleverde van Versavel. Het meisje achter de balie was duidelijk ook niet onder de indruk van de toon die hij aansloeg. Ze vroeg doodgewoon of hij een afspraak had.

'Nee, maar wilt u zo vriendelijk zijn er een voor mij te maken.'

Het meisje halveerde haar glimlach.

'Meneer Deneve zit een belangrijke vergadering voor', zei ze. 'Ik vrees dat ik hem nu niet kan storen.'

Van In was een zachtaardige man die geduldig kon luisteren als iemand hem een probleem voorlegde en hij maakte zich zelden kwaad om futiliteiten. Tenminste, zo reageerde hij als hij geen dienst had. Tijdens een onderzoek kwam zijn alter ego naar boven, een ongeduldig mannetje dat geen tegenspraak duldde.

'Moet u eens goed naar me luisteren, juffrouwtje. Het kan me niet schelen welke vergadering Deneve voorzit, ik wil hem over vijf minuten spreken of ik laat hier de hele zwik in beslag nemen.'

Het was grof en de meeste mensen die hem zo tekeer zagen gaan, zouden hem ongetwijfeld uitgescholden hebben voor vuile flik, maar zijn aanpak miste zelden doel. Het meisje keek hem aan met grote, ongelovige ogen.

'Momentje', zei ze.

Ze pleegde een kort telefoontje, waarbij ze twee keer knikte. Tien seconden later ging ze Van In en Versavel voor naar het kantoor van Deneve, die hen met een joviaal gebaar ontving en niets liet merken van de wrevel die het politiebevel bij hem opwekte.

'Gaat u zitten, commissaris. Kan ik u iets aanbieden?'

Hij reikte naar een zoemer nog voor Van In kon antwoorden.

'Koffie, of iets sterkers?'

'Koffie is goed', zei Van In.

Versavel knipperde met zijn ogen. Het is hem menens, dacht hij. Of Hannelore had hem weer eens de les gelezen over deontologie en drankmisbruik.

'Jeanine, wil je koffie brengen voor drie?'

Deneve liet de knop van de zoemer los en liet zich lui

achterover zakken op zijn dure stoel van Italiaanse makelij. Bij het raam stond een console met daarop een schaalmodel van het Koningshof-hotel.

'Waarmee kan ik u van dienst zijn, commissaris?'

Georges Deneve was een kleine, tengere man, met onrustig flitsende ogen en een scherp getekend gezicht. Zijn lichaam was afgetraind, zijn huid gaaf en gebruind. Van In was niet jaloers op blitse zakenmensen die zich jaarlijks drie of vier exotische vakanties konden veroorloven, vaste klant waren in beautyfarms en bij wie de kapper om de dag langskwam om hier en daar een pluisje haar bij te knippen en het kon hem bij god niet schelen dat hun bankrekening met de minuut aangroeide, hij vond het alleen jammer dat geld altijd bij de verkeerde mensen terechtkwam.

'Ik zou graag iets meer willen weten over dat ding daar.'

Van In wees naar de maquette van het Koningshof-hotel.

'En over de bouwheer', voegde hij eraan toe.

Deneve kneep even zijn ogen dicht, maar liet voor de rest op geen enkele manier blijken dat de vraag hem deed schrikken.

'Ik werk voor een consortium van investeerders', zei hij. 'Het Koningshof-hotel mag dan een groot project zijn, voorzover ik weet is de financiering ervan rond.'

'Ik heb u niets gevraagd over de financiering', pikte Van In onmiddellijk in. 'Ik leid een onderzoek in verband met een onrustwekkende verdwijning en ik heb redenen om aan te nemen dat Gregor Minski daar wat mee te maken heeft.'

Het was een beredeneerde gok. Door Deneve te confronteren met de vermoedens die hij koesterde tegen de Rus zette hij een mechanisme in beweging dat op een of andere manier iets aan het rollen zou brengen.

'Dat moet u dan maar aan meneer Minski vragen', reageerde Deneve koel.

‘Heb ik gedaan. En hij heeft laten doorschemeren dat u Jakob Decloedt kende.’

Daar gaat hij weer, dacht Versavel. Het was een beproefde tactiek om verdachten de indruk te geven dat een van hen zijn mond had voorbijgepraat, maar Van In moest toch weten dat Deneve te gehaaid was om daar in te trappen.

‘Wie mag Jakob Decloedt dan wel zijn?’

Deneve keek Van In hoofdschuddend aan. Hij had de keus tussen dreigen dat hij Van In zou aanklagen wegens eerroof en doen alsof hij er niets van begreep. Hij koos voor het laatste.

‘De man die verdwenen is’, zei Van In. ‘Hij werkte in het Borgia-hotel, dat als ik me niet vergis eigendom is van de NV Het Koningshof.’

‘Ik vrees dat ik u niet kan volgen, commissaris. De NV Het Koningshof heeft honderden mensen in dienst. Het is niet omdat ik deel uitmaak van de raad van bestuur dat ik ze allemaal bij naam moet kennen.’

Deneve achtte het bijna onmogelijk dat Minski iets had losgelaten over Decloedt. Daar was hij veel te intelligent voor. Maar waarom was Van In hem dan komen opzoeken? Speelde Minski een vuil spel? Zou het kunnen dat de Rus hem in diskrediet wilde brengen? Nee, dat was niet denkbaar. Of toch? Er deden nogal wat verhalen de ronde over de manier waarop Minski medewerkers die te veel macht naar zich toetrokken aan de kant schoof.

‘Maar u speelt wel geregeld kaart in het Borgia-hotel?’

Van In moest roeien met de riemen die hij had. Op de kaartavonden die Minski organiseerde, gebeurden vreemde dingen en wie weet had Deneve daaraan deelgenomen. Als hij ongelijk had, was er niets verloren; in het andere geval zou Deneve zich afvragen hoe hij dat wist.

‘Wat heeft dat ermee te maken?’

Deneve zat tussen twee vuren. Beweren dat hij nog nooit kaart had gespeeld in het Borgia-hotel kon hem de das omdoen, toegeven dat hij het wel af en toe had gedaan was gevaarlijk omdat hij niet wist over hoeveel informatie de commissaris beschikte.

'Dat heb ik u net gezegd. Jakob Decloedt werkte in het Borgia-hotel.'

Minski nodigde hem één keer per maand uit voor een kaartavond in het Borgia-hotel. Wie weet had hij stiekem opnames gemaakt terwijl hij... Wat hij met Cantecleer had uitgespookt, was niet erg netjes maar het was geen misdaad. Het kon hem alleen zijn goede naam kosten. Zijn vrouw zou hem niet in de steek laten. Ze ging zelf vreemd.

'Er werken veel mensen in het Borgia-hotel. Nogmaals, ik hoef ze toch niet allemaal bij naam te kennen?'

'U ging er dus wel kaarten?'

'Is dat een misdaad?'

'Nee', zei Van In.

In zijn binnenste kon hij wel juichen. De eerste stap was gezet. Er zat een barst in het pantser. Die zou breder worden naarmate de onrust bij Deneve toenam. Het was nu alleen nog een kwestie van tijd. Versavel glimlachte stiekem. Hij was trots op zijn baas. Er werd geklopt. Een meisje van een jaar of vijfentwintig kwam binnen. Ze droeg een dienblad met daarop een thermoskan, drie kopjes, een mandje met suiker en een kannetje melk die ze op het bureau zette. Toen Deneve zijn arm uitstrekte naar de thermoskan, wierp Van In een blik op zijn polshorloge en maakte daarna een afwerend gebaar.

'Het is laat', zei hij. 'En ik heb nog een dringende afspraak.'

Violet Stroobandts stapte uit de metro en liet zich voortdrijven door de stroom mensen die zich naar de uitgang haastten. Tijdens de treinreis van Angoulême naar Parijs had ze de hele tijd haar hersens zitten pijnigen over hoe de politie haar op het spoor was gekomen, maar wat haar nog meer verontrustte was dat Minski een huurmoordenaar op haar had afgestuurd. Behalve haar moeder kon niemand vermoeden bij wie ze haar toevlucht had gezocht, want ze had haar relatie met Jean voor iedereen verborgen gehouden. Het enige wat ze van hem had bewaard waren de kaartjes die hij haar had geschreven een week voor hij definitief naar Frankrijk verhuisde en waarin stond dat ze altijd welkom was bij hem. Om hem niet in de problemen te brengen had ze uiteindelijk beslist contact op te nemen met de politie. Voor ze uitstapte, had ze even overwogen dat alsnog in Frankrijk te doen, maar bij nader inzien was ze bij haar eerste besluit gebleven om daar toch mee te wachten tot ze weer in Brugge was. Zolang ze tussen de mensen was, kon haar niets overkomen. Terwijl ze op de roltrap stond, dacht ze weer aan Jean en de heerlijke momenten die ze samen hadden beleefd voor hij impotent was geworden, de spanning telkens als ze elkaar stiekem ontmoetten, de gore kamers waar ze de liefde hadden bedreven en aan het schuldgevoel dat haar al die jaren was blijven achtervolgen omdat zij hem had verleid. Dat doet een meisje van vijftien een volwassen man niet aan, bleef ze steeds herhalen. Een meisje van vijftien maakt netjes haar huiswerk, ze duikt niet met haar leraar in de koffer. Dat de vrouw van Jean hen thuis in bed had betrapt, was de zwartste dag uit haar leven omdat er op die manier tijdelijk een eind kwam aan hun relatie en ze de pijn van de abrupte scheiding moeilijk had kunnen verwerken. Er waaide een frisse wind voor de Gare du Nord die haar deed huiveren. Ze zette de kraag van haar jas op en liep de stationshal in, waar op een groot bord de vertrektijden en de nummers van de perrons stonden aangekondigd. Ze keek er secondelang naar. In gedachten verzonken. Jakob was de enige die erin geslaagd was haar Jean te doen vergeten en nu was ze ook hem kwijt. Er rolde een traan over haar wang.

'Je bent vroeg vandaag.'

Hannelore stond in de keuken. Op het fornuis sudderde een pan met kwartels. De geur ervan deed Van In wegsmelten.

'Welke man zou jou niet aanbidden?'

'De man die straks de afwas doet.'

Ze draaide zich om en gaf hem een zoen.

'Waar zijn de kinderen?'

'Bij mijn moeder.'

'Ach zo.'

Hij liet zijn hand over haar kontje glijden.

'Maak je maar geen illusies, Van In. Twee keer per dag is te veel voor een man van jouw leeftijd.'

'Niet met een vrouw zoals jij.'

'Onnozelaar.'

Van In stak een sigaret op en ging aan de keukentafel zitten.

'In dat geval kunnen we evengoed gaan stappen. Weet je hoelang dat al geleden is?'

'Vier dagen.'

'Ik zei toch dat het al lang geleden was.'

'Ik heb andere plannen.'

Hannelore had zich een luie avond voor de televisie voorgesteld. In haar pyjama op de bank. En met een dekentje tot onder haar kin.

'Ik ben vanmiddag nog even langs geweest bij Canteleer', zei Van In.

'En?'

'Er is iets mis met dat mens.'

Ze had verklaard dat ze onwel was geworden in haar auto en aan de Potterierei was uitgestapt om een luchtje te scheppen. Ze was op de kaaimuur gaan zitten omdat het haar zwart voor de ogen werd. Het kon haast niet anders of ze had daardoor haar evenwicht verloren en was in de gracht gevallen.

'Merkwaardig verhaal.'

'Ik heb de tampon naar het lab gestuurd, maar Vermeulen was er niet. Zijn assistent heeft beloofd dat hij hem zal vragen het ding vanavond nog te onderzoeken.'

Terwijl de kwartels gaar werden, bracht hij ook verslag uit over het gesprek met Deneve.

'Daarom dacht ik dat het wel eens interessant zou kunnen zijn een kijkje te gaan nemen in de Sfinks. Naar verluidt gebeuren daar ook vreemde dingen.'

Hannelore prikte de kwartels een voor een aan een vork en draaide ze om. Het kissende braadvet verspreidde een onweerstaanbaar aroma. Vrouwen die koken worden stilaan zeldzaam, vrouwen die kunnen koken bijna onvindbaar. Hannelore mocht dan van mening zijn dat een buitenshuis werkend stel een beurtrol diende op te stellen voor de huishoudelijke taken, het koken nam ze liever voor haar rekening. Van In mocht alleen aan het fornuis staan als zij op dieet stond. Kwam ze tenminste niet in de verleiding.

'Ik begrijp niet wat mannen zien in een paar meiden die zich rond een paal kronkelen.'

Hannelore schoof aan tafel bij en schonk zich een glas wijn in.

'Tiens', zei Van In. 'Ik wist niet dat er in de Sfinks paaldanseressen werkten.'

'Leugenaar.'

‘De Kee komt er in ieder geval over de vloer.’

‘Dat weet ik.’

‘Mag ik ook vragen van wie?’

‘Van de secretaresse van Beekman.’

De procureur beschouwde zichzelf als een goede katholiek, maar dat betekende niet dat hij het over de hele lijn eens was met de paus. Over de geneugten van het vlees bijvoorbeeld hield hij er een totaal andere mening op na. Van In voelde aan dat Hannelore hem bekeek met een blik van het-is-niet-omdat-Beekman-daar-rondhangt-dat-jij-er-ook-naartoe-mag, dus zei hij: ‘We kunnen er misschien samen eens een kijkje gaan nemen.’

‘Moet dat per se vanavond?’

‘Nee, maar...’

‘Ik ken je, Van In. Je gaat niet ophouden met zeuren tot ik ja zeg.’

‘We hoeven er toch niet de hele avond te blijven?’

Van In voelde dat hij het pleit aan het winnen was. Hij stond op, liep naar de keukenkast en dekte de tafel. Dat ze hem verweet een slijmbal te zijn, kon hem geen donder schelen.

Een mens zou verwachten in de Sfinks een Egyptisch decor aan te treffen. Niets was minder waar. De muren van de gelagzaal waren versierd met saters en nimfen en er stonden kopieën van Griekse en Romeinse beelden. Venussen en Afrodites. Aan de lange bar zaten mannen bier en cocktails te drinken terwijl een eindje verderop een blonde stoot op een klein podium met een minuscule beha stond te zwaaien die ze net had uitgetrokken. Van In koos een tafeltje in de hoek van waar hij het podium bijna niet kon zien, maar toen Hannelore zei dat hij de pater niet moest uithangen, gingen ze aan de bar zitten. Een ober in zwarte broek, scharlakenrood vest en hagelwit hemd was er als de kippen bij om de bestelling op te nemen. Omdat ze geen Duvel hadden, nam Van In een pilsje. Hannelore nam genoegen met een glas water.

'Veel volk zit hier in ieder geval niet.'

'Het is nog vroeg, Hanne. De vaste klanten komen pas na middernacht.'

'Hoe laat is het nu?'

'Kwart over elf.'

Ze nipten van hun glazen. Ondertussen had de blonde stoot gezelschap gekregen van een ongelooflijk sensuele Afrikaanse, die langzaam met haar heupen begon te wiegen op de dreun van trommen. Zelfs Hannelore keek op toen ze de lange cape van haar schouders liet glijden en zich lenig om de paal begon te kronkelen.

'Ik vraag me af hoeveel die meisjes verdienen', zei ze.

'Dat hangt ervan af van hoeveel de mannen hen toestoppen.'

'Je bent wel goed geïnformeerd voor een man die hier nog nooit over de vloer is geweest.'

'Ik heb me inderdaad geïnformeerd.'

De sfeer verkilde naarmate de tijd verstreek. Van In dronk het ene pilsje na het andere terwijl Hannelore zich duidelijk stierlijk zat te vervelen. Toen het gesprek helemaal dreigde stil te vallen, het was ondertussen halfeen geworden, vond Van In het welletjes.

'We kunnen beter naar huis gaan', zei hij niet erg vriendelijk.

'Heb je genoeg gezien?'

'Iedereen kan zich vergissen, Hanne.'

Hij draaide zich om en wenkte de ober die aan de andere kant van de gelagzaal een bestelling opnam. Doordat die niet meteen op het gebaar reageerde, bleef Van In afwachtend in die richting kijken. Bij het binnenkomen had hij er niet op gelet dat daar ook een deur was. Ze ging open en er kwamen twee mannen binnen. Een van hen was Klaas Vermeulen, chef van de technische recherche. Van In draaide zich vliegensvlug om, pakte Hannelore bij de schouders en begon haar hartstochtelijk te zoenen.

'Waarvoor was dat goed?' vroeg ze toen hij haar na een halve minuut weer losliet.

Van In glimlachte.

'Ik denk dat ik iets ontdekt heb', zei hij triomfantelijk.

Achter de deur zat een grove kerel op een stoel een kruiswoordraadsel in te vullen. Een brede trap met rode loper leidde naar boven.

'Deze ruimte is niet toegankelijk voor het publiek.'

De man legde het puzzelboekje op een bijzettafeltje en ging met gekruiste armen voor Van In staan. Hannelore schatte hem twee meter groot en zijn gespierde borstkas verraadde dat hij meer dan een paar uur per week in een fitnesszaal doorbracht. Het leek een scène uit een Amerikaanse politiefilm, met dat verschil dat Van In er niet uitzag als de stoere flik die dat varkentje wel even zou wassen.

'Ik heb hier nochtans net een vriend naar buiten zien komen', zei Van In.

De kerel keek hem taxerend aan.

'Hier is niemand buitengekomen', zei hij ijzig.

'Mag ik vragen wie hier de leiding heeft?'

'Dat gaat u geen donder aan.'

De man liet zijn armen zakken en balde zijn vuisten. Om zijn mond verscheen een grijns die niet veel goeds voorspelde. Hannelore zag Van In verstijven. Ze had het nog niet meegemaakt dat hij met iemand op de vuist was gegaan, maar ze had het ook nog nooit meegemaakt dat iemand hem op die manier afsnauwde. Ze moest wel ingrijpen.

'Mijn naam is Hannelore Martens, en ik ben onderzoeksrechter. Als ik u was, zou ik stante pede mijn baas waarschuwen en hem zeggen dat zijn tent gesloten wordt als hij binnen twee minuten niet komt opdagen. Is dat begrepen?'

Van In keek even opzij naar Hannelore en daarna weer naar de grove man, die haar verbaasd stond aan te staren. Bij normale mensen plant een zenuwprikkel zich voort met de snelheid van het licht, bij de grove man, die eerder verwant leek met een Neanderthaler, duurde het ruim twee seconden voor hij reageerde. Hij pakte het mobieltje dat in een etuitje aan zijn riem hing en toetste een nummer in. Nog geen twee minuten later kwam een gezette man in een smoking de trap afgelopen.

'Mijn naam is Ivan Ponjaert. Waarmee kan ik u van dienst zijn, mevrouw?'

De grove man had ondertussen weer plaatsgenomen op zijn stoel en ging onverstoorbaar verder met het invullen van het kruiswoordraadsel.

'Dat moet u aan commissaris Van In vragen', zei Hannelore.

Na het incident mocht ze hem zeker niet de indruk geven dat ze zelf de touwtjes in handen wilde nemen – liep hij anders een week te mokken als een klein kind, en ze had haar handen al vol aan de tweeling.

'Bent u commissaris Van In?'

Ivan Ponjaert stak zijn hand uit, die klam aanvoelde toen Van In ze drukte. Ook zijn vollemaansgezicht was vochtig van het zweet. Mensen beoordelen bij het eerste contact is een riskante bezigheid omdat later vaak blijkt dat mensen meestal niet zijn zoals ze lijken. Toch kon Van In zich niet van de indruk ontdoen dat Ponjaert een windbuil was, om over zijn intellectuele capaciteiten nog maar te zwijgen.

'Ik was toevallig in de buurt toen ik me herinnerde dat een van mijn vrienden zich ooit vol lof over uw etablissement uitliet. Hij is hier trouwens net naar buiten gekomen: Klaas Vermeulen van de technische recherche.'

Het gezicht van Ponjaert klaarde op.

'Klaas is een van onze meest gewaardeerde klanten', zei hij. 'Hij komt hier bijna wekelijks over de vloer.'

'Boven of beneden.'

'Boven natuurlijk.'

Ponjaert wierp een vluchtige blik op Hannelore. Boven kwamen zelden vrouwen, maar wat moest hij doen: zeggen dat ze beneden moest wachten?'

'Ik ben heel benieuwd', zei Van In.

Ponjaert maakte een uitnodigend gebaar en ging hen voor op de trap. Op de eerste verdieping stonden twee kerels van hetzelfde kaliber als die beneden. Ze knikten naar Ponjaert, maar zeiden verder geen woord. Een van hen deed de dubbele deur open die toegang gaf tot een schemerdonkere ruimte, waar in het midden twee vrouwen lagen te vrijen op een cirkelvormig plateau dat langzaam ronddraaide en hel verlicht was. De muziek stond net hard genoeg om het geroezemoes van het publiek, dat uitsluitend uit mannen bestond, te overstemmen. Op de tafeltjes stonden zacht glanzende ijsemmers met champagne.

'Die dekselse Vermeulen', zei Van In. 'Als zijn moeder dit zou weten, schrapte ze hem uit haar testament.'

'En mevrouw De Ridder zou het waarschijnlijk ook niet erg op prijs stellen dat haar man zich hier zit op te geilen.'

Hannelore maakte een korte hoofdbeweging naar rechts. De staatssecretaris voor Ontwikkelingssamenwerking zat languit in een gemakkelijke stoel en liet zich door een meisje van het huis masseren op een plek die vroeger met ‘onwelvoeglijk’ werd omschreven.

‘Kan ik jullie iets aanbieden?’ vroeg Ponjaert. ‘Dom Perignon, Krug of Veuve?

‘Doe maar de Veuve’, zei Van In.

Ze gingen achteraan aan een tafeltje zitten van waaruit ze de hele zaal in het oog konden houden. Ondertussen had een naakte man zich bij de meisjes gevoegd. Van In glimlachte toen Hannelore een beetje ging verzitten.

‘Hoe komt het dat jij hier niets van afweet?’

‘Omdat ik een trouwe echtgenoot ben natuurlijk.’

‘Dat bedoel ik niet.’

‘Ach zo.’

De jongen begon dingen met de meisjes te doen die zelfs een curiekardinaal wild hadden gemaakt. Van In kon het niet laten, hij legde zijn hand op Hannelores dij en streelde de binnenkant ervan. Tot zijn grote verbazing liet ze hem begaan.

‘Het lijken the body snatchers wel.’

Ze draaide haar hoofd in zijn richting.

‘Die film weet je wel, waar zaden uit de ruimte vallen die de vorm van een mens aannemen, een willoze mens welteverstaan die op zijn beurt zaden bij andere mensen neerlegt tot de hele wereldbevolking van zaad naar mens is getransformeerd.’

‘Welke onzin sla je nu weer uit.’

Van In was geen genie als het om het navertellen van films of boeken ging. Erger nog, het gebeurde zelfs vaak dat hij de draad kwijtraakte bij het opdissen van een mop.

‘Het lijkt wel of ze elkaar hebben aangestoken.’

De Kee, Vermeulen, Beekman en De Ridder waren hier klant en bij het binnenkomen had hij ook de voorzitter van de rechtbank herkend en een lid van de provincieraad.

'Aangestoken lijkt mij een perfecte omschrijving', fluisterde Hannelore. 'Volgens mij zijn we in een wespennest beland.'

Een ober zette een ijsemmer op tafel en schonk de glazen in, maar voor ze konden proeven ging Hannelores mobieltje over. Ze had onlangs het kenwijsje veranderd. *Can't get no satisfaction* mocht dan een heel toepasselijk nummer zijn, ze had het beter bij het oude toontje gehouden waar niemand van opkeek.

6

Het gerechtsgebouw aan de Kruispoort lag er nog verlaten bij, want het was amper halfnegen toen Hannelore en Van In er arriveerden. Zij had voor de gelegenheid een sober broekpak aangetrokken, hij een colbertjasje. Ze liepen over het parkeerterrein naar de hoofdingang, waar een stugge onthaalbeambte op hen wachtte.

'Goedemorgen, mevrouw de onderzoeksrechter', zei hij, maar het klonk niet vriendelijk.

Hij was zowat drie kwartier vroeger moeten opstaan omdat zijn chef hem in het holst van de nacht had gebeld met de mededeling dat meneer de procureur om kwart over acht op kantoor wilde zijn.

'Ik ken de weg, Frank', zei Hannelore toen de onthaalbediende hen wilde voorgaan.

Ze namen de trap naar de tweede verdieping. Hannelore met snelle, korte pasjes, Van In volgde haar met slome tred. Het feit dat hij bij de procureur op het matje werd geroepen, kon hem weinig schelen, maar het telefoontje dat Hannelore in de Sfinks had gekregen, zat hem dwars. Violet Stroobandts was dood. De Franse politie had haar lichaam aangetroffen in de buurt van de gare du Nord in Parijs. Ze was afgemaakt met messteken.

In de gang die naar het kantoor van Beekman leidde, sloeg hij zijn arm om Hannelores schouder en gaf haar een zoen.

‘We komen er wel uit, schat.’

Hannelore en Beekman waren goede vrienden, maar na het gesprek dat ze vannacht met hem had gevoerd, leek die vriendschap sterk bekoeld. Het was op ruzie uitgedraaid en dat had haar diep geraakt omdat ze Beekman al die jaren op handen had gedragen en hij haar menige keer uit een lastige situatie gered. In het verleden waren er zelfs momenten geweest dat Van In de procureur ervan had verdacht meer te willen dan alleen een vriendschappelijke relatie.

‘Hij is gewoon boos omdat ik hem voor hoerenloper heb uitgescholden.’

‘Je hebt hem nog voor veel meer uitgescholden, Hanne.’

Ze had hem ook nog corrupt en decadent genoemd. Van In drukte op de deurbel. In het venstertje erboven floepte onmiddellijk ‘binnen’ aan.

‘Zal ik eerst binnengaan?’

Hij kreeg een stomp in zijn ribben.

‘Ik haat martelaars’, zei ze.

Er stond een dienblad met koffie op het tafeltje bij het bankstel – Beekman had zijn kantoor destijds knus ingericht – maar de sfeer was koel. De procureur droeg een donkerblauw pak en een sobere das. De manier waarop hij ‘ga zitten’ zei, voorspelde niet veel goeds. Van In moest het zelfs stellen zonder handdruk.

‘Ik ga er geen doekjes om winden, mevrouw Martens (Beekman had haar nog nooit met haar achternaam aangesproken), maar wat er vannacht gebeurd is kan niet door de beugel.’

Pieter De Ridder, staatssecretaris voor Ontwikkelingssamenwerking, had hem als eerste gebeld. Het uur daarna had de telefoon niet stilgestaan. Zowel de voorzitter van de rechtbank, een lid van de provincieraad als een bevriende zakenman hadden hem laten weten dat een onderzoeksrechter zich niet te bemoeien had met hun privé-leven.

'Ik heb gewoon mijn mening gezegd', zei Hannelore.

Er verscheen wanhoop in Beekmans ogen. Waarom konden vrouwen niet toegeven dat ze buiten hun boekje waren gegaan en zich daarvoor verontschuldigen? Kon hij de tegenpartij daar tenminste mee sussen.

'Bovendien ben ik de discussie niet begonnen.'

Kleine oorzaken, grote gevolgen. Het kenwijsje van haar mobieltje, *Can't get no satisfaction*, had bij een van de klanten van de Sfinks kwaad bloed gezet toen ze het toestel niet meteen uit haar handtas had weten op te vissen. Er was een discussie ontstaan die van kwaad tot erger verviel. Hoe het precies was gegaan, wist Van In zelf niet. Hij had het mobieltje van haar overgenomen en de oproep van de Franse politie in een andere kamer beantwoord. Het gesprek had minstens tien minuten geduurd en toen hij de zaal weer binnenkwam, was het hek al van de dam. De Ridder was zich in de discussie komen mengen en daarna ook de voorzitter van de rechtbank, een ouderwetse magistraat die zich nooit had kunnen verzoenen met het feit dat vrouwen in leidinggevende functies werden benoemd. Ze had hem natuurlijk nooit voor vies oud mannetje mogen uitschelden, maar wat gebeurd was kon niet meer teruggedraaid worden.

'Je hebt me in een lastig parket gebracht', zei Beekman.

'Dat moet uitgerekend jij zeggen. Je komt er zelf over de vloer.'

Beekman fronste zijn wenkbrauwen. Dreigen met een sanctie had geen zin omdat er dan een onderzoek zou komen en dat konden de klanten van de Sfinks missen als kiespijn. Aan de andere kant had Hannelore bij een aantal hooggeplaatste personen een gevoelige snaar geraakt.

Erger nog. Ze had hen publiekelijk in hun hemd gezet. Het was misschien verstandiger zijn pijlen op Van In te richten. Dan konden ze het onder elkaar uitvechten.

'Wat ik in mijn vrije tijd doe, gaat niemand aan. Als procureur is het mijn taak om misdadigers te laten vervolgen. Wat jullie nu aan het doen zijn is deontologisch verkeerd.

Respectabele burgers lastigvallen alleen maar omdat ze een spektakel bijwonen ruikt naar fascisme en als er één ding is waartegen ik me zal blijven verzetten dan is het dat wel.'

Hij wierp een blik naar Van In om duidelijk te maken wie hij viseerde, maar in plaats van iets te zeggen stak Van In een sigaret op.

'Druk ik mij verkeerd uit of luister je niet, Van In? Er is geen maffia in Brugge, hooguit een handvol vreemdelingen die zich met duistere zaakjes bezighouden. Van een georganiseerd netwerk is absoluut geen sprake. Die komen in de grootsteden voor, niet in Brugge.'

'Als ze toch niet bestaan, waarom fulmineer je dan zo?'

Beekman rechtte zijn rug, zette zijn bril af en wreef met een vermoeid gebaar zijn ogen uit.

Hij had nog de tijd meegemaakt dat politiemannen ineenkrompen als ze een uitbrander kregen van een magistraat en dat het ondenkbaar was dat ze hun stem durfden te verheffen, laat staan dat ze zich kritisch uitlieten. Van In was natuurlijk een apart geval. Hij had lak aan gezag. Bovendien was er tussen hen in de loop der jaren een vriendschapsband gegroeid die gebaseerd was op wederzijds respect en vertrouwen. En dan was er nog Hannelore voor wie hij een zwak had.

'Vergeet niet dat ik de procureur ben', zei hij een beetje tegen zijn zin omdat het zo hautain klonk.

'Die me met het onderzoek heeft belast', vulde Van In doodgemoedereerd aan. 'Of het mij kan ontnemen.'

Beekman stond bekend als een integer man die niet week voor druk van buitenaf en dat in tegenstelling tot zijn voorganger, die in het verleden menige keer tussenbeide was gekomen in een onderzoek. Er deden zelfs geruchten de ronde dat hij ooit bewijsmateriaal had laten vernietigen in een verkrachtingszaak waarbij een aantal invloedrijke personen betrokken waren en in ruil daarvoor een mooie promotie had gekregen.

'Doe niet flauw, Van In. Ik ben niet van plan me te bemoeien. Ik wil je alleen maar duidelijk maken dat jullie de procedure dienen te respecteren.'

Hij wierp een beschuldigende blik naar Hannelore toen hij 'jullie' zei.

'En vergeet ook niet dat sommige mensen die regelmatig de Sfinks bezoeken meer macht hebben dan ik.'

'Zo zit het dus', zuchtte Van In.

Beekman nu nog proberen uit te leggen dat de verdwijning van Jakob Decloedt en de moord op diens vriendin in Parijs niet het werk waren van gewone misdadigers, leek hem nutteloos. Het was immers duidelijk dat de procureur het niet wilde horen.

'Is er nog iets dat we moeten weten, Jozef?'

Hannelore strekte haar nek. Ze keek Beekman strijdlustig aan. Als onderzoeksrechter diende ze hem geen verantwoording af te leggen.

'Nee', zei Beekman. 'Alles is gezegd.'

'Fijn.'

Ze stond op en liep naar de deur zonder de procureur nog een blik te gunnen. Van In haalde zijn schouders op en liep haar achterna als een volgzame hond.

Gregor Minski zat in de oranjerie aan een rijkelijk gedekte ontbijttafel. Hij knabbelde op een stukje toast dat royaal met kaviaar was besmeerd, geen Russische maar Iraanse. De Russische kaviaarhandel was immers voor het grootste deel in handen van de maffia en dat had zo zijn invloed op de kwaliteit ervan. Naast hem zat een beeldschoon meisje met hoge jukbeenderen en lange, fraai gevormde benen. Ze droeg een zijden nachthemd en met bont afgeboorde slippers. Ze nam af en toe verveeld een hapje van een kommetje fruitsalade. Twee maanden geleden hadden haar ouders haar aan Minski verkocht voor amper drieduizend euro en straks zou Kirpitsjenko haar naar een bordeel in Antwerpen brengen waar ze aan de slag kon bij een vriend van hem. Ze was goed in wat ze deed, Minski had haar langer laten blijven dan naar gewoonte. De meeste meisjes stuurde hij na een paar weken al weg.

'Wil je echt dat ik nu al ga?' vroeg ze.

Minski was geen zachtaardige man, hij behandelde haar ruw in bed en ze moest onmiddellijk ingaan op al zijn wensen, maar dat stelde niets voor bij het leven dat haar te wachten stond in Antwerpen, waar ze dagelijks tientallen mannen zou moeten afwerken van wie de meeste zich niet eens wasten of dronken waren.

'Alsjeblieft.'

Minski keek even op. De meisjes die hij langer dan een maand hield, kregen kapsones. Of ze dachten dat hij verliefd was geworden op hen omdat ze het langer uithielden dan de gemiddelde hoer.

'Eet je slaatje en drink nog een glaasje champagne', zei hij bijna vaderlijk.

Hij had evengoed kunnen zeggen dat het de laatste keer was dat ze nog vers fruit en champagne voorgeschoteld zou krijgen en dat ze gelukkig mocht zijn dat hij haar zo lang had laten blijven.

'Toe nou, Gregor.'

Minski legde zijn toast neer, stond op en liep om de tafel heen naar haar toe. Hij legde zijn hand op haar hoofd en duwde het naar beneden terwijl hij met zijn andere hand zijn badjas openknoopte.

'Je hebt nog een boel te leren, teef', zei hij.

Kirpitsjenko zat al een tijdje in de gang voor hij de oranjerie binnen werd gelaten. Op de keper beschouwd was de hele operatie best meegevallen. Vrienden hadden Violet Stroobandts in Parijs weten te onderscheppen en haar het zwijgen opgelegd. En ze waren erachter gekomen waar de foto's waren.

'Zal ik haar meteen wegbrengen?' vroeg hij.

Minski stopte een paar druiven in zijn mond, kauwde en slikte ze door voor hij antwoord gaf.

'Laat ze nog even buiten wachten. Ik wil je eerst nog even spreken.'

Kirpitsjenko deed wat van hem gevraagd werd. Straks, voor ze vertrokken, mocht hij haar nog eens onder handen nemen. Wist ze duidelijk dat ze niet langer het liefje was van de baas.

'Violet Stroobandts heeft de foto's verzonden voor ze de trein nam', zei hij. 'Volgens een ambtenaar van de posterijen zal het stuk morgen bedeeld worden. Dan hoef ik het alleen nog te onderscheppen.'

Hij hoopte dat Minski hem niet zou vragen naar wie Violet Stroobandts de foto's had verstuurd, maar hij had evengoed kunnen wensen dat een fee hem in een knappe jongeman omtoverde.

'Je bent een uilskuiken, Vadim', zei Minski toen Kirpitsjenko schoorvoetend toegaf dat Violet Stroobandts de foto's naar Van In had verzonden en hij voorstelde de postbode te overvallen om op die manier de foto's te recupereren.

Kirpitsjenko had nagetrokken dat de post in de Vette Vispoort rond halfacht werd bedeeld, op een moment dat zowel Van In als zijn vrouw nog thuis waren en hij ging ervan uit dat ze hun post openmaakten voor ze naar hun werk vertrokken. Hij kon dus niet anders dan de postbode overvallen.

'En wat ga je doen als de foto's pas overmorgen worden bezorgd? De postbode nog een keer overvallen?'

Kirpitsjenko had dat scenario ook de revue laten passeren.

'Niemand zal verwachten dat een postbode twee keer na elkaar op dezelfde plek wordt overvallen', zei hij.

'En jij denkt die klus ongemerkt te kunnen klaren. Alsof er op dat uur geen mens op straat loopt.'

'De Vette Vispoort is een smalle steeg die amper bewoond is.'

Minski had Kirpitsjenko kunnen uitkafferen, maar dat hielp de zaak niet vooruit. Van In zou het natuurlijk verdacht vinden dat de postbode uitgerekend daar werd overvallen, maar hij zou er nooit achter komen waarom het was gebeurd.

'Vooruit dan maar', zei hij.

Kirpitsjenko dankte in stilte alle heiligen van wie hij zich de naam nog kon herinneren en nam gretig het glas champagne aan dat Minski hem aanbood.

'Nasdrovje.'

'Nasdrovje.'

'Heb je mevrouw Stroobandts al op de hoogte gebracht van de moord op haar dochter?'

Ze liepen over het parkeerterrein van het gerechtsgebouw. Hannelore hield er fiks de pas in. Van In had moeite om haar bij te benen.

'Moet jij niet op kantoor blijven?'

'Dat maak ik wel uit.'

Ze had veel zin om met Van In ergens een kop koffie te gaan drinken en nog wat na te kaarten over het gesprek met Beekman dat eigenlijk niets had opgeleverd, behalve dat hij aan respect had ingeboet.

'Ik stuur Carine er wel op af.'

'Zoals gewoonlijk dus.'

Hannelore wist dat hij er een hekel aan had mensen te melden dat een van hun dierbaren dood was, maar het hoorde nu eenmaal bij zijn taak dat te doen. Alsof haar werk zo prettig was.

'Carine doet niets liever dan mij een dienst bewijzen. Dat weet je toch.'

'Ik zou op mijn woorden letten als ik jou was.'

Ze sloegen de Langestraat in. Een bus met schoolkinderen denderde voorbij en het begon weer te regenen.

'Je gaat me daarmee toch niet de rest van mijn leven blijven achtervolgen?'

'Dat hangt van jou af.'

Van In was geen charmeur, hij liet zich verleiden en speelde daarna de vermoorde onschuld.

Ze begreep nog steeds niet waarom vrouwen op hem vielen, maar ze kon het hen moeilijk gaan vragen en was zelf trouwens destijds voor hem gesmolten.

'We kunnen Cantecleer nog eens aan de tand voelen. Ik ben benieuwd hoe ze zich er nu zal proberen uit te praten.'

'Laten we eerst koffie gaan drinken in L'Estaminet.'

'Koffie?'

'Ja, koffie.'

Hij legde zijn hand op haar schouder en trok haar stevig tegen zich aan. Een bevriende advocaat die ze kruisten, gaf hen een lachje. Van In kon zo lief uit de hoek komen dat ze soms zin kreeg onder zijn huid te kruipen en hem op te vreten.

Ooit kwamen mensen op straat om te protesteren tegen wantoestanden die echt niet door de beugel konden. Tegenwoordig was het al voldoende dat je niet akkoord ging met de manier waarop je buurman de duiven voederde om een actiegroep op te richten en het huis van de boosdoener te bezetten. Het Lappersfortbos aan de Chartreuseweg was een stukje groen waar niemand zich om bekommerde, tot de eigenaar besliste er een stukje van op te offeren voor de aanleg van een industrieterrein. De ingreep was een fait divers gebleven als een groepje jongeren na een kroegentocht niet had beslist ten strijde te trekken tegen het vreselijke milieudelict. Ze bezetten het bos en eisten van de overheid het te sparen. De actie zou ongemerkt voorbijgegaan zijn als de pers zich op de vlakte had gehouden en het hele gebeuren in een paar regels had afgedaan. Maar nee. Binnen een paar dagen stonden de kranten bol van paginagrote stukken over de dappere milieuridders die zich in het bos in boomhutten hadden verschanst en van geen wijken wilden weten. De bezetting had uiteindelijk meer dan een jaar geduurd en het had de gemeenschap handenvol geld gekost om het bos te ontruimen. Sindsdien was het een soort pelgrimsoord geworden voor mensen die de natuur een warm hart toedroegen.

Vic Reynaert, een van de ex-bezetters, maakte met zijn hond wekelijks een ommetje in het bos, dat hij ondertussen als zijn broekzak kende. Terwijl Rex, de Duitse herder die hem vergezelde, zijn behoefte deed, ruimde hij de rommel op die andere bezoekers hadden achtergelaten.

De buit bedroeg vandaag drie gebruikte condooms, zes blikjes en een lege whiskyfles. Hij stopte alles netjes in een plastic zak en floot Rex terug, die een eindje verderop aan het graven was.

'Volgens mij is Violet vermoord omdat Jakob Decloedt haar iets over de foto's heeft verteld', zei Hannelore.

Ze hadden zich bij de kachel op de bank genesteld. Johan, de kroegbaas van L'Estaminet, zette de koffie op tafel. Nog voor Hannelore een opmerking kon maken over de witte roomkraag, zei hij met een ontwapenende glimlach dat gewone koffie bij dit weer niet voldoende was om de koude uit je lijf te verjagen en dat hij er daarom een scheutje whisky aan had toegevoegd.

'Ik heb geen Irish coffee gevraagd', zei Van In toen Hannelore hem boos aankeek omdat ze dacht dat hij de bestelling stiekem had gewijzigd.

'Ik drink geen sterkedrank, Van In. Dat weet je toch.'

Van In wierp een blik op de klok, die al sinds mensenheugenis aan de muur tussen de ramen hing en stak een sigaret op.

'Dan neem ik die wel voor mijn rekening. We hebben toch alle tijd vandaag.'

'Jij hebt altijd een excuus om alcohol te drinken.'

'Ik doe het voor jou, schat. Overmatig alcoholverbruik en roken doen bij een man de potentie afnemen. Stel je voor wat je zou meemaken als ik geheelonthouder was.'

'Onnozelaar.'

Van In was vierenveertig en hij rookte al sinds zijn zestiende. Theoretisch was hij niet meer in staat om frequent te vrijen, maar als ze hem met die bewering confronteerde, zei hij steevast dat seks zich in iemands hoofd afspeelde en alles daar bij hem nog in orde was. Bovendien voegde hij telkens de daad bij het woord als ze hem daarover aansprak. De vorige keer, ze zaten toen ook in L'Estaminet, had hij haar meegetroond naar het toilet, dat ruim genoeg was om een nummertje te maken omdat het ook toegankelijk was voor rolstoelpatiënten.

‘Je durft het niet te zeggen, hé.’

‘Nee, Van In. Dat plezier gun ik je niet.’

‘Vanavond is ook goed. Zal ik je eens lekker verwennen in bad. Of...’

‘Hou daar in vredesnaam mee op.’

Hannelore keek beschaamd om zich heen. De klanten die binnen gehoorsafstand zaten, luisterden gretig mee.

‘Oké.’

Van In stak zijn neus in de roomkraag en probeerde voorzichtig van de hete koffie te nippen. Kon ze zich straks boos maken dat er room aan zijn bovenlip hing en hij het er met zijn mouw afveegde.

‘We hadden het over Violet Stroobandts’, zei hij.

Dit keer was ze hem voor. Ze veegde zelf zijn bovenlip schoon met een papieren servet.

‘Ik vind dat we een rogatoire commissie naar Parijs moeten sturen. Zo komen we misschien meer details te weten.’

In grootsteden waren moord en doodslag bijna dagelijkse kost. Als een onderzoek niet meteen concrete resultaten opleverde, werd het algauw stopgezet en ging de aandacht naar recenter gepleegde misdaden. Aan een afrekening binnen het milieu werd nog minder gedaan.

‘Dat betwijfel ik.’

‘We moeten toch iets doen.’

‘Ja’, zei Van In. ‘Maar wat?’

In de verte hoorde hij een sirene. Het geloei kwam snel dichterbij. Nog voor Van In een tweede keer van de Irish coffee kon drinken, scheurde een politiewagen ’t Park op en kwam luttele seconden later tot stilstand voor L’Estaminet. Inspecteur Bruynooghe gooide het portier open en liep zelfverzekerd de kroeg binnen.

‘Dag Robert’, zei Van In toen de robuuste flik hem met een tik tegen de zijkant van zijn pet begroette. ‘Het lijkt wel alsof de duvel je op de hielen zit.’

Met gierende banden en loeiende sirenes door de stad razen, de meeste collega's vonden het af en toe best fijn, en vaak was de oproep waarop ze reageerden dan ook minder dringend dan het vertoon liet vermoeden. Het brak de verveling die de dagelijkse sleur met zich bracht.

'Er is een lijk gevonden in het Lappersfortbos', zei Bruynooghe.

'Dat zal Moens fijn vinden.'

De Brugse burgemeester had zich destijds persoonlijk bemoeid met de bezetting van het bos en er bijna een zenuwinzinking aan overgehouden.

'Versavel is al ter plaatse', zei Bruynooghe.

'Heeft hij je gezegd dat ik hier was?'

'Hij heeft eerst mevrouw de onderzoeksrechter proberen te bellen.'

Hannelore pakte haar handtas, sloeg de klep open en haalde haar mobieltje tevoorschijn.

Het stond op stil.

Bij zware misdrijven stuurt het parket mensen van de technische recherche, een wetsdokter en een magistraat naar de plaats van de misdaad om de nodige vaststellingen te doen. In het jargon heet een dergelijk bezoek: een afstapping. De voornaamste actoren daarbij zijn de mensen van de technische recherche. Ze bepalen perimeters om ervoor te zorgen dat zo weinig mogelijk mensen in de buurt zouden komen van de plek waar het lijk werd aangetroffen. Het gebied dat door de eerste perimeter wordt omsloten, is in principe alleen toegankelijk voor de wetsdokter en de mensen van de technische recherche. Zo blijven bepaalde sporen intact en raakt genetisch materiaal dat zich op en in de onmiddellijke omgeving van het lijk bevindt niet besmet en het lijk wordt niet verplaatst voor het onderzoek is afgerond.

Het echte speurwerk begint pas daarna. Niemand kon het Van In dus kwalijk nemen dat hij eerst zijn Irish coffee opdronk voor hij samen met Hannelore naar het Lappersfortbos reed.

'Hebben ze hem al geïdentificeerd?'

Van In bevond zich in de derde perimeter, waar hij rustig een sigaretje kon roken. Hannelore stond naast hem. Ze huiverde.

'Het is bijna zeker dat het om Jakob Decloedt gaat', zei Versavel.

'Doodsoorzaak?'

'Hij is van korte afstand in het hoofd geschoten.'

'Dan heeft Zlotkrychbrto niet veel te doen.'

'Hij is aan het temperaturen.'

De meest courante manier om het tijdstip van een overlijden te bepalen is de temperatuur van het lijk meten. Aan de hand daarvan en rekening houdend met de omgevingsfactoren kan een expert bepalen wanneer iemand gestorven is.

'Dan wacht ik nog even.'

Het was koud en vochtig in het bos, de geur van rottende bladeren doordringend. Van In keek naar de 'witte mannekens' – de speurders van de technische recherche droegen witte overalls – die binnen de eerste perimeter het terrein uitkamden op zoek naar sporen.

'Zou je het erg vinden als ik in de auto ging zitten?'

Hannelore stond met de armen gekruist voor haar borst en opgetrokken schouders te rillen van de kou. Ze voelde zich al een paar dagen niet goed, maar dat had ze Van In niet durven te zeggen. Eergisteren had ze na het ontbijt nog moeten overgeven, maar dat had hij gelukkig niet gemerkt.

'Je bent toch niet ziek?'

'Ik had gewoon iets warmers moeten aantrekken.'

'Zal ik met je meegaan?'
Ze schudde haar hoofd.
'Nee, maar het is lief dat je het voorstelt.'
Van In keek haar na. Hij had haar vorige week een dikke jas cadeau gedaan maar ze vond dat ze er niet mee stond, dus liep ze nog altijd in een mantelpakje rond waarin haar figuur beter tot zijn recht kwam maar dat weinig beschutting bood tegen het grillige lenteweer. Was het ijdelheid of lag het aan de jas die hij haar cadeau had gedaan? Hij zou er waarschijnlijk nooit achter komen.
'Hoi, Pjetr.'
Dokter Zlotkrychbrto was niet ijdel en van mode trok hij zich geen zier aan. Zijn jas was dubbel gevoerd, de trui die hij eronder droeg van zuivere scheerwol. Waar hij vandaan kwam, hadden mensen lak aan uiterlijk vertoon. Niemand zou hem er ooit van kunnen overtuigen dat elegantie belangrijker was dan koude trotseren. Zoals hij ook niet begreep dat westerlingen zich uithongerden om er mooi uit te zien, terwijl hun koelkasten uitpuilden van de etenswaren.
Van In drukte Zlotkrychbrto de hand en bood hem een sigaret aan, die hij gretig aannam.
De politiearts bevestigde zijn vermoeden: Jakob Decloedt was vermoord in de nacht dat hij met de twee mannen was meegegaan die een getuige bij hem had zien binnengaan.
'Ik vrees dat de regen alle sporen heeft uitgewist', zei hij nog. 'Niet dat het veel zou uitmaken. De kerel die Decloedt heeft gedood, is een beroepsmoordenaar. Hij heeft zelfs de kogelhulzen meegenomen.'
'Weet je het zeker?'
'Vraag het aan Vermeulen als je me niet gelooft.'
Van In maakte met de hak van zijn schoen een putje in de zompige bosgrond terwijl hij nadacht over de gebeurtenis-

sen van de voorbije dagen. Het was zo goed als zeker dat Minski achter de moord zat, maar zonder harde bewijzen stond hij machteloos. Het probleem met de maffia was de zwijgplicht en de enige manier om Minski in verdenking te stellen was iemand in het milieu vinden die bereid was voor een rechtbank te getuigen.

'Ik zit in de nesten, Zlot.'

De wetsdokter keek Van In aan met een verbaasde glimlach.

'De moed niet opgeven, Pjetr. Wie weet maken ze straks een fout waardoor je hen toch te pakken krijgt.'

'Dat denk ik niet.'

De maffia nam geen onnodige risico's. Nu Jakob Decloedt en Violet Stroobandts uit de weg waren geruimd zouden ze zich gedeisd houden. Het onderzoek zou doodbloeden en de zaak zou geklasseerd worden. Maar het ergste was dat hun tentakels ongeremd zouden blijven groeien, steeds verder zouden reiken, tot in de hoogste regionen en dat hij daar niets tegen kon doen.

'Iedereen maakt fouten als hij zenuwachtig wordt.'

'Dat weet ik.'

Van In kon het parket de toestemming vragen om Minski en zijn kompanen te schaduwen en af te luisteren, maar voor een dergelijke operatie had hij tijd en mankracht nodig. Bovendien was het zeer de vraag of het parket hem daarin zou volgen. Beekman was al een paar keer in de Sfinks gesignaleerd. Hij had er alle belang bij om het potje gedekt te houden.

'Stuur de fiscus op zijn dak.'

'Daar heb ik al aan gedacht.'

Het FBI had destijds hetzelfde gedaan met Al Capone omdat ze er niet in slaagden hem voor moord te laten oppakken, met als resultaat dat de gangsterbaas voor fraude achter de tralies belandde. Maar België is Amerika niet. Zelfs als Minski op gesjoemel werd betrapt, zou hij waarschijnlijk nooit tot een gevangenisstraf veroordeeld worden. In het ergste geval zou hij een voorwaardelijke straf krijgen en dat bracht geen aarde aan de dijk.

'Je moet toch iets doen.'

Zlotkrychbrto schudde meewarig zijn hoofd. Hij had aan den lijve ondervonden dat een misdaadorganisatie de economie van een land ongelooflijk veel schade kon toebrengen en hij kon niet begrijpen dat men hier zo laks was daartegen niets te ondernemen.

'Je hebt gelijk', zei Van In.

De wetsdokter glimlachte breed.

'Kom', zei hij. 'Laten we ergens iets gaan drinken.'

Van In draaide zich om in de richting van de politiewagen waar Hannelore beschutting had gezocht.

'Vandaag niet, Zlot.'

'Eentje maar. Of staat ze dat ook niet meer toe?'

'Je kunt het haar altijd zelf vragen.'

'Lafaard.'

'Je durft het dus ook niet.'

'Hm', snoof Zlotkrychbrto. 'Ik ben niet met haar getrouwd.'

'Scheelt er iets?'

Hannelore zag er nog verkleumd uit hoewel de verwarming op de hoogste stand stond.

'Zlot vroeg of ik iets met hem wilde gaan drinken.'

'Ik heb geen zin om iets te gaan drinken, Van In.'

Haar ogen voelden branderig aan en haar hoofd woog alsof het vol kiezel zat. Eigenlijk wilde ze niets liever dan in bed kruipen en heerlijk lang uitslapen, maar dat kon niet. Tenminste nu nog niet.

'Dat heb ik hem ook gezegd.'

'Onnozelaar. Denkt hij dat je onder de plak zit.'

Van In had kunnen zeggen dat Zlotkrychbrto dat al lang dacht, maar hij hield zich in. Hannelore was een begripvolle meid maar ze kon behoorlijk lastig doen als ze ziek was, en voorzover hij het kon inschatten zou het niet lang meer duren voor ze door de knieën ging.

'Zal ik je thuis laten afzetten?'

Hij vroeg het uit bezorgdheid, maar hij had beter zijn mond kunnen houden. Hannelore reageerde als een kind dat door een bij is gestoken.

'Zodat jullie de rest van de dag Duvels kunnen hijsen.'

'Het is niet wat je denkt, Hanne.'

Hij legde zijn arm om haar schouder en zoende haar op de zijkant van haar hals. Ze rilde als een espenblad.

'Weet je wat we gaan doen? We duiken allebei in bed. Dan druk ik mijn gespierde lichaam tegen je aan tot je het helemaal warm krijgt en je oogleden dichtvallen.'

Hannelore moest glimlachen ondanks haar humeur. Mijn gespierde lichaam tegen je aandrukken... In normale omstandigheden had ze het bescheurd van het lachen. Toen ze hem negen jaar geleden leerde kennen, zaten de meeste van zijn spieren al onder een laagje vet, dat ondertussen alleen maar was toegenomen.

'Je mag van geluk spreken dat ik niet voor je lichaam ben gevallen.'

Ze liet zich gewillig door hem knuffelen en toen hij haar nek begon te masseren, gingen alle haartjes op haar lichaam rechtop staan. Zalige tintelingen liepen langs haar ruggengraat naar beneden tot in de toppen van haar tenen.

'Wat doen we?'

'Ik wil je gespierde lichaam tegen me aandrukken.'

Ze kreunde bijna van genot.

7

Versavel parkeerde de Golf aan de zijgevel van de Sint-Jakobskerk recht tegenover de Vette Vispoort, stapte uit en stak de straat over. Hij was vijf minuten later dan gewoonlijk omdat hij zich had verslapen en dat gebeurde nooit. Het was allemaal de schuld van Frank of liever dankzij Frank die hem gisteravond met een uitgebreid dineetje had verrast en hem daarna op zijn blote knieën vergiffenis had gevraagd voor de slippertjes die hij had gemaakt. De waarheid was dat zijn vriend hem de bons had gegeven en hij zich weer eenzaam voelde, maar dat nam Versavel er graag bij. De verzoeningsscène was uitgelopen op een vrijpartij die tot een stuk in de nacht had geduurd, waardoor hij een paar uur slaap had gemist en daar herstelde hij op zijn leeftijd moeilijk van. Hij was nog een beetje suf. Anders had hij het zeker vreemd gevonden dat de poort van de Vette Vispoort op een kier stond in plaats van open zoals gewoonlijk. Het was pas toen hij ze openduwde en het levenloze lichaam van de postbode op de grond zag liggen dat hij zich realiseerde waarom de poort aanstond. Sommige mensen verstenen als ze met een drama geconfronteerd worden, anderen worden zo zenuwachtig dat ze zelfs de meest eenvoudige taak niet meer kunnen uitvoeren. Versavel had al heel wat meegemaakt in zijn leven en het was niet de eerste keer dat hij onverwacht met een lijk werd geconfronteerd. Eerst verifieerde hij of de man wel degelijk dood was door met zijn vinger op zijn halsslagader te drukken. Dat was eigenlijk niet nodig omdat de kogels de helft van zijn hersenpan hadden weggerukt. Hij belde de officier met wachtdienst terwijl hij naar het eind van de steeg liep waar Van In woonde. Dertig seconden later stonden ze met zijn drieën bij het lijk.

'Wie vermoordt er nu in vredesnaam een postbode?'

'Misschien had hij geld bij zich om pensioenen uit te betalen', zei Hannelore.

Na een blik op het lijk wendde ze het hoofd af. Het kostte haar veel moeite om niet te kokhalzen. Gelukkig had de slaapkuur haar goed gedaan en was het grieperige gevoel voor een groot deel over, anders was ze zeker misselijk geworden.

'De hoeveelste zijn we vandaag?'

'De negende', zei Versavel.

'Pensioenen worden meestal rond de vijftiende van de maand uitbetaald.'

In de verte hoorde Van In het geloei van sirenes. Drie moorden in minder dan een week, Brugge begon stilaan de allure van een grootstad te krijgen.

'De moordenaar had het in ieder geval niet op de inhoud van de tas gemunt', zei Versavel.

De tas met de poststukken stond netjes tegen de muur. Op het eerste gezicht onaangeroerd.

'Ik begrijp er niets meer van.'

De eerste politiewagen scheurde de Moerstraat in en kwam met gierende banden tot stilstand voor de Vette Vispoort. Bruynooghe en Carine sprongen eruit en gingen meteen aan de slag.

Ze sloten de straat aan beide kanten af voor alle verkeer. Collega's die een halve minuut later arriveerden, hielden de kijklustigen op een afstand die ondertussen waren toegestroomd. Daarna volgden de technische recherche en Zlotkrychbrto. Van In stond halverwege de Vette Vispoort een sigaretje te roken terwijl Hannelore terug naar binnen liep en zich over de kinderen ontfermde die ze aan de ontbijttafel hadden achtergelaten. Sarah zat nog netjes op haar stoel, Simon lag onder tafel bij Bob, de Duitse dog, die hij het restje van zijn boterham voerde. Zijn pas gewassen trui zat onder de choco. Toen Hannelore hem daarvoor een uitbrander gaf, begon hij amechtig te huilen. En het duurde niet lang of Sarah volgde het voorbeeld van haar broer.

'Is er iets?'

Van In stond in de deuropening. Simon krabbelde overeind en kwam snikkend op hem toegelopen. Als mama kwaad is, krijg ik een knuffel van papa, wist hij uit ervaring. En hij had gelijk. Van In bukte zich, tilde zijn zoon op, drukte hem tegen zijn borst en aaide zachtjes het frêle ruggetje.

'Pas toch op', riep Hannelore. 'Hij zit onder de smurrie.'

Van In trok een verongelijkt gezicht. Wie maakt zich nu druk over een paar vlekken? Hannelore dus. Ze rukte Simon uit zijn armen en bekeek de ravage.

'Besef je wel dat het je laatste hemd is?'

De voorbije weken waren hectisch geweest. Ze stond met alles achter: schoonmaken, wassen, en de tuin lag er bij als een vuilnisbelt. Er waren zelfs dagen dat ze geen tijd meer had om eten klaar te maken. En dan waren er nog de kinderen die haar het bloed van onder de nagels haalden. En wat deed hij? Hij verwende ze.

'Dan trek ik toch gewoon een trui aan.'

Nu krijgt papa de volle laag, dacht Simon. Hij ging bij zijn zusje staan en wachtte geduldig af tot de storm zou losbarsten. Dat gebeurde de laatste tijd geregeld, al begreep hij niet waarom. Mama was best lief, ze was alleen een tikkeltje te streng. Gelukkig wist Sarah daar raad mee. Als het te erg werd, liep ze naar mama en omknelde haar benen als een drenkeling die zich vastklampt aan een reddingsvlot. Daarna begon ze meestal zachtjes te snikken, met als resultaat dat mama zich over haar ontfermde en papa vrijuit ging.

'Toch niet over je hemd. Kan ik straks alles opnieuw wassen.'

Sarah lachte naar Simon, hield haar hoofdje schuin en liep naar mama. De truc lukte.

'Zal ik Guido vragen of hij ze naar school wil brengen?'

'Is het lijk afgedekt?'

'Momentje', zei Van In. 'Ik ga even kijken.'

'Geen hulzen', zei Vermeulen toen Van In hem daarover aansprak.

Op verzoek van Hannelore hadden de mensen van de technische recherche een tent opgezet die het lijk volledig aan het zicht onttrok. De hele omgeving was afgezet. Bruynooghe en Carine coördineerden het buurtonderzoek.

'Net als in het Lappersfortbos.'

Vermeulen knikte. Alleen professionele moordenaars bleven zo koelbloedig dat ze de tijd namen om de hulzen te zoeken en mee te nemen. Het leed dus bijna geen twijfel dat Jakob Decloedt en de onfortuinlijke postbode door een en dezelfde persoon waren doodgeschoten.

'Is Zlot nog altijd bezig?'

Vermeulen knikte opnieuw.

'Hij zit in de tent.'

'Ach zo.'

'Zin om een kijkje te nemen?'

'Nee, dank je.'

Van In kreeg slappe benen en zijn maag kromp ineen als hij met een lijk werd geconfronteerd, laat staan met een lijk dat zwaar verminkt was. Hij stak een sigaret op en liep langs de tent naar de Moerstraat waar Versavel de auto net parkeerde. Voor het uit de weg ruimen van Jakob Decloedt en Violet Stroobandts beschikte de moordenaar over een motief, de moord op de postbode leek op het eerste gezicht zinloos. Illusionisten nemen de toeschouwers in het ootje door schijnbaar onverklaarbare trucs te vertonen. Van In had ooit op de televisie een programma gezien waarin de geheimen van een aantal klassieke illusies werden onthuld en hij had zich telkens weer verbaasd over de simpele, voor de hand liggende uitleg. Iedereen zocht het veel te ver omdat de trucs er zo ingewikkeld uitzagen.

'Zitten ze veilig op school?'

'Ja', zei Versavel. 'Maar ik heb wel op m'n donder gekregen van de juf omdat ze weer eens te laat waren.'

Van In glimlachte.

'Waarom denk je anders dat ik jou gestuurd heb?'

'Je bent een fijne vriend, Pieter.'

'Dat weet ik, Guido.'

'Is Hannelore nog in de buurt?'

'Nee. Ze is naar kantoor.'

Ze liepen de Vette Vispoort weer in. De postzak stond nog steeds onaangeroerd tegen de muur.

'Krijg je vaak post?' vroeg Versavel.

'Bijna iedere dag', zei Van In.

Socrates was ervan overtuigd dat vragen stellen de beste manier was om zijn leerlingen tot nadenken aan te zetten en dat het beter was dat zij zelf het antwoord probeerden te achterhalen dan dat hij het hen gaf. De vraag die Versavel hem stelde, impliceerde meteen het antwoord op de vraag waarom de postbode was vermoord.

‘Heb je handschoenen bij je?’

‘Natuurlijk.’

Versavel mocht dan geen deel uitmaken van de technische recherche, hij had altijd chirurgische handschoenen bij zich, twee of drie papieren zakjes en een steriel verpakt pincet voor het geval hij bewijsmateriaal vond dat voor een genetisch onderzoek in aanmerking kwam.

‘Mag ik ze even gebruiken?’

Versavel diepte de handschoenen op uit zijn binnenzak en gaf ze aan Van In, maar dat beviel Vermeulen niet, die merkte wat ze van plan waren. Hij kon het niet hebben dat gewone flikken bewijsmateriaal verzamelden, ook al hielden ze zich aan de voorschriften.

‘Hou daar in vredesnaam mee op’, schreeuwde hij toen Van In de handschoenen aantrok en aanstalten maakte om de tas van de postbode te doorzoeken.

‘Je kunt de pot op, Vermeulen.’

Van In doorliep de poststukken met zijn wijsvinger. Er waren twee brieven voor Moerstraat 8, een reclamefolder van een postorderbedrijf voor Moerstraat 10 en een dikke enveloppe voor Moerstraat 12, niets voor Moerstraat 6, waar hij woonde.

‘Niets?’

Van In schudde het hoofd. Dat er vandaag geen post voor hem bij zat, kon twee dingen betekenen: dat er geen post was of dat de moordenaar zijn post had meegenomen en de postbode om die reden was vermoord.

‘Misschien levert het buurtonderzoek iets op’, zei Versavel.

‘Laten we dat maar hopen.’

De gedachte dat een criminele organisatie ongestraft zijn gang kon gaan en hij daar niets aan kon doen, maakte Van In woedend en opstandig en hoewel hij in hart en nieren een democraat was, benijdde hij soms zijn collega's in landen waar de rechten van de verdachte minder zwaar wogen dan die van het slachtoffer.

'Zal ik eens polsen hoe ver het daarmee staat?'

'Ja, doe dat maar.'

De tent schudde vervaarlijk heen en weer toen Zlotkrychbrto zich naar buiten wurmde. Hij had het lijk grondig onderzocht, maar behalve de half afgerukte schedel had hij geen sporen van geweld vastgesteld. De moordenaar had de postbode gewoon opgewacht en hem zonder enige waarschuwing afgemaakt.

'Nicht viel', zei hij toen Van In hem vroeg of hij iets te melden had.

Naar het tijdstip van overlijden hoefde hij niet te informeren, want op de postbode kon je je klok gelijkzetten.

'Dat is dan jammer.'

Van In draaide zich om en liep de Vette Vispoort uit. Met gebogen schouders en een wankele tred alsof hij al een paar Duvels ophad. De twijfel die hem eerst had overmand, sloeg over in een hardnekkig verlangen om Minski en zijn bende voor de rechter te brengen, ongeacht de risico's die hij daarvoor moest nemen.

Onverwacht bij de procureur binnenvallen en een onderhoud met hem eisen, dat waagde niemand, zelfs de stafhouder van de balie niet, maar daar trok Van In zich niets van aan. Hij belde aan en stapte gewoon naar binnen. Jozef Beekman fronste zijn wenkbrauwen, klapte het dossier dicht dat hij aan het bestuderen was en keek zijn ondergeschikte verbaasd aan.

'Wat kan ik voor u doen?'

'Ik wil u spreken in verband met Minski', zei Van In. 'Volgens mij probeert het parket het onderzoek naar zijn activiteiten te dwarsbomen.'

'Vind je niet dat je nu een beetje overdrijft, Van In?'

'Met alle respect, meneer de procureur, maar wat ik ervan vind doet niet ter zake.'

Van In kruiste zijn benen en stak een sigaret op. Dat mocht. De procureur was zelf een fervent roker.

'De actie in de Sfinks heeft jullie niet bepaald populair gemaakt', zei Beekman.

'Had ik het niet gedacht. In welk apenland leven we eigenlijk? Wat moet ik dan doen? Naar de pers stappen en de vuile was buiten hangen?'

Beekman mocht dan procureur zijn, Van In genoot de reputatie onkreukbaar te zijn. Als hij naar de pers stapte, zou dat wel eens kwalijke gevolgen kunnen hebben voor bepaalde mensen die zich in de Sfinks kwamen amuseren. Bovendien was de kans klein dat hij resultaten zou boeken. Minski had iedereen in zijn macht die hem kon helpen.

'Oké, je krijgt tien minuten om me te overtuigen.'

'Ik heb meer bevoegdheden nodig, Jozef.'

In het openbaar sprak Van In Beekman altijd met 'meneer de procureur' aan. Privé noemde hij hem bij zijn voornaam, maar vandaag was hij zo in de war dat hij de twee door elkaar gebruikte. Beekman ging verzitten op zijn stoel en strekte zijn benen. Meer bevoegdheden, het was de verzuchting van elke politieman.

'Ik kan je niet meer bevoegdheden geven dan de wet mij toestaat. Dat weet je toch.'

'Ja, dat weet ik. Maar je kunt Hannelore tot onderzoeksrechter aanstellen.'

Er was de voorbije jaren veel kritiek geuit op het feit dat Hannelore als onderzoeksrechter optrad in zaken waarmee Van In belast was. Zelfs de procureur-generaal had te kennen gegeven dat het deontologisch een beetje op het randje was dat een onderzoeksrechter, van wie verwacht werd dat hij of zij onpartijdig was, het bed deelde met de rechercheur die het opsporingswerk verrichtte. Daarom had Beekman zich voorgenomen een andere onderzoeksrechter dan Hannelore aan te stellen in zaken die door Van In werden behandeld.

'Stanislas levert voortreffelijk werk. En zelfs als...'

'Onderzoeksrechter Pyck is een vaste klant van de Sfinks. Hem kun je toch moeilijk onpartijdig noemen?'

'Mag ik even mijn zin afmaken, Van In?'

Beekman was een moderne magistraat die zich niet te beroerd voelde om een discussie aan te gaan met ondergeschikten, maar hij was er ook heilig van overtuigd dat een procureur gezag moest afdwingen en dat een discussie volgens bepaalde regels diende te verlopen. Niemand viel hem in de rede. Van In boog symbolisch het hoofd en verontschuldigde zich. Het was niet gemeend, maar hij vond het nu niet het geschikte moment om moeilijk te doen. Een rietstengel buigt in de wind, hij breekt niet.

'Zelfs als Pyck zich regelmatig op een compromitterende plek laat zien, betekent dat niet dat hij zijn werk niet naar behoren doet.'

Nee, wilde Van In zeggen, want je komt er zelf ook.

'Hij heeft mij in ieder geval nog niet gehoord in verband met de zaak-Decloedt', zei hij in de plaats.

'Dat hoeft ook niet.'

'Toch wel', hield Van In koppig vol. 'Alles wijst erop dat we met de maffia te maken hebben, maar wat doet meneer Pyck? Hij trekt zich van de hele zaak niets aan. Ik heb hem al twee keer gevraagd of ik de telefoon van Minski mocht laten afluisteren, en telkens kreeg ik nul op het rekest.'

'Misschien vindt hij dat je bewijsmateriaal te licht weegt om een dergelijke maatregel te bevelen', zei Beekman met een uitgestreken gezicht.

'Of hij heeft een te nauwe band met de eigenaars van de Sfinks.'

Het was een zware beschuldiging die alleen op vermoedens berustte. Van In wist verdomd goed dat hij met vuur speelde. De reactie van Beekman was bijgevolg navenant. Hij zette zijn bril af en legde beide handen plat op zijn bureau.

'Moet je eens goed naar me luisteren, Van In. Ik kan goed met je opschieten en ik hoop dat het nog lang zo mag blijven, maar vergeet nooit je plaats.'

'Mijn plaats?'

Macht corrumpeert en zet aan tot arrogant gedrag. Van In kende genoeg hoogwaardigheidsbekleders die in het openbaar minzaam overkwamen en daarom door hun ondergeschikten op handen werden gedragen, maar de ervaring had geleerd dat het allemaal schijn was en dat de meesten zich onder gelijken heel anders gedroegen. Van Beekman had hij altijd gedacht dat hij de spreekwoordelijke uitzondering op de regel was, hij had zich behoorlijk vergist. De procureur was niet beter dan de rest.

'Begrijp me niet verkeerd, Pieter.'

Hm, nu is het ineens Pieter, dacht Van In, die een hekel had aan mensen die met slijmen hun gezicht probeerden te redden.

'Wees gerust, meneer de procureur. Ik begrijp heel goed wat u bedoelt.'

Beekman glimlachte vermoeid. Waarom zat het leven zo ingewikkeld in elkaar? Hij had zich een paar keer laten verleiden om een vertoning bij te wonen in de Sfinks en zichzelf wijsgemaakt dat daar geen kwaad in school. Hij mocht dan procureur zijn, zijn vrouw had hem een jaar geleden definitief in de steek gelaten en hij was ook maar een mens. Misschien was hij beter nooit met een van de meisjes naar bed geweest, maar ze was zo mooi en zo behendig dat hij het zich niet had beklaagd. En ja, het had hem maar vijftig euro gekost. Van In had wellicht gelijk, Minski was bezig iedereen in te palmen die hem later het leven zuur kon maken en gebruikte daarvoor het krachtigste wapen uit zijn arsenaal: gratis seks. Mannen die carrière maken verwaarlozen meestal hun gezinsleven, waardoor hun seksleven op een laag pitje komt te staan. Ze mogen dan hun mannetje kunnen staan wat hun vak betreft en in staat zijn logisch en rationeel na te denken, op seksueel vlak blijven het kleine kinderen die met een snoepje te verleiden zijn. Beekman had zich terdege gerealiseerd dat het meisje dat hem een hele nacht had verwend dat niet had gedaan omdat hij er aantrekkelijk uitzag en dat een verborgen camera de stoeipartij wel eens zou kunnen registreren, maar die scepsis was gesmolten als sneeuw voor de zon toen ze haar naakte lichaam tegen hem aandrukte en hij haar koele hand in zijn onderbroek voelde.

'Als ik jou was zou ik me nooit alleen in de Sfinks vertonen', zei hij.

'Of juist wel. Zitten we allemaal in hetzelfde schuitje.'

Beekman liet zijn tong over zijn tanden glijden, die hij vanochtend weer was vergeten te poetsen. Er zaten nog etensresten tussen van gisteren: ossentong in madeirasaus van Iglo.

'Heb je zin in een borrel?'

Beekman stond op en liep naar het antieke kastje waar hij behalve wijn ook een paar flessen sterkedrank had staan voor het geval er hoog bezoek over de vloer kwam.

'Doe mij maar een Glennfiddich', zei Van In.

'Met of zonder ijs?'

'Zonder.'

Vadim Kirpitsjenko woonde sinds kort in een rijtjeshuis in de Artoisstraat, op loopafstand van zijn winkel in de Noordzandstraat die als dekmantel diende voor zijn andere activiteiten. Zijn grote liefde was het bekijken van Amerikaanse speelfilms, waarvan hij een uitgebreide collectie bezat, zowel op videoband als op dvd. Kaskrakers als *Titanic*, *Gladiator* en *Seven* kon hij scène na scène navertellen. Vandaag was het de beurt aan *Pretty Woman*, die hij al minstens twintig keer had gezien. Niet alleen omwille van het romantische verhaal. Hij was gewoon gek op Julia Roberts. Op de salontafel stond een aangebroken fles wodka en een schaal met zoute chips.

Kirpitsjenko lag languit op de bank met alleen een kamerjas en sokken aan. Midden in de scène waar Julia in een restaurant met een bordje wijngaardslakken worstelt werd er aangebeld.

Kirpitsjenko kreeg nooit bezoek, tenminste niet van vrienden want die had hij niet. Behalve de hoeren die hij mee naar huis nam, kwam hier niemand over de vloer. Met Minski had hij meestal contact over de telefoon. Het kostte hem een halve minuut om het pistool dat steeds binnen handbereik lag op een veilige plek te verstoppen en de deur open te maken.

'Wat doe jij hier?'

Voor hem stond Kalinka, het ex-liefje van Minski dat hij gisteren in een Antwerps bordeel had afgezet nadat hij bij hem thuis nog eens lekker met haar had gerotzooid.

'Ik ben weggelopen', zei het meisje.

'Ben je helemaal gek geworden?'

'Laat me alsjeblieft binnen, Vadim.'

Meestal verliep een nummertje met een ex-liefje van Minski volgens een vast patroon. Kirpitsjenko nam hen eerst op de normale manier, daarna bedreef hij sodomie.

Met Kalinka was het anders gelopen. Ze hadden drie keer de liefde bedreven, maar hij had haar geen dingen laten doen die ze niet wilde.

'Toe.'

Kirpitsjenko kwam uit een arbeidersgezin. Zijn vader en zijn moeder werkten in een staalfabriek, net als zijn zussen, die veel ouder waren dan hij. Thuis had hij oneindig veel ellende gekend. Slaande ruzies, zuippartijen waarbij vader niet van zijn dochters kon afblijven, en honger. Vooral de honger was hem bijgebleven. Hij herinnerde zich nog levendig de avond dat vader met het laatste geld een fles goedkope wodka kocht terwijl de rest van de familie naar voedsel snakte. Toen was zijn moeder bij de buren gaan aankloppen en had hen gevraagd of ze iets konden missen voor de kinderen. Kirpitsjenko zag haar nog altijd naast hem in de deuropening staan. De smekende blik in haar ogen en de vernederingen die ze zich liet welgevallen door de buurman, de hand die in de zijne kneep, de striemende wind die door zijn dunne kleren sneed en de misselijk makende honger die hem deed zwijmelen. Alsjeblieft, meneer Koslov, hij hoorde het haar nog zeggen. Uiteindelijk had de buurman hen een paar beschimmelde aardappelen gegeven en een half brood, dat zo hard was dat ze het in water hadden moeten weken, maar niemand had geklaagd.

'Voor even dan.'

Hij zette een stap achteruit en liet het meisje binnen. Zou ze honger hebben?

'Je bent een schat, Vadim.'

Ze drukte zich tegen hem aan. Haar tong smaakte naar aardbeien. Of verbeeldde hij zich dat maar.

'Rustig maar, Kalinka.'

Hij probeerde zich te bevrijden uit de ijzeren greep waarin ze hem gevangen hield.

'Je moet me helpen, Vadim.'

Helpen. Als Minski erachter komt dat ik je langer dan vijf minuten onderdak bied zonder dat hij daarvan op de hoogte is, laat hij me levend in stukken snijden, wilde hij haar zeggen maar om een of andere reden was hij meer bezorgd om haar dan om zichzelf. Het bordeel waar hij haar gisteren had afgezet, genoot geen al te beste faam. Meisjes die een opmerking over de klanten durfden te maken, werden hardhandig aangepakt. Soms zo hard dat ze er blijvende letsels aan overhielden.

'Heb je honger?'

Ze knikte.

'En ik heb het koud.'

Kalinka had uren in Brugge rondgezworven voor ze bij Kirpitsjenko had durven aan te bellen.

'Neem dan eerst een douche. Ondertussen maak ik iets lekkers voor je klaar.'

In de koelkast lag nog een kip en de voorraadkast puilde uit van de ingeblikte groenten. Nog snel wat aardappelen halen en over een uurtje zaten ze lekker aan tafel.

'Spaciba.'

Ze kwam op hem toe als een lenig dier en gaf hem een zoen. Hij drukte haar tegen zich aan en sloeg zijn armen om haar schouders. Zo bleven ze enige tijd staan. Ineengestrengeld alsof ze aan elkaar waren vastgeketend.

'Kom nu maar mee', zei Kirpitsjenko.

Hij ging haar voor naar de badkamer en keek ongegeneerd toe terwijl ze zich uitkleedde. Hij was al met veel mooie meisjes naar bed geweest, maar niemand die kon wedijveren met Kalinka. Maar het was niet alleen haar schoonheid die hem had doen besluiten haar onderdak te verlenen, hij was ook gevallen voor haar zachte, bijna hese stem en het optimisme dat van haar afstraalde. De twee maanden die ze met Minski had doorgebracht, had ze het hard te verduren gekregen, maar ze had nooit geklaagd. Integendeel. Ze lachte heel vaak, en ze had hem een keer opgemonterd toen hij in de put zat.

'Het zal even duren voor ik het echt warm heb', zei Kalinka.

Ze zei niet dat hij niet mocht blijven, maar het klonk zo.

'Neem rustig je tijd, kleintje. Ik zorg ondertussen voor het eten.'

Terwijl hij naar beneden liep, vroeg hij zich niet af hoe lang het zou duren voor Minski erachter kwam dat ze bij hem logeerde en op welke manier hij hem daarvoor zou laten boeten. Hij voelde vlinders in zijn buik, tenminste dat dacht hij want hij was nog nooit eerder verliefd geweest. Hij, Vadim Kirpitsjenko, de kille moordenaar die slaafs bevelen opvolgde, werd overweldigd door een gevoel dat de angst verdreef die hij voor Minski koesterde en hem de kracht gaf diens wil te trotseren.

'Je ziet er niet uit', zei Versavel.

Van In trok zijn regenjas uit en hing hem op aan de kapstok. Zijn haar plakte in slierten op zijn schedel en zijn schoenen zaten onder de modder. Na het onderhoud met Beekman dat eigenlijk niet veel had opgeleverd, was hij in de gietende regen langs de ringvaart naar de Hauwerstraat gelopen.

'Ik heb veel zin om een paar dagen vakantie te nemen. Kan iemand anders de kastanjes uit het vuur halen.'

'Er staat nog een halve fles Filliers in de kast. Zal ik je een borrel uitschenken?'

'Oude of jonge?'

'Jonge.'

Versavel glimlachte. Alsof het Van In iets kon schelen welke jenever hij te drinken kreeg.

'Een kleintje dan.'

Van In liet zich neerploffen op een stoel en stak een sigaret op. Het onderzoek zat vast en veel hoop op verbetering was er niet. Iedereen werkte hem tegen. Het leek wel of hij in een verhaal van Kafka was beland. Corruptie was heel gewoon in België, maar het kon toch niet dat Minski alle topfunctionarissen in zijn macht had.

'Hoi.'

Van In keek op. Carine Neels stapte zelfverzekerd op hem af met Bruynooghe in haar zog.

Ze pakte een stoel en nam ongevraagd plaats aan zijn bureau. Bruynooghe bleef staan.

'Ik ben een en ander te weten gekomen over mevrouw Cantecleer', viel ze met de deur in huis.

'Ik luister', zei Van In.

Hij ging rechtop zitten en nipte van de borrel die Versavel zo-even had klaargezet. Carine was een heel ambitieuze meid en ze had al meer dan eens bewezen dat ze verder dacht dan haar neus lang was.

'Mevrouw Cantecleer heeft een hoop schulden en niemand weet hoe ze die afbetaalt.'

'Hoe ben jij daarachter gekomen?'

'Dat wil je niet weten.'

Carine woonde sinds kort samen met een bankbediende. Toen ze gisteravond in bed lagen te keuvelen was Cantecleer ter sprake gekomen en had Marc, zo heette de bankbediende, haar alles verteld over het financiële debacle van Cantecleer.

'Weet je zeker dat ze het geld niet bij een andere bank heeft geleend? Als schepen van Openbare Werken moet ze toch ergens iets losgekregen hebben.'

'Negatief. Haar ambtstermijn loopt over twee jaar af en iedereen weet toch dat ze niet opnieuw verkozen zal worden. Bankiers zijn niet achterlijk, Pieter.'

‘Breek mij de bek niet open.’

Van In had een aantal jaren geleden een soortgelijke ervaring gehad. Bankiers hoefden bij hem niet op veel sympathie te rekenen. Het geld dat hij bezat zat in zijn huis, de rest maakte hij iedere maand op.

‘Volgens mij heeft ze geld van Minski geleend’, zei Carine.

‘Geld dat ze amper kan terugbetalen?’

‘Wie zegt dat ze alles terugbetaalt?’

‘Hm.’

Van In nam een slokje van de Filliers. Mieke Cantecleer was geen onaantrekkelijke vrouw en van Minski werd gezegd dat hij ervan hield vrouwen te vernederen. De verdachte omstandigheden waarin ze bijna verdronken was en het feit dat ze hardnekkig bleef ontkennen dat ze die avond in het Borgia-hotel was geweest, terwijl er een tampon van haar was gevonden, deden vermoeden dat Carine gelijk had en dat ze haar schulden aan Minski op een andere manier afbetaalde.

‘Beschikken we over voldoende mensen om haar dag en nacht te laten schaduwen?’

‘Eigenlijk niet. Tenzij Bruynooghe en ik overuren maken, natuurlijk.’

Ze draaide zich om en lachte naar haar collega, die er een beetje onwennig bij stond. Twaalf of veertien uur met Carine in een wagen doorbrengen vond hij niet erg. Het was de vraag of zijn vrouw het prettig zou vinden. Ze klaagde nu al dat hij nooit thuis was. Bovendien genoot Carine geen al te beste reputatie wat mannen betrof.

‘Zou je het erg vinden om extra uren te presteren?’

‘Alleen als het niet anders kan.’

‘Dan is dat geregeld’, zei Van In.

Kirpitsjenko kreeg om halfvijf een telefoontje van Minski met de droge mededeling dat hij zich stante pede bij hem diende aan te melden. Twee minuten later zat hij in de auto, nadat hij Kalinka op het hart had gedrukt dat ze binnenshuis moest blijven en dat ze onder geen enkel beding contact met hem mocht opnemen, hoe lang hij ook wegbleef. En hij had haar de vluchtweg laten zien voor het geval iemand het huis probeerde binnen te dringen. Achter in de tuin was een poortje dat uitkwam op de binnenplaats van een leegstaande woning. Tijdens de rit flitsten allerlei doemgedachten door zijn hoofd. Minski onderschatten was een fout die menigeen al zuur was opgebroken, maar Kirpitsjenko kon zich moeilijk voorstellen dat hij er zo snel in geslaagd was Kalinka op te sporen. Hij parkeerde zijn wagen op de oprit van de villa, haalde diep adem en liep zo nonchalant mogelijk op de voordeur toe. Vladimir Kerkorian, de rechterhand van Minski, liet hem binnen en leidde hem naar de oranjerie, waar Minski televisie zat te kijken.

'Je hebt er weer niet veel van terechtgebracht. Wat ga je morgen doen? Nog een postbode liquideren?'

Kirpitsjenko haalde opgelucht adem. De postbode vermoorden was niet de meest elegante manier om de foto's te recupereren, dat hadden ze gisteren al met elkaar besproken, maar er zat niets anders op. Dat had Minski ook ingezien.

'Er is nog een andere manier', zei Kirpitsjenko.

'O ja?'

Minski schakelde het televisietoestel uit. De hele affaire met Jakob Decloedt was behoorlijk uit de hand gelopen. Eén moord kon nog net als alle alternatieven opgebruikt waren, maar wie had kunnen voorzien dat Violet Stroobandts van het bestaan van de foto's afwist, ermee naar Frankrijk zou vluchten en ze van daaruit naar Van In zou versturen? Nog een postbode koud maken zou de gemoederen verhitten en dat wilde Minski tot elke prijs vermijden. Hij was benieuwd welke oplossing Kirpitsjenko had bedacht.

'Moet dat nu echt weer?'

Van In stond in zijn onderbroek voor de spiegel. Hannelore föhnde haar natte haar in de badkamer.

'Je hebt beloofd de cursus af te maken', riep ze boven het geronk van de haardroger uit.

'Ik kan helemaal niet dansen, en zeker nooit de tango.'

'Je moet leren volharden, Pietertje.'

Van In trok de zwarte broek aan die Hannelore had klaargelegd en die ze speciaal voor de danscursus had gekocht, net als het overhemd en het sjaaltje dat hij haatte omdat hij er als een overjaarse playboy uitzag als hij het omdeed.

'Wat wil je, ik heb geen gevoel voor ritme. En ik trap voortdurend op je tenen.'

Hannelore zette de haardroger af, fatsoeneerde haar kapsel en liep in haar ondergoed naar de kleerkast, waar de rode jurk hing die ze op de luchthaven van Buenos Aires had gekocht.

'Als je nog lang blijft doorzeuren, voel ik me op mijn tenen getrapt. En dat is veel erger.'

'En toch zal ik het nooit kunnen.'

'Waar een wil is, is een weg. Als je iedere keer zo snel zou afhaken bij een onderzoek, bleven alle misdaden onopgelost.'

'Dansen heeft niets te maken met recherchewerk.'

'Nee, maar alles met vastberadenheid. Beschouw de tango als een mysterie dat je moet ontrafelen. Als een onderzoek waarin je je hebt vastgebeten of als een raadsel dat je per se wilt oplossen.'

'Heb je weer in dat boek zitten lezen?'

Hannelore had vorige week een boek over de tango gekocht en de filosofie die erachter stak.

Als hij de auteur mocht geloven, was de dans een metafoor voor problemen waarmee een mens in zijn leven geconfronteerd werd. Wie de tango beheerste, werd gelouterd.

'Waar blijft de oppas toch?'

Het was vijf over zeven. Kaat, de oppas, was altijd stipt op tijd. Net toen Van In begon te hopen dat ze niet zou komen opdagen, ging de voordeurbel.

'Daar is ze eindelijk.'

'Ja', zei Van In. 'Zal ik opendoen?'

Nog voor Hannelore de vraag beantwoordde, slofte hij de kamer uit. Over drie uur is het allemaal voorbij, probeerde hij zichzelf moed in te spreken.

8

'Mijn voeten doen pijn, Hanne.'

'Ocharme.'

Hannelore keek Van In strak aan en kneep zijn hand terwijl haar linkervoet elegant over de dansvloer schoof. Menige partner had het allang opgegeven, maar zij bleef bij haar besluit. Ooit zou hij de tango dansen, al deed hij er vijf jaar over om het te leren. Ze gooide haar hoofd in haar nek en liet zich meedrijven op de melancholische muziek. Van In verbeet de pijn en hij deed zijn best haar te volgen. Volgens de instructeur maakte hij vorderingen, een mening die helaas door de meeste cursisten niet werd gedeeld. Dat lieten ze merken door zachtjes met hun hoofd te schudden als hij weer eens uit de maat viel of bemoedigend te glimlachen naar Hannelore. Het duurde een eeuwigheid voor de muziek stopte en de instructeur zei dat de les afgelopen was en hij hen volgende week opnieuw verwachtte.

'Ik heb trek in een hapje', zei Van In terwijl hij van schoenen wisselde.

'Een hapje of een drankje?'

'Allebei.'

'Daar hebben we geen tijd meer voor', zei Hannelore. 'Ik heb Kaat beloofd dat we om elf uur thuis zouden zijn.'

'Ik kan haar toch bellen?'

'Het meisje heeft morgen examen, Van In.'

'Dat komt dan goed uit, kan ze nog een uurtje langer studeren.'

'Geen sprake van.'

'Toe, Hanne.'

Van In liet zijn hand over haar rug naar beneden glijden en kneep zachtjes in haar billen. Ze liet hem begaan. Kaat was een bijdehante oppas op wie ze altijd konden rekenen, maar ze was ook vreselijk punctueel. En vorige week waren ze ook al een kwartier te laat thuisgekomen. Aan de andere kant had Van In zijn best gedaan en niet de hele tijd lopen mopperen. Als ze nu voet bij stuk hield, zou hij volgende week wel eens een excuus kunnen verzinnen om niet naar de dansles te gaan.

'Op één voorwaarde: als ze afwijzend reageert, dring je niet aan.'

'Je bent een schat.'

Van In pakte haar handtas van de stoel, rommelde erin tot hij haar mobieltje vond en toetste het nummer in.

'Is er iets?' vroeg Hannelore toen ze hem een bedenkelijk gezicht zag trekken.

'Ze neemt niet op.'

'Heb je het juiste nummer ingetoetst?'

'Natuurlijk.'

'Ze is misschien in slaap gevallen.'

'Kaat valt nooit in slaap.'

Van In had gelijk. Als ze niet studeerde, keek ze televisie, desnoods tot een stuk in de nacht.

'Laten we hopen dat haar niets overkomen is', zei Hannelore, die zich nu ook bezorgd begon te maken.

'Er is maar één manier om daar achter te komen.'

Van In pakte Hannelore bij de hand en sleurde haar mee naar de uitgang. Ze had amper de tijd om haar handtas en haar jas mee te grissen. In de auto bleef hij het nummer intoetsen, maar hij kreeg geen verbinding en dat zette Hannelore aan het gaspedaal dieper in te drukken. Op de Torhoutsesteenweg klom de snelheidsmeter naar honderd tien en aan de Smedenpoort negeerde ze een stoplicht. Van In keek strak voor zich uit. Hij zag er kalm uit, maar dat was schijn. Hij stond op ontploffen.

'Eindelijk.'

Hij sloeg het portier open nog voor ze stilstonden, sprong uit de wagen en rende de Vette Vispoort in met de voordeursleutel tussen duim en wijsvinger geklemd. Zijn hart bonsde in zijn keel terwijl hij de deur openmaakte, maar hij kreeg bijna een beroerte toen hij de salon binnenliep en er Kaat niet aantrof. Vijf seconden later hoorde hij Hannelore, die ondertussen de trap was opgestormd, zijn naam schreeuwen. Het ging door merg en been waardoor de schrik hem nu pas echt om het hart sloeg. Hij had zich alleen zorgen gemaakt over Kaat, de gedachte dat de kinderen iets overkomen was had hij bewust verdrongen.

'Piee-ter.'

Hannelore kwam zelf de trappen afgerend. Haar wangen waren nat van verdriet.

'Ze zijn er niet', snikte ze.

Het duurde een paar seconden voor Van In reageerde. Hij was versteend en keek haar afwezig aan alsof de woorden niet tot hem doordrongen en hij het hele tafereel droomde.

'Heb je in alle kamers gekeken?' vroeg hij plotseling een beetje onnozel.

Het was een stomme vraag, maar ze bracht Hannelore uit haar lood. Ze liepen samen de trappen op en verifieerden alle slaapkamers inclusief de zolder. Zonder resultaat. De kinderen waren er niet. Ze keken elkaar wanhopig aan en begonnen tegelijkertijd te huilen. Van In sloeg zijn armen om haar heen en drukte haar stevig tegen zich aan.

'We mogen niet in paniek raken', fluisterde hij in haar oor.

Het klonk nog stommer dan de vraag 'Heb je in alle kamers gekeken?' In het slechtste geval waren Kaat en de kinderen dood, in het beste waren ze om een of andere reden het huis uitgevlucht. Bij de eerste mogelijkheid wilde hij niet stilstaan, de tweede leek hem totaal ongeloofwaardig. Hannelore maakte zich van hem los. Ze trilde over haar hele lichaam.

'Ze kunnen toch niet zomaar verdwenen zijn.'

'De kelder.'

'Nee, niet de kelder', schreeuwde Hannelore, die maar al te goed besefte wat hij daarmee bedoelde.

'Laten we samen gaan.'

Hij nam haar bij de hand, maar in plaats van te rennen nam hij trede na trede, als wilde hij het moment uitstellen dat ze de kelder binnengingen en daar misschien een vreselijke ontdekking zouden doen.

'Zie je iets?'

Hannelore bleef in de deuropening staan. Een golf van misselijkheid overspoelde haar toen hij niet meteen antwoordde. Haar adem stokte en haar oren begonnen te suizen.

'Zie je iets?' riep ze weer.

'Gelukkig niet.'

De kelder was schaars verlicht waardoor het een tijdje duurde voor Van In met zekerheid kon vaststellen dat er niemand lag. Het gaf hem een opgelucht gevoel.

Niet voor lang. Op het terras dat parallel liep met de gracht vond hij Bob, de Duitse dog. Hij lag uitgestrekt op de koude plavuizen in een grote plas bloed. Dood.

'Kom, laten we weer naar boven gaan.'

Ze liepen de trap op als geslagen honden. Van In met gekromde schouders en gebalde vuisten. Hannelore schuifelend en af en toe wankelend. Zuur kwam naar boven uit haar maag waardoor ze bijna kokhalsde. Het gelige schijnsel van de lamp in de keuken leek bleek, het knusse interieur zielloos. Het was pas toen Van In zich op een stoel liet neerploffen dat hij de enveloppe opmerkte die op de keukentafel lag. Hij scheurde ze open, trok het vel papier eruit en las de korte boodschap. *We hebben het meisje en de kinderen. Neem met niemand contact op of ze gaan eraan. U hoort van ons om middernacht.*

'In vredesnaam, wat staat er?'

Hannelore rukte het vel uit zijn hand.

'Hoe laat is het nu?' vroeg ze toen ze het gelezen had.

'Twintig voor twaalf.'

Van In haalde zijn sigaretten uit zijn zak en stak er een op. De eerste trek maakte hem een beetje duizelig maar dat lag niet aan de nicotine. Hannelore liep wezenloos naar de koelkast, pakte een fles limonade uit de deur en zette ze aan haar mond.

'Mag ik ook een slok?'

Ze reikte hem de fles aan en hij nam gulzig een paar slokken zonder te proeven welke smaak het was.

'Wie haalt het in zijn hoofd om onze kinderen te ontvoeren?'

Hannelore nam de fles aan met een machinaal gebaar en zette ze weer in de koelkast. De eerste schok, de gedachte dat de kinderen dood waren, ebde weg uit haar lichaam en maakte plaats voor woede. Pedofielen en ontvoerders waren misdadigers van het laagste allooi voor wie ze geen enkel respect kon opbrengen.

'Ik denk niet dat ze geld willen', zei Van In.

'Wat dan wel?'

'Geen idee.'

De seconden kropen voorbij terwijl ze allebei zwijgend

naar de klok staarden. Het werden de langste minuten van hun leven. Toen de telefoon eindelijk rinkelde, was het drie minuten over middernacht. Van In nam op en kreeg een elektronisch vervormde stem te horen die een korte boodschap insprak.

'Ik begrijp er niets van', zei hij toen de verbinding met een klik werd verbroken.

'Spreek alsjeblieft niet in raadsels. Wat willen ze?'

'Foto's.'

'Welke foto's.'

'Foto's die Violet Stroobandts zogezegd naar mij gestuurd heeft.'

'Hebben we die ontvangen?'

'Niet dat ik weet', zei Van In.

'Was dat alles?'

'We krijgen achtenveertig uur de tijd om de foto's op een later te bepalen plek te deponeren. Doen we dat niet, dan vermoorden ze Kaat en de kinderen.'

'Maar we hebben de foto's niet.'

'Misschien zitten ze straks bij de post of morgen. Blijkbaar weten de ontvoerders ook niet goed wanneer ze verzonden zijn. Daarom krijgen we achtenveertig uur de tijd om ze hen te bezorgen.'

Van In stak een sigaret op. De zoveelste al. Het was zo goed als zeker dat Minski en zijn kompanen achter de ontvoering zaten en ze niet zouden aarzelen het dreigement uit te voeren. De grootste frustratie was dat hij over geen enkel argument beschikte om dat aan te tonen. Voorlopig hield Hannelore zich nog kranig, maar dat kwam waarschijnlijk omdat ze weigerde te accepteren dat de kinderen ontvoerd waren. Hetzelfde gold voor hem. Hoe lang zou hij nog in staat zijn om nuchter te redeneren?

'Kunnen we het telefoontje niet laten traceren?'

'Misschien', zei Van In. 'Maar dan moeten we de federale politie erbij betrekken, en dat risico durf ik niet te nemen.'

De tentakels van de maffia reikten ver, de kans was bijzonder groot dat ze een informant hadden bij de federale. Een ontvoering deed immers nogal wat stof opwaaien. Als iemand zijn mond voorbijpraatte, liep het leven van de kinderen gevaar.

'Wat ga je dan doen? Je vergrootglas van onder het stof halen?'

'Nee', zei Van In, die de ingehouden woede in haar stem hoorde. 'We moeten de foto's zien op te sporen.'

'We kunnen contact opnemen met het sorteercentrum van de posterijen in de Hoedenmakersstraat', zei hij. 'En hen vragen of ze onze post opzij willen leggen.'

'En wat als de foto's er niet bij zitten?'

Hannelore sloeg haar ogen op en keek hem wanhopig aan. De gedachte dat Simon en Sarah ergens opgesloten zaten, werd stilaan ondraaglijk. Werden ze goed verzorgd? Zouden ze straks te eten krijgen? Simon zou zich misschien rustig houden, maar van Sarah wist je nooit hoe ze zou reageren. Wat als ze lastig begon te doen en de bewakers het op hun zenuwen kregen? Ze kreeg een gruwelijk beeld te zien: Sarah en Simon aan handen en voeten vastgebonden, hun mondjes verzegeld met plakband.

'Dat weten we over een paar uur', zei Van In. 'Ondertussen moeten we de ouders van Kaat inlichten en hen ervan proberen te overtuigen geen contact op te nemen met de politie.'

Hannelore sloeg haar handen voor haar gezicht. Ze was Kaat helemaal vergeten.

'Je hebt gelijk', zei ze.

Je door gevoelens van wanhoop en onmacht laten leiden, werkt verlammend en dat konden ze zich niet veroorloven.

De kinderen hadden niets aan een grienende moeder. Ze moest samen met Van In oplossingen bedenken voor het probleem dat zich had gesteld en niet rusten voor ze alles hadden ondernomen wat menselijkerwijze mogelijk was. Toen ze nog rechten studeerde, was Hannelore vaak de wanhoop nabij geweest omdat ze te laat aan de voorbereidingen voor de tentamens was begonnen. Maar in plaats van de duizenden bladzijden leerstof te vervloeken had ze er haar tanden in gezet en anders dan de meeste studenten die het hele academiejaar een libertijns leven hadden geleid, stapte ze met een opgeheven hoofd het examenlokaal binnen.

'Ik zal ze eerst bellen en zeggen dat we er aankomen', zei Van In.

'Ja, doe dat maar.'

Hij dacht even aan Bob. In normale omstandigheden had hij waarschijnlijk gehuild om de dood van zijn hond, maar dat verdriet verzonk in het niet bij de gedachte dat het leven van zijn kinderen in gevaar was.

'Ik wil terug naar mama.'

Sarah rukte aan de deurklink. De tranen die bij haar opwelden, waren er geen van verdriet maar van woede.

'Rustig maar, meid', zei Kaat. 'Mama komt straks wel.'

Voor Kirpitsjenko hen in de kamer opsloot, had hij haar ingepeperd dat ze de kinderen rustig moest houden of dat hij hen anders zou knevelen.

'Ik wil ook naar mama', zei Simon met een piepstemmetje.

Het jongetje lag languit op de bank in zijn pyjama, met slaperige oogjes en een deken over zich heen. Hoewel hij niet goed besefte wat er gebeurd was, vond hij het vreemd dat ze midden in de nacht met een vreemde meneer in een auto waren gestapt en naar een ander huis waren gereden waar hij nog nooit was geweest. Gelukkig had Kaat hem dicht tegen zich aangedrukt en hem voortdurend lieve woordjes toegefluisterd, tot hij uiteindelijk weer in slaap was gevallen.

'Wil er iemand nog een glaasje sap?'

Op de tafel stonden twee flessen vruchtensap en er waren appels en snoep.

'Nee, ik wil naar mama.'

Sarah bleef aan de deurklink trekken. Beneden ging een deur open. Iemand liep de trap op.

'Komt u binnen.'

De vader van Kaat was technicus en werkte bij garage Cocquyt, de officiële dealer van BMW. Hij was een beetje kalend en er zat vuil onder zijn nagels hoewel hij iedere avond een douche nam. Hij droeg een kamerjas en slippers. Van In drukte hem de hand. Hij had zich op het laatste nippertje bedacht en de ouders van Kaat niet gebeld omdat hij het risico niet wilde lopen dat ze in paniek raakten en domme dingen ondernamen terwijl hij onderweg was naar hen. Bovendien was het niet de eerste keer dat hij en Hannelore Kaat naar huis brachten als het te laat was geworden. Het was pas in de gang dat de vader van Kaat besefte dat zijn dochter er niet bij was en naar haar vroeg.

'Gaat u even zitten, meneer Dierickx', zei Van In.

'Waar is ze dan? Er is toch niets met haar gebeurd?'

Er klonk gestommel in de slaapkamer op de eerste verdieping. Waarschijnlijk mevrouw Dierickx die zich afvroeg wat er beneden gaande was.

'Kaat en de kinderen zijn ontvoerd', zei Van In.

Hij had in de loop van zijn carrière geleerd er niet omheen te draaien als hij mensen slecht nieuws te melden had.

Hen onmiddellijk met de realiteit confronteren had het voordeel dat het een tijdje duurde voor de waarheid tot hen doordrong. Zo kreeg hij de tijd om alles netjes uit te leggen. Dat het geen perfecte methode was, bewees de reactie van mevrouw Dierickx, die onmiddellijk in tranen uitbarstte toen ze hoorde dat haar dochter ontvoerd was.

'Het is in ieders belang dat we kalm blijven, mevrouw', probeerde Van In de zaak nog te redden, maar mevrouw Dierickx bleek niet voor rede vatbaar. Ze werd compleet hysterisch.

'Clara!'

Meneer Dierickx sprong op van zijn stoel en pakte haar stevig vast bij de schouders, maar ook dat hielp niet.

'Heb je sterkedrank in huis?'

'In de koelkast.'

Van In liep naar de keuken, pakte een halfvolle fles whisky uit de deur, goot een flinke scheut in een glas en vulde aan met cola terwijl mevrouw Dierickx in de woonkamer als een bezetene tekeerging. In normale omstandigheden had hij een dokter gebeld, maar dat kon niet. Hoe meer mensen op de hoogte waren van de ontvoering, hoe groter de kans dat alles uitlekte.

'Laat haar alles opdrinken.'

Hij stopte meneer Dierickx het glas toe, maar die keek hem ongelovig aan.

'Mijn vrouw drinkt niet', zei hij.

'Geef hier.'

Van In pakte het glas terug, pakte mevrouw Dierickx bij de schouder en schudde haar door elkaar.

'Drink, verdomme. Anders zie je Kaat nooit meer terug. Wat denk je dat ze met haar gaan doen als je niet doet wat ze vragen?'

Hannelore versteende, maar ze kwam niet tussenbeide

hoewel ze niet akkoord ging met de manier waarop Van In de vrouw aanpakte. Ze dacht alleen aan de kinderen. Wat haar betrof had hij haar in de boeien mogen slaan en opsluiten.

'Wees toch verdomme niet zo egoïstisch. Denk je dat wij niet afzien?'

Van In trilde op zijn benen. Zijn ogen rolden bijna uit hun kassen. Mevrouw Dierickx hield plotseling op met spastisch bewegen en pakte het glas.

'Doe het voor Kaat.'

Ze zette het glas aan haar lippen en dronk het in één teug leeg. Van In gaf meneer Dierickx een teken dat hij het opnieuw moest vullen. Tien minuten en drie glazen later ging ze op de bank zitten, strekte haar benen en keek verdwaasd voor zich uit.

'Het is van het allergrootste belang dat alles onder ons blijft', zei Van In. 'Als Minski ook maar vermoedt dat we met de politie samenwerken, zal hij eerst Kaat vermoorden en daarna de kinderen. Geloof me alsjeblieft.'

Meneer Dierickx knikte.

'Vertel ons wat we moeten doen.'

Kalinka had in de maanden dat ze in Vlaanderen verbleef voldoende Nederlands geleerd om zich verstaanbaar te maken bij potentiële klanten. Ze had standaardzinnetjes geleerd zoals: 'ik wil je graag neuken' of 'pijpen zonder condoom kost vijftig euro extra', maar daarmee kon zij niet bij kinderen terecht, dus zong ze een Russisch volksliedje dat ze nog van haar grootmoeder had geleerd en waarin het verhaal werd verteld van een onmogelijke liefde tussen een weesmeisje en een prins. Simon noch Sarah begrepen de woorden, het was de zachte hese stem van Kalinka die hen rustig maakte en de meeslepende Slavische melodie.

'Dank u', zei Kaat toen de kinderen allebei sliepen.
'Graag gedaan.'
'Trek in een glas fruitsap?'
'Fruitsap?'

Kaat wees naar de flessen op tafel. Kalinka knikte. Eigenlijk was ze amper ouder dan Kaat, die nog een meisje was en niets afwist van de perverse dingen die mannen met Kalinka deden. En toch klikte het meteen tussen hen.

'Lekker', zei Kalinka toen ze van het glas pompelmoessap proefde.

'Word je hier ook vastgehouden?'
'Vastgehouden?
'Do you speak English?'
'Do you?'

Kaat knikte enthousiast. Op school volgde ze de richting moderne talen en vorig jaar was ze au pair geweest in Canterbury.

'Ik heb een tijdje toeristen rondgeleid in Sint-Petersburg', zei Kalinka in het Engels.

Ze vertelde er niet bij dat ze daar een handlanger van Minski had leren kennen die haar gouden bergen had beloofd als ze bereid was zich in het Westen te gaan vestigen.

'Hoe ben je hier dan terechtgekomen?' vroeg Kaat.
'Kirpitsjenko is mijn oom.'
'Ach zo', zei Kaat.

Er klopte iets niet, maar ze durfde niet verder op de kwestie in te gaan omdat ze bang was dat ze Kalinka daardoor in verlegenheid zou brengen en ze misschien zou weggaan. Ze mocht ook niet vergeten dat de man die ze Kirpitsjenko noemde en van wie ze beweerde dat hij haar oom was een misdadiger was.

'Denk je dat we hier lang moeten blijven?'
'Dat weet ik niet.'

Kalinka sloeg haar ogen neer. Ze had al een onvergeeflijke fout gemaakt door Kirpitsjenko bij zijn naam te noemen. Als hij dat te weten kwam, zou er wat zwaaien.

'Mag ik jou wat vragen?'

'Natuurlijk', zei Kaat.

'Ik moet er straks vandoor. Verklap alsjeblieft nooit dat ik gezegd heb hoe mijn oom heet en ook niet dat hij mijn oom is.'

'Blijf dan nog een tijdje bij me.'

'Dat zal mijn oom niet prettig vinden. Ik moest de kinderen sussen en daarna weer naar beneden komen.'

'Zie ik je later nog eens?'

'Ik zal mijn best doen', zei Kalinka.

Ze stond op, keek naar de slapende kinderen en sloop de kamer uit. De deur ging op slot.

Het geluid van de sleutel die werd omgedraaid, bezorgde Kaat een opgelaten gevoel. Hoe lang zaten ze hier al opgesloten? Een uur? Twee uur? In de kamer was een raam maar daar zat een rolluik voor. Het mechanisme om het op en neer te laten was verwijderd. Uit de geluiden die van buiten kwamen, kon ze opmaken dat ze in een rustige buurt waren, waarschijnlijk ergens in Brugge, want de rit van de Vette Vispoort naar hier was heel kort geweest. Kaat zuchtte.

Ze had nooit de voordeur mogen opendoen, maar het was te laat om daarover nog te piekeren. Ze huiverde toen ze eraan terugdacht. De gemaskerde man, het pistool, en het bitse bevel om de kinderen wakker te maken en aan te kleden. Daarna waren ze naar een klaarstaande auto gelopen waar een andere gemaskerde man een kap over haar hoofd trok. Het was allemaal heel snel gegaan en behalve het bevel om de kinderen wakker te maken en aan te kleden hadden de mannen amper een woord met haar gewisseld. Ze schonk zich nog een glaasje vruchtensap in en nipte ervan. Hoe zouden haar ouders reageren? Mama sukkelde al geruime tijd met haar zenuwen en papa... Ja, papa zou eraan kapotgaan. Ze was zijn oogappel, het prinsesje van wie hij alles verwachtte, voor wie het beste niet goed genoeg was. Alles loopt goed af, probeerde ze zichzelf te troosten. Van In zou alles in het werk stellen om zijn kinderen ongedeerd terug te krijgen, wat de ontvoerders ook van hem eisten. Het enige wat haar verontrustte, was dat Kalinka geen masker droeg toen ze de kamer binnenkwam. Als alles achter de rug was, zou de politie haar kunnen opsporen en haar oom via haar. Tenzij... De gedachte die bij haar opkwam, was zo vreselijk dat ze die bande. Kaat had ooit een film gezien over een ontvoering waar het slachtoffer toch werd vermoord nadat het losgeld was betaald. Nee, dacht ze. Dat kan ons nooit overkomen.

'Betrekken we er Carine en Bruynooghe ook bij?' vroeg Versavel.

Van In had hem tien minuten geleden uit zijn bed gebeld en hem in een paar woorden verteld wat er gebeurd was. Het bezoek aan het sorteercentrum van de posterijen had niets opgeleverd. Bij de post die voor Van In bestemd was, zat geen enveloppe met foto's.

'Het lijkt me beter dat we daar nog even mee wachten', zei Van In.

Hij had een gesprek gehad met de postdirecteur en die had hem beloofd dat hij navraag zou doen bij de dienst waar poststukken belandden die om een of andere reden niet besteld konden worden. Misschien vonden ze daar iets.

'Wat doen we ondertussen?' vroeg Hannelore.

Van In haalde zijn schouders op. De voorbije uren had hij een aantal scenario's bedacht. Het ene was al onuitvoerbaarder dan het andere. Minski ontvoeren en hem dwingen de kinderen vrij te laten bijvoorbeeld.

'Kunnen we geen contact opnemen met de Franse posterijen?'

'Daar heb ik ook al aan gedacht.'

'Waarom doe je het dan niet?'

'Heb ik gezegd dat ik het niet zou doen?'

De sfeer tussen hem en Hannelore bleef gespannen hoewel ze allebei hard hun best deden om elkaar niet in de haren te vliegen.

'Doe het dan.'

'Oké, maar dan moet ik Lucien Wouters inschakelen.'

'Is dat wel verstandig?'

'We hebben iemand met gezag nodig om de Franse autoriteiten ervan te overtuigen dat ze het verzoek prioritair moeten behandelen', zei Van In.

De samenwerking met de Franse politie verliep stroef zelfs als het om zware criminaliteit ging, de posterijen onder druk zetten zou wel eens nog meer problemen kunnen opleveren.

'Heb je zijn nummer?'

Hannelore pakte haar mobieltje uit haar handtas en gaf het hem. Van In toetste het nummer in. Na de tweede beltoon nam Lucien Wouters op. Eerst adviseerde hij met klem contact op te nemen met de cel ontvoeringen van de federale politie in plaats van op eigen houtje te handelen, maar het kostte Van In niet veel moeite hem ervan te overtuigen dat zijn aanpak voorlopig de beste was.

'Wouters belt me terug zodra hij nieuws heeft', zei Van In.

Hij stak een sigaret op en schonk zich nog een kop koffie in.

'Hebben jullie eigenlijk al iets gegeten?' vroeg Versavel.

'Ik kan in ieder geval geen hap door mijn keel krijgen', zei Hannelore.

'Je moet iets eten, Hanne. Anders hou je het niet vol.

Blijven jullie rustig zitten. Ik loop even bij de bakker langs.'

Versavel pakte zijn jas en liep naar de voordeur.

'Is Frank te vertrouwen?' vroeg Hannelore toen ze de deur hoorde dichtvallen.

Frank, de vriend van Versavel met wie hij lief en leed deelde, was een ongelooflijke kletsmajoor.

'Guido houdt zijn mond wel.'

'Laten we dat maar hopen. Straks weet iedereen wat er aan de hand is.'

De keuken was knus ingericht met dennenhouten meubels uit grootmoeders tijd en gezellige prullaria. Van In had er menig uur doorgebracht met Versavel, meestal op regenachtige dagen tijdens de diensturen als er niet veel werk was. Bij een kopje koffie en een borreltje hadden ze er lange gesprekken gevoerd over filosofie, godsdienst en metafysica. Het waren herinneringen die hij koesterde omdat ze elkaar op die manier heel goed hadden leren kennen waardoor hun vriendschap steeds dieper was geworden. Het was zelfs zo dat Versavel opgelaten deed als Frank tijdens die gesprekken de keuken binnenviel en erbij kwam zitten. Na de geboorte van Simon en Sarah hadden ze ooit een hele dag zitten discussiëren over onsterfelijkheid en de rol die kinderen daarin speelden. Volgens Versavel waren de genen onsterfelijk omdat ze van geslacht op geslacht werden overgedragen. Hij vond dat Van In zich gelukkig mocht prijzen met de tweeling. Wij homo's zijn eigenlijk allemaal ten dode opgeschreven, had hij er in een vlaag van melancholie aan toegevoegd. Van In had het argument eerst weggelachen, maar vandaag dacht hij daar anders over.

'Kunnen we die Minski niet onder druk zetten?'

'Heb ik ook al aan gedacht. Maar wat moet ik doen? Hem op een stoel vastbinden, elektroden op zijn testikels plaatsen en er stroom door jagen?'

'Mij maakt het niet uit', zei Hannelore.

Mensen blijven min of meer beschaafd zolang hun eigen belangen niet in het gedrang komen. Maar zodra zij ook maar de indruk hebben dat zijzelf zouden kunnen lijden, vallen de remmingen weg. Zo vinden dictators het niet erg tegenstrevers op te sluiten en te martelen zelfs al vermoeden ze maar dat die hun positie in het gedrang kunnen brengen. Zo beschouwen materialisten zich niet als uitbuiters als ze goedkope kledij kopen die in lageloonlanden door kinderen of slaven wordt geproduceerd, zo beweren tabakshaters dat rokers verantwoordelijk zijn voor de dood van talloze niet-rokers en verwijten mensen die een kind verliezen bij een verkeersongeval automobilisten dat ze moordenaars zijn. Wie kon het Hannelore dan kwalijk nemen dat ze zo ver zou gaan dat ze Van In de ontvoerders van haar kinderen zou laten martelen?

'Het probleem is dat we niet zeker weten dat Minski de opdrachtgever is', zei Van In. 'De Russische maffia is een wijdvertakte organisatie. Het zou best kunnen dat hij maar een pion is.'

De voordeur ging open. Versavel kwam de keuken in met een zak vol koffiekoeken.

'Terwijl ik bij de bakker stond te wachten schoot het me plotseling te binnen dat Carine een lijst heeft gemaakt van alle panden die eigendom zijn van Minski. Het zijn er een stuk of acht.'

Hij ging zitten en legde de koffiekoeken in een rieten mandje. Ze zagen er heerlijk uit.

'Zou hij het risico durven nemen de kinderen daar op te sluiten?'

'Wie weet', zei Versavel. 'Vergeet niet dat ze eerst de foto's probeerden te onderscheppen door de postbode te vermoorden. De ontvoering hebben ze daarna bedacht. Veel tijd om die te organiseren was er niet.'

'Guido heeft een punt', reageerde Hannelore enthousiast. 'Als we nu eens...'

'We hebben minstens drie man nodig om één huis de klok rond in het oog te houden', zei Van In, die kon raden wat ze ging voorstellen. 'Op de lijst staan acht of negen huizen. Als we zoveel mankracht inzetten komt Minski er binnen de kortste keren achter wat we van plan zijn.'

'We kunnen ze ook een voor een doorzoeken', zei Hannelore.

'Zonder een bevel tot huiszoeking?'

'Het gaat om onze kinderen, Van In.'

'Alsof ik me daarvan niet bewust ben. We moeten er alleen voor opletten dat we het niet erger maken dan het al is.'

'Iedere rechter zal rekening houden met verzachtende omstandigheden als het ooit verkeerd zou lopen', zei Versavel. 'Ik doe in ieder geval mee.'

'De mening van rechters laat me koud', riposteerde Van In. 'Ik dacht aan de veiligheid van de kinderen.'

Simon en Sarah waren nog kleuters. De kans was klein dat de ontvoering hen met een blijvend trauma zou opzadelen, maar hij wist dat hij niet voor zichzelf zou kunnen instaan als de ontvoerders hen een haar zouden krenken. De resultaten van het onderzoek bij de Franse posterijen afwachten was riskant, en van onderhandelen met de ontvoerders was geen sprake, tenzij hij rechtstreeks contact opnam met Minski en hem probeerde uit te leggen dat het allemaal om een misverstand ging.

'Laten we dan geen kostbare tijd meer verloren laten gaan', zei Hannelore, die niet kon wachten om iets te ondernemen.

'Oké.'

Van In pakte een koffiekoek, zette er zijn tanden in en nam een slok koffie om alles door te spoelen.

Sinds kort beschikte de Brugse politie over een speciaal interventieteam. Het heette Cobra en bestond uit acht grondig geselecteerde agenten die een opleiding bij het Speciaal Interventie Eskadron van de federale politie hadden gekregen. Elk lid was scherpschutter en expert in diverse gevechtstechnieken. Hoofdinspecteur Delille, ex-paracommando en fitnessfanaat, leidde de elite-eenheid en hij was daar bijzonder trots op. Collega's noemden hem wel eens smalend Rambo, omdat hij dweepte met Amerikaanse actiefilms waar helden van dat kaliber het opnamen tegen het onrecht en hun opdracht, hoe moeilijk en gevaarlijk die ook was, tot een goed einde brachten. Mensen die hem beter kenden, hielden er een andere mening op na. Voor hen was Delille een vakman zonder kapsones die al een paar keer had bewezen dat hij delicate situaties de baas kon en die bovendien pas geweld gebruikte als er geen alternatieven meer voorhanden waren. Het probleem met Cobra was niet dat de groep niet efficiënt was, in een stad als Brugge werden te weinig zware misdaden gepleegd om het bestaan van de elite-eenheid te rechtvaardigen. Amper een jaar na de oprichting ervan gingen er al stemmen op om het Cobra-team te ontbinden.

'Telefoon voor u op lijn twee, meneer Delille.'

Kathy Lauwers was een alleraardigste mevrouw van middelbare leeftijd met bolle dooraderde wangen. Ze zette koffie en deed het papierwerk. De leden van het Cobra-team mochten dan over veel kwaliteiten beschikken, typen konden ze niet. En iemand moest de rapporten toch uittikken.

'Wie is het?'

'Een zekere Wouters van de Staatsveiligheid.'

Delille nam de hoorn op terwijl hij zich afvroeg waarom iemand van de Staatsveiligheid hem belde.

9

'Minski is eigenaar van vier panden in de binnenstad, de villa waar hij zelf woont, twee appartementen aan de kust en een boerderij in Hertsberge', zei Versavel.

Hij overhandigde Van In de lijst met adressen.

'De villa kunnen we uitsluiten wegens te riskant', zei Van In nadat hij de lijst had doorlopen. 'Hoe zit het met de rest?'

'De appartementen zijn onbewoond, twee huizen zijn verhuurd aan Russen, de andere twee aan Vlamingen en de boerderij wordt momenteel verbouwd tot restaurant.'

'Wat zou jij kiezen?'

Hannelore haalde haar vingers door haar kortgeknipte haar. Als Versavel gelijk had en de kinderen op een van de adressen werden vastgehouden, zouden de ontvoerders wellicht ook rekening hebben gehouden met het feit dat het niet moeilijk was om daar achter te komen. Aan de andere kant wisten ze ook dat zij en Van In officieel niets konden ondernemen. Een boerderij op het platteland was natuurlijk een ideale schuilplaats, maar dat lag volgens haar te veel voor de hand.

'Ik zou eerst de appartementen controleren', zei ze. 'Flatgebouwen aan de kust zijn nogal onpersoonlijk. De meeste bewoners trekken zich niets aan van de buren. Meer nog, ze weten zelfs niet of ze buren hebben.'

'Appartementen zijn ook gehorig', wierp Van In op. 'En je kent Simon en Sarah.'

Versavel keek beurtelings naar Van In en Hannelore. Waren ze zo versuft dat ze zich niet eens realiseerden dat de ontvoerders de kinderen misschien verdoofd hadden? Of wilden ze die mogelijkheid niet onder ogen te zien omdat het om hun kinderen ging? Dus zei hij het maar, met als gevolg dat Hannelore in tranen uitbarstte en Van In hem toesnauwde dat hij die conclusie zelf wel kon trekken.

'Ik wilde je niet nodeloos ongerust maken, Hanne.'

Versavel stond op en legde zijn arm om haar schouder. Was het wel verstandig dat ze op eigen houtje handelden? Ontvoeringen liepen meestal goed af, zelfs als de politie werd ingeschakeld. Minski was geen debiel. Twee kinderen en een tienermeisje koelbloedig vermoorden kon hij zich niet veroorloven. Alles wees op paniekvoetbal. Wie weet wist Minski zelfs niet wat er gaande was.

'Niemand neemt je iets kwalijk, Guido.'

Ze wilde niet moeilijk doen. Versavel was een goede vriend en hij had het beste met haar voor, maar de gedachte dat iemand haar kinderen volpropte met chemische rommel was ondraaglijk. Wat als die zich vergiste en hen een overdosis toediende?

'Hier blijven en zeuren levert niets op', zei Van In. 'Laten we iets proberen.'

De rit van Brugge naar Blankenberge duurde twintig minuten, maar ze leek eindeloos. Versavel zat aan het stuur, Van In op de passagiersstoel en Hannelore op de achterbank. Het leek wel of ze deel uitmaakten van een begrafenisstoet die naar het kerkhof reed.

'Het is ergens aan de Spuikom', zei Van In toen ze de Vredelaan indraaiden.

In de koffer van de auto lag een gereedschapskist met daarin een paar zware schroevendraaiers en een breekijzer.

Van een bevriende slotenmaker had Van In een bos lopers geleend. Het plan was eenvoudig. Hannelore zou aanbellen en als er werd opengemaakt, zouden hij en Versavel zich een toegang tot het appartement forceren. De lopers zouden ze pas gebruiken als er niemand thuis gaf. De schroevendraaiers en het breekijzer hielden ze achter de hand voor het geval er aanwijzingen waren dat de kinderen opgesloten zaten en ze de deur met geweld moesten openmaken. Aan de jachthaven sloegen ze links af in de richting van Oostende. Het complex waar Minski een appartement had, lag een eindje verderop. Het terrein was afgesloten met een hek dat alleen door de bewoners bediend kon worden.

'Wat denk je?' vroeg Van In toen ze uit de wagen stapten.

'Veel beweging is er niet.'

Het complex had niets van een flatgebouw, maar bestond uit een aantal huizen met klassieke zadeldaken die één geheel vormden, ieder appartement was via een buitentrap bereikbaar. Ze liepen langs het keurig onderhouden gazon naar het nummer 36, waar Minski een triplexappartement bezat.

'Ik hou mijn hart vast', zei Hannelore.

Ze liep de trap op. Van In en Versavel stelden zich verdekt op aan weerskanten van de voordeur. Ding dong. Haar vinger beefde toen ze het knopje indrukte. Twintig seconden gleden tergend langzaam voorbij voor ze het opnieuw probeerde. Aan de ene kant was ze opgelucht dat er niemand kwam openmaken, anderzijds ging ze bijna kapot van de zenuwen bij de gedachte dat ze het wel eens bij het verkeerde eind konden hebben en kostbare tijd aan het verspelen waren.

'Wat doen we nu?'

'Binnen een kijkje nemen natuurlijk.'

Net op het moment dat Van In de eerste loper van de bos probeerde, klonk een doffe knal. Het raam aan de voorkant sprong in duizend stukken uiteen, gevolgd door een sissend geluid. Van In draaide zich om en zag vier mannen met gasmaskers en zwarte bivakmutsen over het terrein rennen, het machinepistool in de aanslag. Een van hen schoot een tweede rookgranaat af.

'Godverdomme.'

Meer tijd om iets te zeggen, kreeg Van In niet. De mannen die de stormram meezeulden, duwden hem opzij en beukten de deur in. De hele operatie duurde amper twee minuten. Hoofdinspecteur Delille volgde de actie op een afstand. Toen Van In hem in het oog kreeg, liep hij woedend op hem af.

'Ben je nu helemaal gek geworden, Delille.'

Hij trilde over zijn hele lichaam. Het appartement was zwaar beschadigd en het nieuws dat het Cobra-team er was binnengevallen, zou zich als een lopend vuurtje verspreiden. Het was een kwestie van tijd voor Minski erachter kwam wat ze van plan waren.

'Ik. Gek? Je mag blij zijn dat ik er ben.'

Van In mocht dan een bekwame speurder zijn, hij had geen verstand van gijzelingen en ontvoeringen. Het geklungel met de sleutels zou de ontvoerders gealarmeerd hebben. Met alle gevolgen van dien voor de kinderen. Het was pas toen een van zijn mannen hem kwam melden dat het appartement leeg was dat Delille zich realiseerde dat er iets misgelopen was met de communicatie.

'Wouters had me nochtans verzekerd dat je over de juiste gegevens beschikte. Hij wilde alleen voorkomen dat je op eigen houtje zou handelen.'

'Wat heeft Wouters hiermee te maken?'

Delille klakte zijn tong tegen zijn verhemelte. Hij had de

instructies die hij van Wouters had gekregen strikt opgevolgd. Als Van In aanstalten maakt om een huis te binnen te vallen, zorg er dan voor dat jullie er ook zijn. Dan ben ik er tenminste zeker van dat de kinderen op een professionele manier ontzet worden.

'Ik kan een verzoek van de Staatsveiligheid niet zomaar naast me neerleggen', zei hij.

'Nee, maar je had eerst met mij overleg kunnen plegen.'

Van In stak een sigaret op en liep naar Hannelore en Versavel, die aan de voet van de trap op hem stonden te wachten.

'Wouters heeft alles verknald', zei hij toen ze hem vroegen hoe het in vredesnaam mogelijk was dat Delille op de hoogte was van de ontvoering. 'Hij ging ervan uit dat ik alleen een huis zou binnendringen als ik er zeker van was dat de kinderen er werden vastgehouden.'

'Dan kunnen we nog maar één ding doen', zei Hannelore. 'Iedereen mobiliseren en alle andere panden doorzoeken voordat Minski lucht krijgt van deze operatie.'

'Dan moeten we het wel op de officiële manier doen.'

'Geen nood. Ik zorg voor de nodige documenten.'

'Hanne.' Van In probeerde zijn stem rustig te laten klinken. 'Je weet toch dat Pyck dit nooit zal goedkeuren.'

'Niemand hoeft te weten dat hij het onderzoek leidt. Voor hij erachter komt dat ik het bevel tot huiszoeking heb ondertekend, is alles al lang achter de rug.'

Dat ze daarmee haar baan op het spel zette, kon haar geen moer schelen. Dura lex, sed lex. Het was een mooi principe behalve als het om je eigen kinderen ging.

'Misschien heb je wel gelijk.'

Nu werkeloos blijven toezien maakte het alleen nog erger.

Nog geen uur later vielen zes arrestatieteams evenveel panden binnen. De groep Cobra stelde zich verdekt op in de buurt van Minski's huis. Van In, Hannelore en Versavel volgden de gecoördineerde actie via de radio.

'Het was te verwachten', zei Van In toen er werd gemeld dat geen enkele huiszoeking resultaat had opgeleverd.

De stemming in kamer 204 was bedrukt. Hannelore zat op de vensterbank naar buiten te kijken. Versavel zat als een standbeeld voor zijn computer. Van In ijsbeerde.

'Wat doen we als de ontvoerders niets van zich laten horen?' vroeg Hannelore plotseling.

De telefoon ging over. Iedereen verstijfde.

'Hallo.'

Van In legde zijn hand op het mondstuk van de hoorn.

'Het is Wouters maar', zei hij.

De directeur van de Staatsveiligheid bracht verslag uit over de actie die het Franse gerecht had ondernomen om de enveloppe met de foto's op te sporen. Ze hadden vijftig speurders gemobiliseerd, die samen met een honderdtal werknemers van de posterijen bezig waren alle poststukken te controleren die de voorbije achtenveertig uur vanuit Frankrijk naar Brugge waren verzonden. Tot nu toe hadden ze geen enkele enveloppe gevonden die aan Van In of Hannelore was geadresseerd. In de veronderstelling dat de zending misschien al in een Belgisch sorteercentrum op verdeling lag te wachten, had Wouters het nodige gedaan om ook die mogelijkheid te onderzoeken.

'Op die manier komen we geen stap verder', zei Hannelore toen het gesprek afgelopen was. 'Het is zoeken naar een speld in een hooiberg.'

'Ja', zuchtte Van In. 'Maar veel meer dan dat valt er niet meer te doen.'

'Wat doen we met Minski?'

Het huis van Minski hadden ze niet laten doorzoeken om de eenvoudige reden dat het hen ondenkbaar leek dat de kinderen daar opgesloten zaten.

'Het enige wat we nog kunnen doen is open kaart met hem spelen', zei Van In.

'Zal ik het Cobra-team terugroepen?'

'Ja, doe dat maar, Guido.'

Van In had weinig last van zenuwen, maar toen hij bij Minski aanbelde, voelde zijn keel kurkdroog aan en er stond koud zweet op zijn voorhoofd. De instructies die ze van de ontvoerders hadden gekregen, waren duidelijk. Als ze actie ondernamen of de politie erbij haalden, zouden de kinderen dat met hun leven moeten bekopen. De gedachte dat ze nu misschien al dood waren, maakte hem bijna gek van wanhoop. Van logisch redeneren was er geen sprake meer. Minski met de ontvoering confronteren was even verstandig als met een ex-vriendin naar de sauna gaan. Daar kwamen ook alleen maar vodden van. Met Hannelore was het niet beter gesteld. Zij bevond zich in een staat van verdwazing alsof ze drugs had genomen. Versavel pulkte voortdurend aan zijn snor, en dat was ook een veeg teken.

'Wie mag ik aanmelden?' vroeg de jonge kerel in Armanipak die de deur openmaakte.

'Commissaris Van In en onderzoeksrechter Martens.'

De jongen knikte vriendelijk en zette een stap achteruit.

'Komt u binnen.'

Hij ging hen voor naar een kamer die veel weg had van een wachtkamer bij een dokter of een tandarts. Er stonden oncomfortabele stoelen en op een bijzettafeltje lag een stapel beduimelde tijdschriften. Van In bleef staan. Hannelore en Versavel gingen zitten. De jongeman deed discreet de deur dicht. Ze hoorden zijn voetstappen in de gang.

'Minski verwachtte ons', zei Van In toen het geluid van de voetstappen wegstierf.

'Waarom denk je dat?'

'Ik heb niet gezegd wat we hier kwamen doen en wie we wilden spreken.'

'Ik begrijp er niets meer van.'

Hannelore pakte een tijdschrift van de stapel en begon erin te bladeren. Het was een magazine over trendy sporten, maar het had evengoed over koken kunnen gaan. Ze merkte het verschil toch niet.

'Volgens mij zal hij de vermoorde onschuld spelen', zei Versavel. 'Mannen in zijn positie geven zich nooit bloot. Vergeet niet dat hij voor een respectabele zakenman wil doorgaan.'

'Dat is nu net het probleem.'

In de kamer hing een grote spiegel. Van In ging ervoor staan. Vladimir Kerkorian zat aan de andere kant van de doorkijkspiegel te gluren naar Hannelore terwijl twee verborgen microfoons in de wachtkamer het gesprek registreerden.

'We kunnen hem toch vertellen dat we de foto's niet ontvangen hebben', zei Hannelore. 'Dat moet hij toch geloven. Wie stelt nu het leven van zijn kinderen in de waagschaal voor een stel foto's?'

'Tja', zei Van In.

De minuten gleden langzaam voorbij en regen zich aaneen als kralen aan een eindeloos snoer. Mensen laten wachten zonder hen te zeggen hoe lang het zal duren, was een beproefde methode om te laten zien wie er de baas was. Het duurde ruim drie kwartier voor de jonge man in Armanipak de deur openmaakte en hen verzocht mee te komen. Ze liepen door de gang naar de oranjerie, waar Minski hen met een handdruk begroette. Niets aan zijn houding verried dat hij zich over iets zorgen maakte. Hij glimlachte minzaam en vroeg of ze iets wilden drinken.

'Een van mijn medewerkers meldde mij zo-even dat de Brugse politie huiszoekingen heeft verricht in verband met een ontvoering. U denkt toch niet dat ik daar iets mee te maken heb?'

Van In schraapte zijn keel. De kwestie was heel delicaat. Hij moest Minski duidelijk maken dat hij niet zou rusten voor de kinderen gezond en wel terecht waren, maar aan de andere kant mocht hij hem niet al te zeer op stang jagen.

'Het gaat om mijn kinderen, meneer Minski. Wat zou u doen als iemand uw kinderen naar het leven stond?'

'Dan zou ik net als u wanhopige dingen doen, commissaris Van In. Of ingaan op de eisen van de ontvoerders.'

'Als ik over de foto's zou beschikken, zou ik dat meteen doen', zei Van In.

'Foto's?'

Minski fronste zijn wenkbrauwen. In principe kon hij niet weten wat de ontvoerders eisten in ruil voor de kinderen, dus veinsde hij verbazing. Van In wist niet meer goed wat hij moest zeggen.

'Bezwarende foto's', zei hij. 'Van seksparty's die in het Borgia-hotel werden gehouden.'

'En omdat ik af en toe in het Borgia-hotel kom, verdenkt u mij ervan uw kinderen te hebben ontvoerd. Wees toch verstandig, commissaris. Ik ga niet ontkennen dat er af en toe wel eens een BV of een politica uit de kleren gaat of zich na een paar drankjes vol met slagroom laat spuiten en aflikken en dat daarvan stiekem foto's worden gemaakt, maar dat is hun zaak. Waarom zou ik me daar zorgen over maken?'

Het klonk zo simpel dat Van In hem bijna geloofde. Was Minski wel maffiabaas zoals Lucien Wouters van de

Staatsveiligheid beweerde? De Rus was misschien niet zuiver op de graat, het was niet omdat hij de fiscus oplichtte dat hij ook kinderen liet ontvoeren en mensen vermoorden.

'Maar als u ondanks alles blijft geloven dat ik uw kinderen heb laten ontvoeren, doorzoek dan gerust mijn huis. Dan hoeft u geen deuren en ramen meer op te blazen.'

Van In had kunnen zeggen dat hij dat nu niet meer noodzakelijk vond, maar hij deed het niet.

Mensen die al te bereidwillig hun medewerking aanbieden, doen dat soms omdat ze wel iets te verbergen hebben. Er was maar één manier om daar achter te komen: het huis grondig doorzoeken.

'Ga uw gang', zei Minski .

'Dank u', zei Van In.

'Waar beginnen we? De kelder of de zolder?'

Van In wierp een blik op zijn polshorloge. Het was vijf voor elf. Hij had nog zevenendertig uur de tijd om de foto's te vinden.

'De kelder', zei hij.

'Joeri. Wil jij de heren van de politie het huis laten zien?'

'Ja, papa', zei de jonge kerel in het Armani-pak.

'Ik wist niet dat u een zoon had.'

Minski glimlachte.

'Er zijn blijkbaar nog veel dingen die u niet weet, commissaris.'

Het huis van Minski telde zes slaapkamers en vier badkamers. Elke kamer was in een aparte stijl ingericht, gaande van strak modern tot gotisch. Ieder interieur zag er authentiek uit.

'Woont u hier ook?' vroeg Van In toen ze in de Jugendstilkamer stonden.

Boven het bed van citroenhout hing een schilderij van Gustav Klimt. Een naakte jongeman met haast vrouwelijke vormen die languit op een sofa lag in een kamer die baadde in een onaards licht.

'Niet meer', zei Joeri.

'Studeert u nog?'

'Ik doe plastische kunsten aan het Sint-Lucasinstituut in Gent.'

'Ach zo.'

Van In hield het gesprek gaande terwijl ze de rest van het huis bekeken en hij vernam dat Joeri sinds kort in de binnenstad woonde in een huis van zijn vader dat daarvoor aan ene Vadim Kirpitsjenko werd verhuurd.

Vladimir Kerkorian, die nog steeds in het afluisterkamertje zat, volgde het gesprek met een half oor, maar toen de naam Kirpitsjenko viel, belde hij Minski op een speciaal noodnummer.

'Doe onmiddellijk het nodige', snauwde Minski.

'Veel wijzer zijn we niet geworden.'

Hannelore stapte in de auto en klikte haar veiligheidsgordel vast. Het werd even zwart voor haar ogen toen ze de contactsleutel omdraaide. Ze schudde haar hoofd om het gevoel van misselijkheid van zich af te werpen dat haar plotseling beving.

'Je ziet zo bleek. Scheelt er iets?'

Ze draaide zich half naar Van In toe.

'Maak je maar geen zorgen over...'

Ze kon de zin niet afmaken. Iemand deed het licht uit.

'Hanne.'

Het leek wel of ze onder water zwom en Van In haar van op het droge iets toeschreeuwde. De klanken vermengden zich met elkaar tot een langgerekte, onduidelijke kreet.

‘Zal ik een dokter bellen?’

Versavel greep naar zijn mobieltje.

‘Nee, Guido. Ze heeft frisse lucht nodig.’

Van In gooide het portier open, maakte de veiligheidsgordel los en schudde haar bij de schouder. Ze ademde rustig en haar oogleden bewogen telkens als hij haar door elkaar schudde.

‘Ik denk dat ze een appelflauwte heeft’, zei hij.

Hannelore was redelijk stressbestendig, maar in het verleden had hij het al een paar keer meegemaakt dat ze bijna van haar stokje ging als ze met een lege maag op pad ging. Gisteravond had ze veel te weinig gegeten en vanochtend had ze amper iets naar binnen gekregen.

‘Gaat het een beetje?’

De koude lucht die naar binnen stroomde, deed haar goed. Ze kwam langzaam bij haar positieven.

‘Sorry, Pieter.’

Ze streek met de rug van haar hand over haar voorhoofd en glimlachte toen hij zachtjes in haar wangen kneep. Een dof gerommel dat uit het diepste van haar buik opborrelde, deed hen alledrie in de lach schieten.

‘Je moet dringend iets eten’, zei Van In toen ze weer kleur begon te krijgen.

‘Daar is nu geen tijd voor.’

‘Toch wel.’

Van In wierp Versavel een vragende blik toe. Een voedzame schotel in een rustig restaurant, stond erin te lezen.

Restaurant ’t Begijntje is een knus eethuisje aan het Walplein. Versavel kwam er geregeld met Frank. Toen de exploitante hem herkende, kwam ze op hem toegelopen en gaf hem een flinke knuffel.

‘We zijn nogal gehaast, Christine. Kunnen we snel iets eten?’

'Natuurlijk.'

Christine wees naar het tafeltje naast de open haard, die gezellig brandde en een aangename gloed verspreidde. Hoewel Van In noch Hannelore in de stemming waren om van de gezellige sfeer te genieten, overviel hen een zekere rust die hen even de misère deed vergeten.

'Wat denk je van een lekkere steak met verse frietjes?' vroeg Versavel toen ze aan tafel zaten.

'Ik kan wel een paard op', zei Hannelore.

De warmte van het haardvuur deed haar huiveren. Van In had gelijk. Ze moest op de been zien te blijven. Aan een tafeltje bij het raam zat een jong stel verzuurd naar elkaar te kijken. Ze aten mechanisch en met kleine hapjes alsof eten een noodzakelijk kwaad was. Hannelore schatte hen midden in de twintig. Het meisje was mooi en slank, de jongen leek een beetje op George Cloony maar dan jonger. Waarschijnlijk hadden ze alles om gelukkig te zijn, maar in plaats van met volle teugen van het leven te profiteren staarden ze elkaar aan zonder een woord te wisselen. Hannelore kon zich voorstellen dat ze straks een museum zouden bezoeken omdat het nu eenmaal zo in de folder stond en dat ze vanavond na het tandenpoetsen een verplicht nummertje zouden maken om later bij vrienden te kunnen opscheppen dat ze het nog iedere dag deden. Ze hield niet van moraalridders maar dit keer kon ze zich verzoenen met de mening dat moderne mensen doodverwend waren, egocentrisch ingesteld en weinig creatief als het geluk hen niet in de schoot werd geworpen.

'Nemen jullie ook een glaasje wijn?'

Christine voelde aan dat er iets scheef zat, maar ze bleef stralen.

'Eén glaasje kan geen kwaad', zei Versavel.

Van In stak een sigaret op en blies de rook in kleine wolkjes voor zich uit. Aan de ene kant voelde hij zich schuldig dat ze hier zaten, maar hij moest ook toegeven dat ze best een rustig moment konden gebruiken. Ooit had een missionaris hem een verhaal verteld over een Inuït die ergens in Alaska pech had met zijn sneeuwscooter. Het was avond en dertig graden onder nul. De dichtstbijzijnde nederzetting kon hij te voet nooit bereiken. Zonder scooter was hij ten dode opgeschreven. Wat zou een normaal mens doen in die omstandigheden? In paniek raken natuurlijk. Wat deed de Inuït? Hij ging bij zijn scooter zitten en begon na te denken. De koppakking op een van de cilinders was stuk en die kon hij niet maken omdat hij niet over een reservekoppakking beschikte. En zonder koppakking zou hij de motor nooit meer aan de praat krijgen. Einde verhaal. Nee. De Inuït pakte zijn gereedschapskist en stalde de inhoud ervan voor zich uit. Op de bodem van de kist vond hij een stukje metaal dat hij daar ooit achteloos in had gegooid. Hij bestudeerde het stukje metaal en ging aan de slag. Anderhalf uur later, zijn handen waren ondertussen bijna gevoelloos geworden, slaagde hij erin de geïmproviseerde koppakking op de cilinder te bevestigen.

'Ik vraag me af waar die Kirpitsjenko nu woont', zei hij plotseling.

'Geef me een halfuur', zei Versavel.

Hij sprong op van zijn stoel en trok zijn jas aan.

'Dat kan ik niet toelaten, Guido.'

'Toch wel.'

'Nee', zei Van In. 'We gaan met je mee.'

Hij griste een paar stukken brood uit het mandje en wikkelde ze in een servet. Hannelore stond al aan de voordeur terwijl Van In zich bij Christine verontschuldigde dat ze ervandoor moesten. Versavel betaalde het gelag. In de auto belden ze de meldkamer met de vraag het adres van Vadim

Kirpitsjenko na te trekken, maar ze kregen nul op het rekest. Kirpitsjenko stond nergens geregistreerd.

'Misschien heeft hij nog geen adreswijziging doorgegeven.'

'Dat zou kunnen.'

Van In propte een stukje brood in zijn mond en gaf de rest aan Hannelore. Mensen die verhuisden, verzuimden soms de burgerlijke stand daarvan op de hoogte te brengen. In grootsteden duurde het soms jaren voor zoiets aan het licht kwam, maar in een stad als Brugge was het bijzonder moeilijk om een clandestien adres aan te houden. Daarvoor was de sociale controle te groot.

'Of hij woont niet meer in Brugge', zei Hannelore, die nu op een stukje brood aan het kauwen was.

'Bel de officier met wachtdienst. Ik verwacht alle wijkagenten binnen een halfuur op mijn bureau.'

Kirpitsjenko legde de hoorn neer, snoof zenuwachtig en liep naar de woonkamer, waar Kalinka boterhammen aan het smeren was. Het meisje keek op toen hij binnenkwam en glimlachte lief naar hem. Eigenlijk was hij de eerste man van wie ze een beetje hield, aan alle andere hield ze alleen slechte herinneringen over. In het begin had ze een dagboek bijgehouden waarin ze iedere avond haar 'ervaringen met mannen' neerschreef, maar daar was ze een tijdje geleden mee gestopt. De dingen die Minski haar had laten doen bijvoorbeeld, waren zo vernederend dat ze ze zelfs aan haar dagboek niet durfde toe te vertrouwen. Voor Kirpitsjenko had ze gisteren een uitzondering gemaakt. Ze had een gedichtje voor hem geschreven en was van plan het hem voor te lezen.

'De kinderen hebben honger', zei ze toen hij verbaasd naar de stapel boterhammen keek die ze al had gesmeerd.

In plaats van een knikje of een goedkeurend gegrom – zij mocht hem dan lief vinden, echt aangenaam gezelschap was Kirpitsjenko niet – kreeg ze een snauw. En dat vond ze niet terecht.

'Heb ik iets misdaan?' vroeg ze.

'Nee', zei Kirpitsjenko. 'Maar we moeten hier dringend weg.'

Hij stak een sigaret op en probeerde een oplossing te vinden voor het probleem waarmee Minski hem twee minuten geleden had opgezadeld. Het was natuurlijk allemaal de schuld van die kontlikker van een Joeri, die zijn mond voorbijgepraat had, maar daarover viel natuurlijk niet te discussiëren. Kirpitsjenko dacht aan die keer dat Kerkorian had laten doorschemeren dat Joeri meer van mannen dan van vrouwen hield en die vrijpostigheid bijna met zijn leven had moeten bekopen. Minski had hem toen een verhaaltje verteld over Marco Polo die op een dag een ritje maakte met de zoon van de keizer van China die aan vallende ziekte leed. Omdat niemand dat mocht weten had de keizer beslist dat iedereen die getuige was van een epilepsieaanval van zijn zoon, ter plekke afgemaakt moest worden. Kerkorian was de les nooit vergeten, Kirpitsjenko evenmin.

'Is de politie ons op het spoor?'

'Misschien.'

Kirpitsjenko ijsbeerde door de kamer. Het was klaarlichte dag. De kinderen verdoven en in de auto stoppen zou argwaan wekken bij de buren, maar hij had geen andere keus. De ontvoering op zich was al kunst- en vliegwerk, nu nog van schuilplaats veranderen waanzin. Het enige wat hij kon verzinnen was de kinderen onderbrengen in een van de huizen die in de loop van de dag waren doorzocht.

Echte politiemensen keken neer op wijkagenten, die ze als veredelde postbodes beschouwden, tweederangscollega's die van deur tot deur gingen om mensen berichtjes te overhandigen of hen vragenlijsten te laten invullen, maar ze waren ook een beetje jaloers op hen omdat wijkagenten geen nachtdienst hoefden te doen en iedere avond lekker onderuitgezakt met een biertje voor de buis konden doorbrengen. Van In was waarschijnlijk een van de weinigen in het korps die hen wel naar waarde schatte, omdat zij de enigen waren die op de hoogte waren van de handel en wandel in een buurt en vaak meer wisten dan ze beroepshalve dienden te weten. Het was dan ook geen verrassing dat ze allemaal present waren op zijn bureau binnen de gestelde tijdslimiet. Zelfs Benninck, die een dagje vrij had genomen om de verjaardag van zijn vrouw te vieren, was er.

'Ik ben op zoek naar een zekere Kirpitsjenko', zei Van In. 'Van wie ik veronderstel dat hij in de binnenstad woont.'

Mensen die verhuizen, moeten daarvan binnen een bepaalde termijn aangifte doen, waarna een wijkagent komt verifiëren of ze daar ook daadwerkelijk wonen. Gelukkig is Brugge een provinciaal nest. Kirpitsjenko mocht dan geen aangifte bij de gemeente gedaan hebben, zijn verhuizing was niet onopgemerkt gebleven.

'Volgens mij woont die kerel in de Artoisstraat', zei wijkagent Degheldere, een kleine diender met een vollemaansgezicht en korte beentjes. 'Ik weet van een buurtbewoner dat hij daar een paar weken geleden is neergestreken. Dus heb ik hem maar zelf opgezocht.'

De Artoisstraat is een smalle straat in de buurt van het Zand waar je zelfs overdag in je blote kont kunt rondlopen zonder dat iemand het merkt. Er is alleen wat beweging tijdens het spreekuur van Kathy Goeffers, een tandarts die gespecialiseerd is in orthodontie.

'Ben je daar zeker van?'

Bij het oplossen van een delicate zaak zoals een ontvoering hangt er soms veel af van het toeval of van een gouden tip. In dit geval ging het om beide. Wijkagent Degheldere had vorig jaar zijn vakantie in Rusland doorgebracht, en dat was hem zo bevallen dat hij sindsdien alles over het land te weten wilde komen. Hij had zich zelfs ingeschreven voor een taalcursus aan de avondschool.

'Heel zeker', zei de trotse wijkagent.

Hij en Kirpitsjenko hadden meer dan een uur zitten kletsen over het Hermitage-museum in Sint-Petersburg waardoor hij het aangifteformulier vergat in te vullen. Het was misschien daarom dat de gouden tip hem geen complimentje opleverde. Van In liep zonder iets te zeggen het kantoor uit, gevolgd door Versavel en onderzoeksrechter Martens.

10

'Is alles onder controle?'

Van In liet de knop van de walkietalkie los maar kreeg geen antwoord.

'Je moet "over" zeggen', zei Versavel.

'Wat is dat voor een onzin?'

'Je kent Delille toch.'

Hoofdinspecteur Delille van het Cobra-team zwoer bij procedures omdat hij ervan overtuigd was dat echte professionelen alleen vakwerk konden afleveren als ze zich aan vooraf gemaakte afspraken hielden. Als je iemand opriep over de walkietalkie, zei je 'over' als je een antwoord verwachtte en 'over en out' als je het gesprek wilde beëindigen.

'Delille is een vlooienneuker.'

'Het is mierenneuker, Pieter.'

Van In draaide zich om.

'Ga jij ook al beginnen?'

De Artoisstraat was aan beide kanten afgezet, het verkeer in de Noordzandstraat en het Zand omgeleid. Dertig politiemensen in gevechtskledij stonden klaar om in te grijpen. De mannen van het Cobra-team verifieerden voor de laatste keer hun wapens voor ze hun posities innamen. Van In had niets aan het toeval overgelaten. Als zijn kinderen zich in het huis van Kirpitsjenko bevonden, zou hij ze ontzetten. Hannelore had eerst geprotesteerd tegen al het machtsvertoon, maar toen Versavel haar uitlegde dat de meeste van dat soort operaties goed afliepen had ze zich bij de beslissing van Van In neergelegd, die vond dat een korte verrassingsaanval meer kans op succes bood dan een langdurige onderhandelingsprocedure.

Van de eigenaar van het pand die Carine inderhaast had opgespoord, hadden ze een plattegrond gekregen en daarmee moesten ze het voorlopig stellen. De bedoeling was dat twee Cobra-teams het pand zouden binnenvallen. Een aan de voorkant, het andere aan de achterkant. Een derde team onder leiding van hoofdinspecteur Delille stond in voor het afschieten van flits- en rookgranaten. Het was een beproefde techniek die in de jaren tachtig was ontwikkeld en tot doel had gijzelnemers in verwarring te brengen en ze gedurende een paar seconden te verlammen, waardoor de aanvalsteams de tijd kregen het pand binnen te dringen.

'Zeg alsjeblieft "over"', zei Versavel.

Van In pakte de walkietalkie, duwde de knop in en herhaalde de vraag.

'Over.'

Het toestel kraakte als een lampenradio, maar Van In kreeg tenminste antwoord.

'Operatie "28 december" minus three minutes.'

Van In keek naar Versavel. Het was de gewoonte dergelijke operaties een naam te geven, maar wat had 28 december te maken met de actie die ze zouden ondernemen?

'28 december is het feest van de onschuldige kinderen', zei Versavel met een wrange glimlach.

'Typisch Delille.'

Van In schudde zijn hoofd en stak een sigaret op.

'Mag ik er ook eentje?'

Hannelore probeerde te glimlachen, maar het lukte haar niet. Haar mond was verkrampt, haar kaken gespannen.

Telkens als ze haar ogen dichtkneep, zag ze Simon en Sarah en het kostte haar moeite om niet iedere keer in tranen uit te barsten. Jonge mensen die een kind verliezen, krijgen soms van vrienden en kennissen die hen willen troosten te horen dat ze eigenlijk nog van geluk mogen spreken dat het niet te laat is om nog kinderen te krijgen. Hannelore was bijna zesendertig, maar ze voelde nu schrijnend aan hoe absurd die troost was. Ze mocht er niet aan denken Simon en Sarah te verliezen. Gruwelijke beelden uit het verleden doemden weer op. De kille verlostafel, de beugels, het operatieschortje dat haar naaktheid bedekte maar onmogelijk het gevoel van schaamte kon wegnemen dat ze toen had ervaren. De dokter die de vacuümpomp bediende was niet onvriendelijk, maar veel steun had ze van hem niet gekregen. Hij zei alleen dat ze even op haar tanden moest bijten en dat het over enkele ogenblikken allemaal achter de rug zou zijn. Achter de rug? Het kind dat zich al meer dan drie maanden lang in haar baarmoeder had genesteld leefde, het had een hoofdje, handjes en voetjes. Straks bleef er niet veel meer van over dan bloederige pulp.

Ze hoorde opnieuw het snerpende geluid van de vacuümpomp en ze voelde de pijn. Zeventien was ze toen André, de beste vriend van haar vader, haar op de keukentafel had genomen. Ze had er nooit tegen iemand met een woord over gerept, zelfs niet tegen Van In, met wie ze alles deelde. Kerstavond 1985. Ze waren met een hele schare vrienden, waaronder André, iets gaan eten in een chic restaurant. Even na middernacht – ze had net als iedereen een paar glazen te veel gedronken – had ze André gevraagd of hij haar naar huis wilde brengen. Natuurlijk meid, had hij gezegd. In de auto was hij haar beginnen te bepotelen maar ze had niets gedaan om hem op andere gedachten te brengen. Lag het aan hem of aan haar dat hij daarvan profiteerde? Zelfs toen hij zich over haar boog op de keukentafel en zijn gulp openritste, had ze niet veel weerstand geboden. Ze had zelfs gegiecheld toen het hem niet meteen lukte zijn ding bij haar naar binnen te wurmen. Werd ze daarom nu gestraft?

'Gaat het een beetje?'

'Ik ben bang, Pieter.'

Van In legde zijn arm om haar schouder en voelde hoe verkrampt ze was. Als alles volgens plan verliep, zou de operatie amper een paar minuten duren, maar ook bij hem vrat iedere seconde die voorbijtikte aan zijn lijf. De spanning was ondraaglijk, de vraag 'Heb ik wel de goede beslissing genomen?' flitste voortdurend door zijn hoofd. Over Kirpitsjenko was niet veel bekend. De man had zich een paar jaar geleden in Brugge gevestigd. Hij exploiteerde een kledingzaak in de Noordzandstraat waar voornamelijk leren broeken en jassen werden verkocht die hij uit de voormalige Oostbloklanden importeerde. Lucien Wouters van de Staatsveiligheid vermoedde dat hij banden had met de maffia, maar harde bewijzen waren er niet. Wat als straks zou blijken dat Kirpitsjenko een eerbare burger was en niets met de ontvoering te maken had? De goegemeente zou zijn kop eisen. Maar dat kwam hij wel te boven. Als hij gelijk had daarentegen, en de kinderen zich wel in het huis van Kirpitsjenko bevonden, kon hij alleen bidden dat de operatie succesvol zou zijn. Hannelore zou het hem nooit vergeven als de kinderen iets zou overkomen.

'Ik ook', zei Van In.

'Operatie 28 december minus 90 seconds', hoorde hij iemand van het Cobra-team fluisteren.

De mannen die het huis aan de achterkant zouden binnendringen, slopen over het dak van het huis naast dat van Kirpitsjenko. Ze waren uitgerust met machinepistolen. Een van hen had een kleine bom bij zich die ze straks op de achterdeur zouden plaatsen.

'Je weet toch zeker dat ze hun vak kennen?'

'Wie?'

'Die cowboys van het Cobra-team.'

'Reken maar', zei Van In.

Het klonk overtuigder dan hij zelf was. Bij dergelijke acties deed de politie eerder een beroep op het Speciaal Interventie Eskadron van de federale politie dan op het Cobra-team omdat die meer ervaring hadden, maar voor deze operatie had hij geen andere keus. De elite-eenheid van de federale politie zou nooit in actie komen zonder het bevel van de korpschef. Hij had Delille wijsgemaakt dat hij groen licht had gekregen van De Kee en Delille was zo stom geweest dat niet na te trekken. Of hij was gewoon blij dat zijn eenheid eindelijk nog eens een opdracht kreeg en was bewust vergeten De Kee te bellen.

'Operatie 28 december minus 30 seconds.'

Een van de leden van het team dat het huis aan de voorkant zou bestormen, plaatste een bom op de voordeur en duwde een knopje in dat de aftelklok activeerde. Op het LCD-schermpje lichtte een getal op. 20, 19, 18... De schutters die de flits- en rookgranaten zouden afvuren, richtten hun geweren op de ramen. De anderen zetten gasmaskers op.

Om drie minuten over vier barstte de hel los. Twee explosies schrokken de hele buurt op. Nog geen seconde later gingen de ramen aan diggelen. Acht gemaskerde mannen in zwarte overalls en kogelwerende vesten stormden het huis van Kirpitsjenko binnen. Vier aan de voorkant en vier achter. Hannelore pakte Van Ins hand vast en kneep erin tot zijn vingers bijna blauw werden. Er klonken geen schoten en het bleef even bangelijk stil. Van In kon niet langer wachten en liep de Artoisstraat in hoewel hij Delille beloofd had niets te zullen ondernemen voor het sein was gegeven dat alles veilig was. Hij sleurde Hannelore, die zijn hand bleef vasthouden met zich mee. In de slaapkamers klonk gestommel. Toen Van In en Hannelore de trap wilden oprennen, kwam een van de leden van het Cobra-team naar beneden.

'Zijn ze ongedeerd?' schreeuwde Hannelore, hoewel de rook haar bijna de adem afsneed.

Toen de man niet meteen antwoordde werd ze bijna hysterisch. Ze greep hem bij de schouders en schudde hem door elkaar.

'Kalm, madammetje.'

Nu kreeg Van In het op zijn heupen.

'Antwoord dan toch verdomme!'

De kerel van het Cobra-team schudde zijn hoofd.

'Er is geen kat', zei hij nors.

'Dat zullen ze je niet in dank afnemen.'

Delille kwam nu ook de trap af. Van In wilde iets zeggen maar verder dan een hoestbui kwam hij niet. Ze moesten terug naar buiten. De rook brandde in hun longen.

'Dat ze het je niet in dank zullen afnemen', herhaalde Delille.

Het duurde een tijdje voor Hannelore en Van In weer normaal konden ademhalen en het brandende gevoel in hun ogen afnam. Ondertussen rookten een paar mannen van het Cobra-team doodgemoedereerd een sigaretje, anderen pakten hun materiaal in. De machinepistolen gingen in platte koffers die aan de binnenkant bekleed waren met schuimrubber, de laders met munitie in speciaal daarvoor bestemde dozen. Iedereen besefte dat ze geblunderd hadden.

'Hebben jullie het huis helemaal doorzocht?'

Delille knikte.

'Het is een gewoon huis, Van In.'

'En toch wil ik dat het grondig doorzocht wordt.'

'Zal ik de technische recherche bellen?' vroeg Versavel, die erbij was komen staan.

'Ja, doe dat, Guido.'

Hoewel Van In veel zin had om binnen zelf een kijkje te gaan nemen, deed hij het niet. Stel dat de kinderen er wel waren geweest en hij sporen verknoeide.

'Is Kirpitsjenko in zijn winkel?' vroeg Hannelore.

'Er is maar één manier om daar achter te komen', zei Van In. 'Kom, we zijn hier weg.'

De explosies en het machtsvertoon in en om de Artoisstraat waren niet ongemerkt voorbijgegaan. Bij de dranghekken hadden zich honderden kijklustigen verzameld. De speculaties over wat er gebeurd was, varieerden van een gasontploffing tot een terroristische aanslag. Twee getuigen van Jehovah opperden zelfs voorzichtig dat het om een voorteken ging dat het einde van de wereld aankondigde. Het kostte de inspecteurs die toezicht hielden bij de dranghekken aan de Noordzandstraat veel moeite om Van In en Hannelore door de meute te loodsen.

De winkel van Kirpitsjenko bevond zich in het begin van de straat. Het voorbije uur was er niemand over de vloer geweest, net als in alle andere winkels in de buurt. De twee meisjes die de zaak openhielden, stonden in de deuropening en vroegen zich net als iedereen af wat er een eind verderop aan de hand was.

'Is meneer Kirpitsjenko hier?'

Het feit dat hij ook niet in de deuropening stond deed vermoeden dat hij er niet was, maar Van In moest het hen toch vragen.

'Nee, meneer is er niet', zei een van de meisjes, een mager ding met lang ros haar. Haar pony viel tot over haar ogen, waardoor ze voortdurend met haar hoofd moest schudden wilde ze iets zien.

'Komt hij vandaag nog?'

'Hebt u hem nodig?' vroeg het andere meisje, een fel opgemaakte blondine met half doorzichtige bloes waarvan de bovenste knoopjes onder geweldige spanning stonden.

Van In had ervaring met moderne meiden die zich door niemand de les lieten lezen en er duidelijk genoegen in bleken te scheppen oudere mensen voor de gek te houden. Hij haalde zijn politiekaart tevoorschijn en legitimeerde zich. De meisjes werden plotseling een stuk vriendelijker, niet omdat ze onder de indruk waren van de politiekaart. Voor de helft van de koopwaar was geen factuur opgemaakt, dus konden ze beter voorzichtig zijn.

'Meneer heeft een paar dagen vrij genomen', zei de rosse met een geforceerde glimlach. 'Overmorgen is hij er weer.'

'Hoeveel is een paar?' vroeg Hannelore.

'Hij heeft ons gistermiddag gebeld', zei de blondine.

'Hebben jullie enig idee waar hij is?'

De meisjes schudden allebei gelijktijdig hun hoofd.

'Is hij op reis?'

'Geen idee.'

'Mogen we binnen even kijken?'

Het rosse meisje keek vragend naar de blondine. Als ze nee zeiden, zou dat argwaan wekken, maar als meneer erachter kwam dat ze de politie hadden binnengelaten, zou er wat zwaaien. Maar meneer was er niet; als ze allebei hun mond hielden zou hij het nooit te weten komen.

Ze knikte.

'Op voorwaarde dat jullie niets overhoophalen.'

'Beloofd', zei Van In.

Ze gingen naar binnen. De winkelruimte lag volgestouwd met leren kledingstukken: broeken, jassen, ja zelfs beha's, maar die liet Van In ongemoeid. Het kantoortje achter in de zaak – de deur stond half open – interesseerde hem meer. Toen hij en Hannelore aanstalten maakten om er naarbinnen te gaan protesteerde een van de meisjes, maar daar trokken ze zich niets van aan.

'Zal ik de deur dichtdoen?' vroeg Hannelore.

Ze wachtte het antwoord niet af en duwde de deur dicht. In het kantoortje stonden een metalen bureau, een houten kast, een krakkemikkige bureaustoel en twee aftandse fauteuils, waarschijnlijk voor het geval er een zakenrelatie of een vertegenwoordiger langskwam.

'Kijk jij in de kast, dan doorzoek ik het bureau.'

Het was zeer de vraag hoe lang de meisjes hen met rust zouden laten, dus gingen ze haastig aan de slag. In een van de laden vond Van In een digitaal fototoestel. Hij zette het aan en liet de beelden die in het geheugen waren opgeslagen een voor een op het scherm verschijnen. Het waren er meer dan honderd. Allemaal van Mieke Cantecleer in haar blote kont.

'Moet je dat eens bekijken.'

Hij liet Hannelore er een stuk of tien zien.

'Misschien zijn het die foto's wel die de ontvoerders willen', zei ze, nog voor ze besefte dat de naakfoto's van Cantecleer geen drie moorden en een ontvoering konden rechtvaardigen.

'Ik denk het niet. Maar ik vraag me wel af hoe mevrouw de schepen zal reageren als we ze haar onder de neus duwen.'

Van In zette het toestel uit en liet het in zijn zak glijden. Wat had Cantecleer in 's hemelsnaam met Kirpitsjenko te maken?

Het onderzoek leverde verder niets meer op. De kast zat volgestouwd met ordners, facturen, reclamefolders en brochures. In de laden van het bureau trof Van In briefpapier, enveloppen, schrijfgerei, sigaretten en een stuk of tien beduimelde pornobladen aan.

'Hoe is het in godsnaam mogelijk', zuchtte Hannelore toen Van In er één opensloeg en vluchtig doorbladerde.

'Sorry.'

Hij gooide het pornoblad op de stapel en stak een sigaret op. De hoestbui na de eerste trek deed Hannelore opschrikken. Van In rookte meer dan goed voor hem was, hij at te weinig en dronk te veel. Een mens kan veel verdragen, maar eens komt een moment dat het lichaam zo verzwakt raakt dat een onschuldige infectie zich ontwikkelt tot een levensbedreigende ziekte.

'Ik wil samen met je oud worden, Van In.'

'Ik ben al oud, Hanne.'

Op je veertigste kinderen krijgen heeft voor- en nadelen. Bij de nadelen stond hij niet stil, hij wilde nog jaren genieten van Simon en Sarah, hen zien opgroeien, studeren en zelf kinderen zien krijgen. Op je veertigste kinderen krijgen was misschien niet leuk voor de kinderen, voor de vader was het een verjongingsbad. Het was een egoïstische gedachte omdat kinderen nooit in de behoeften van de ouders mogen voorzien.

'Onnozelaar.'

Ze pakte hem vast en drukte zich tegen hem aan. Haar lichaam voelde warm en zacht aan. Hij bedwong de lust die tussen zijn benen groeide. Nu de liefde met haar bedrijven zou een bittere nasmaak achterlaten.

'Ik hou van je, schat.'

'Ik ook.'

Ze dachten allebei aan hetzelfde. Waar waren de kinderen? Werden ze goed behandeld? Zouden ze hen nog ooit weerzien? Zouden ze Simon nog één keer 'papa dikke buik' horen zeggen of Sarah de eerste letter van haar naam in het zand zien schrijven? Een kind verliezen door een ongeluk of ziekte is onmenselijk, machteloos moeten toezien dat je niets kunt doen om je kind te redden een foltering. De voorbije uren hadden ze het allebei proberen te verdringen, maar naarmate de klok tikte, nam de wanhoop toe.

'Beloof me dat je ze ongedeerd terugvindt.'

Haar tranen lieten een vochtige plek achter op zijn overhemd. Wat zegt een vader tegen een wanhopige moeder?

'Laten we Minski oppakken en hem op een zacht vuurtje roosteren tot hij zegt waar ze zijn', zei Van In.

'Mij goed.'

Overdag lag de Sfinks er verlaten bij. De meisjes sliepen, de schoonmaakploeg werkte zelden na de middag, tenzij er de avond ervoor een feestje was geweest en ze de rotzooi niet in een paar uur opgeruimd kregen. Kirpitsjenko parkeerde de wagen aan de achterkant van het gebouw, dat volledig aan het zicht werd onttrokken door een hoge haag. De kinderen lagen op de achterbank te slapen onder een deken. Verdoofd. Kalinka hield hen in de gaten. Kaat, de oppas, zat naast hem op de passagiersstoel. Ze was niet geblinddoekt, om de eenvoudige reden dat hij noodgedwongen met haar en de kinderen op klaarlichte dag door de stad had moeten rijden. Gelukkig besefte het meisje niet dat daarmee haar doodvonnis getekend was, want zelfs als de ontvoering goed afliep, kon hij zich niet permitteren haar in leven te laten. Dat was jammer maar onvermijdelijk. Kirpitsjenko was niet aan zijn proefstuk. Het was niet de eerste keer dat hij een meisje liquideerde. Het was zijn vak, en daarmee basta.

'Neem elk een kind en kom mee', zei hij.

Kaat knikte. Het pistool dat Kirpitsjenko op haar gericht hield, maakte haar doodsbang. Bovendien was ze doodmoe omdat ze amper een paar uur had geslapen. Ze zwijmelde toen ze uitstapte en het kostte haar moeite om Sarah op te pakken en naar binnen te dragen. Kalinka glimlachte naar haar, maar ook in haar ogen stond angst. Of was het medelijden omdat zij de wetten kende die in het milieu golden?

Kirpitsjenko maakte de achterdeur open en beval hen naar boven te gaan. Op de tweede verdieping van de Sfinks was een geheime kamer die alleen hierlangs bereikbaar was en waar uitsluitend exclusieve gasten een nummertje mochten maken. Er deden geruchten de ronde dat de eerste minister hier geregeld vertoefde en vroeger prins K, die algemeen bekendstond als een notoire hoerenloper. Minski zou het hem waarschijnlijk niet in dank afnemen dat hij een kamer in beslag nam die tweeduizend euro per nacht opbracht, maar nood breekt wet. In het korte tijdsbestek dat hij van Minski had gekregen om de kinderen op een andere locatie onder te brengen, had hij niets anders kunnen verzinnen. De geheime kamer in de Sfinks was wellicht de veiligste plek in een straal van vijftig kilometer. Geen enkele onderzoeksrechter zou het in zijn hoofd halen hier een huiszoeking te bevelen. Ze liepen naar boven. Kirpitsjenko sloot de rij. Op de tweede verdieping bevond zich een kleine ruimte die als

linnenkamer fungeerde. Er stonden rekken met schone lakens, handdoeken en badlakens. Kirpitsjenko haalde een plat zwart doosje uit zijn broekzak, dat voorzien was van vier toetsen en een infrarood oogje. Hij toetste een code in. Een van de rekken zwaaide open. Erachter bevond zich een kamer van zes bij vijf meter zonder ramen. Er stonden een hemelbed dat ruim plaats bood aan zes volwassenen en een bankstel van fijn kalfsleer. Verder nog een protserige achttiende-eeuwse commode met bronsbeslag en inlegwerk van schildpad, een barkast met ingebouwde koelkast en een Vlaamse kapiteelkast die een uitgelezen collectie dildo's en SM-attributen bevatte. Dieprood vasttapijt, een wansmakelijke kristallen luchter en goudomrande spiegels maakten het plaatje compleet.

'Moeten wij hier lang blijven?'

Kaat deponeerde Sarah op het hemelbed. Haar rug deed pijn en haar mond was droog. Ontvoerde kinderen worden meestal ondergebracht in kale kamers of tochtige kelders. Het klopte niet.

'Niet zo lang', zei Kirpitsjenko.

Aan de muur hing een LCD-televisietoestel dat echter niet op de kabel was aangesloten. Je kon er alleen dvd's op afspelen, maar die waren niet geschikt voor kinderen.

'Moet ik hier ook blijven?'

Kalinka tuitte haar lippen. Wat was Kirpitsjenko toch van plan? Er moest iets vreselijks misgelopen zijn, anders waren ze niet in allerijl naar hier gevlucht. Kaat was een sympathiek meisje en ze smolt voor de kinderen, maar ze moest aan zichzelf denken. Medelijden en empathie waren gevoelens die in een luxemaatschappij thuishoorden. In de wereld waarin zij was opgegroeid, was daar geen plaats voor. Of toch?

Kirpitsjenko wendde zijn hoofd af. De hele zaak was uit de hand gelopen. Hij had gefaald en als Minski erachter zou komen dat hij Kalinka niet alleen onderdak had geboden maar haar ook bij de ontvoering had betrokken, was zijn leven geen cent meer waard. Als Van In niet met de foto's op de proppen kwam, zou hij hen allemaal moeten vermoorden. Bij zijn eerste moord had hij een spontane erectie gekregen, nu wond de gedachte dat hij iemand moest vermoorden hem niet langer op. Integendeel, hij was het moorden kotsbeu. Dat wilde natuurlijk niet zeggen dat hij geen andere dingen kon doen met de meisjes.

'Kleed jullie allebei uit', zei hij. 'En ga op het bed liggen. Ik heb zin in jong vlees.'

Kaat geloofde haar oren niet, maar toen Kirpitsjenko de loop van zijn pistool tegen haar slaap drukte, ritste ze haar rokje open.

Het stadhuis van Brugge is het oudste van de Nederlanden en wellicht ook het mooiste, zelfs na alle ingrijpende renovaties die het in de loop der tijden heeft doorstaan. Politici mogen dan over het algemeen cultuurbarbaren zijn, geef toe, zetelen in een gotisch gebouw geeft meer prestige dan kantoor houden in een naoorlogs pand. Het bureau van Mieke Cantecleer bevond zich naast de Brug der Zuchten, die de Blinde Ezelstraat overspande. Het was ruim, gezellig en ademde de rust van eeuwen uit. Van In en Hannelore deden de moeite niet om zich aan te melden. Ze gingen gewoon naar binnen.

'Mevrouw de schepen.'

Cantecleer zat aan haar bureau. Voor haar lag een in leer gebonden map met daarin de stukken die ze moest ondertekenen. Schrijvers signeren hun boeken om hun lezers een plezier te doen, politici ondertekenen documenten omdat ze daarvoor betaald worden. Handtekeningen zetten en recepties afdweilen, je zou voor minder campagne voeren.

'Ik dacht niet dat wij een afspraak hadden', zei Cantecleer nogal hautain.

Ze droeg een afschuwelijk groenachtig mantelpakje dat tijdens de laatste solden bij C&A voor een prikje over de toonbank was gegaan. De sierspeld op een van haar revers verdiende een prijs voor wansmaak.

'Je mag blij zijn dat ik er geen heb gemaakt', zei Van In.

Hij tutoyeerde haar met opzet. Cantecleer was immers uit het hout gesneden waarvan windbuilen werden gemaakt. Ze hechtte zoveel waarde aan haar status dat haar kinderen soms niet goed wisten of ze haar met mama of mevrouw de schepen moesten aanspreken.

'En je mag blij zijn dat we er nog geen posters van hebben gemaakt', deed Hannelore er nog een schepje bovenop.

'Ik begrijp niet goed wat jullie bedoelen.'

Ze legde haar pen neer en sloeg de in leder gebonden map dicht met een nonchalante geste, alsof ze wilde aantonen dat ze nog andere, belangrijkere dingen te doen had.

'Het gaat over Minski en Kirpitsjenko', zei Van In. 'En de toestanden in het Borgia-hotel.'

Cantecleer ging staan en probeerde zich de allure aan te meten van een staatsvrouw. Ze kruiste haar armen en schudde meewarig het hoofd.

'Ik ben u geen verantwoording schuldig, commissaris Van In. Het volk heeft mij verkozen en...'

'Hou toch op met die onzin.'

Hannelore graaide in Van Ins jaszak, pakte de digitale camera en zette het ding aan.

'Zal ik je wat propagandamateriaal laten zien?'

Ze liep op Cantecleer toe.

'Voor de CD&V, maar dan met een grote V.'

De foto op het schermpje van de camera was een detailopname van Cantecleers onderlijf.

De V was weelderig begroeid. Het was niet de fijnste methode om iemand van zijn voetstuk te halen, maar het werkte. Cantecleer werd lijkbleek toen ze de foto's te zien kreeg. Haar ademhaling versnelde en ze begon te stotteren.

'He..het spij...t me', zei ze met tranen in de ogen.

'Dat interesseert me geen zier', snauwde Hannelore. 'Ik wil weten hoe het zit met die Kirpitsjenko.'

Van In ging zitten en stak een sigaret op. Een hopeloze moeder val je beter niet in de rede. Hannelore stond voor het bureau van Cantecleer met beide handen plat op het blad, haar bovenlichaam voorovergebogen. Strijdlust blonk in haar ogen. Ze leek een roofdier dat op het punt stond zijn prooi te bespringen.

'Ik luister, Cantecleer.'

De schepen wilde protesteren tegen de oneerbiedige manier waarop ze werd aangesproken. Hannelore snoerde haar met één blik de mond. Als Kirpitsjenko niets met de ontvoering te maken had, was ze hier kostbare tijd aan het verspelen, maar wie weet beschikte Cantecleer over interessante informatie die hen op het spoor van de ontvoerders kon zetten. De foto's bewezen duidelijk dat ze zich in verdachte milieus ophield en zich voor onfrisse praktijken leende. Misschien had ze ergens iets opgevangen waaruit zij profijt konden trekken.

'Kirpitsjenko werkt voor Minski', zei Cantecleer.

'Wat bedoel je met werken?'

'Hij knapt de vuile klussen voor hem op.'

Ze vertelde hoe ze in de klauwen van Minski terecht was gekomen en over de manier waarop ze haar schulden afbetaalde.

'In de Sfinks worden meisjes gedwongen om zich te prostitueren. Als er eentje niet voldoende enthousiasme aan de dag legt, neemt Kirpitsjenko haar onder handen.'

Cantecleer barstte plotseling in tranen uit. Zij had één keer geweigerd op bepaalde wensen van Minski in te gaan en toen had Kirpitsjenko haar meegenomen naar de badkamer, de kuip met water gevuld en haar hoofd verscheidene keren ondergedompeld tot ze bijna stikte.

'Denk je dat hij in staat is om iemand te vermoorden?'

'Ik denk het wel', snikte ze.

'Wat moeten we doen?'

Hannelore pakte Van In bij de hand toen ze over de Burg naar de auto liepen. Nu ze wisten dat Kirpitsjenko voor Minski werkte achtten ze de kans groot dat hij de kinderen had ontvoerd, maar nu onmiddellijk groot alarm slaan en hem laten opsporen hield oneindig veel risico's in. Stel dat ze hem konden arresteren en hij weigerde zijn mond open te doen. Wat dan?

'Laten we hopen dat hij een fout maakt', zei Van In.

Bij een ontvoering is het overhandigen van het losgeld het meest kritieke moment omdat de ontvoerder het op een of andere manier moet incasseren. Dat het in dit geval om foto's ging, veranderde daar niets aan. Hij zou een manier moeten bedenken om die transactie zo veilig mogelijk te laten verlopen. En dat was geen sinecure. Tegenwoordig was de elektronica zo sterk geëvolueerd dat bijna alles te traceren viel.

'Hoe laat is het nu?'

'Vijf voor zes', zei Van In. 'We hebben nog dertig uur.'

De ontvoerder zou voor die tijd contact met hen moeten opnemen om de overdracht van de foto's te regelen. Als hij dat telefonisch deed, konden ze hem opsporen want van geheimhouding was nu al lang geen sprake meer.

'Ik bel Lucien Wouters en vraag hem of hij Europol wil inschakelen. Die beschikken over de nodige apparatuur om mobieltjes te lokaliseren.'

Van In pakte het toestel van Hannelore, maar het ging over voor hij het nummer van Wouters kon intoetsen. Het was Klaas Vermeulen van de technische recherche.

'Ik wil je dringend spreken, Van In.'

'Zeg maar, Vermeulen.'

'Niet over de telefoon.'

'Waarom niet?'

'Omdat ik het zeg, Van In.'

'Oké. Waar spreken we af?'

'Op het terras van café Craenenburg. Ik ben er over een kwartier.'

'Ik ook.'

Het terras van café Craenenburg was lekker verwarmd zodat je er zelfs bij guur weer gezellig iets kon drinken. Van In en Hannelore kozen een tafeltje bij de gevel, want er stond een nijdige wind.

'Kunnen we niet binnen gaan zitten?'

Van In schudde zijn hoofd.

'Dat zou Vermeulen niet fijn vinden.'

Het hoofd van de technische recherche mocht een arrogante kwal zijn, hij was niet dwaas. Telefoongesprekken werden de laatste tijd vaker afgeluisterd en opgenomen dan vroeger en sinds kort beschikten veel politiediensten over kleine, uiterst gevoelige DAT-recorders waarmee je heel discreet opnames kon maken. De dingen hadden echter het nadeel dat ze in de openlucht, vooral op plekken met veel straatgeluiden en geroezemoes, onbruikbaar waren. Vermeulen zou niet zoveel heisa maken als hij iets onbelangrijks te melden had.

'Ik geloof dat hij daar al is', zei Hannelore.

De kleine gestalte van Vermeulen dook op uit een menigte verkleumde Japanners die midden op de Markt stond en ijverig ieder gebouw tot in de kleinste details in beeld bracht. Tijd om nu van hun verblijf te genieten hadden ze niet. De bus vertrok over vijfendertig minuten en morgen stond nog een bezoek aan Gent en aan Antwerpen op het programma.

Het hoofd van de technische recherche drukte Van In de hand. Hannelore moest het stellen met een knikje.

'Ik dacht dat je alleen was.'

'Is dat een probleem?'

Vermeulen was een beetje vrouwenschuw. Het was pas sinds Minski hem in de Sfinks had binnengeloodst dat hij ontdekt had hoeveel genot ze een man konden schenken. Hij schaamde zich maar over één ding, namelijk dat hij moeilijk kon klaarkomen als hij zijn partner geen pijn mocht doen. Dat Van In dat nu wist, vond hij minder erg dan dat zij zijn geheim kende. Hij ging zitten en vermeed haar aan te kijken.

'De Kee is razend', zei hij. 'En de procureur kan mijn bloed wel drinken.'

'Dat was te verwachten.'

Van In nam een slok van zijn Duvel. Het bier smaakte voor één keer niet en liet een bittere nasmaak achter, maar het hielp hem zijn hongergevoel te onderdrukken. Hannelore stak zenuwachtig een sigaret op. Moesten ze daar hun kostbare tijd aan verspillen, om te horen te krijgen dat De Kee en Beekman boos waren.

'En onderzoeksrechter Pyck heeft het onderzoek onmiddellijk laten stopzetten.'

'Daar weet ik niets van.'

'Het forensisch onderzoek.'

'Ach zo.'

Van In was compleet vergeten dat hij Vermeulen had gevraagd het huis van Kirpitsjenko te onderzoeken op mogelijke sporen.

'Ik mag het je eigenlijk niet vertellen.' Vermeulen liet zijn stem zakken tot een dof gefluister. 'Maar in een van de slaapkamers heb ik vingerafdrukken gevonden van kinderen.'

Van In en Hannelore sprongen bijna gelijktijdig op van hun stoel.

'En dat zeg je nu.'

'Sorry, Van In.'

Vermeulen boog het hoofd. Vanmiddag had hij beslist om die informatie voor zich te houden om zich de woede van zijn superieuren niet op de hals te halen. Maar thuis was zijn geweten beginnen te knagen. Hij had er met zijn moeder over gesproken en zij was het die hem over de streep had getrokken, maar dat durfde hij niet toe te geven.

11

De koster van de Onze-Lieve-Vrouwekerk slaakte een diepe zucht toen hij er eindelijk in geslaagd was de laatste toerist, een arrogante Nieuw-Zeelander die niet ophield erover te zeuren dat de kerk om zes uur dicht ging, naar buiten te werken en slofte door de zijbeuk naar de sacristie, waar twee zilveren kandelabers stonden die nog gepoetst moesten worden. Maar voor hij zijn werkzaamheden aanvatte, bleef hij zoals iedere avond even staan bij de madonna van Michelangelo. De grote witte enveloppe op de trappen van het altaar viel meteen op. Toeristen lieten dagelijks spullen achter in de kerk: van dure camera's tot wandelstokken. Meestal kwamen ze die dan de volgende ochtend ophalen, maar er bleven ook een hoop dingen liggen die de eigenaar nooit meer kwam opeisen. De koster bewaarde ze in een klein hok naast de sacristie waar ook de schoonmaakproducten stonden. Het gebeurde wel eens dat een milde gelovige in een bui van vrijgevigheid geld in een enveloppe stopte en die bij het madonnabeeld achterliet, maar dat leek dit keer niet het geval. Daar was de enveloppe te groot voor. Bovendien stond er iets op geschreven.

'Nondedju', vloekte de koster halfluid.

Op de enveloppe stond in koeien van letters: ONMIDDELLIJK OVER TE MAKEN AAN COMMISSARIS VAN IN.

'Waar is Van In?'

Bruynooghe had de enveloppe opengescheurd die de koster van de Onze-Lieve-Vrouwekerk op het politiebureau had bezorgd en de inhoud ervan bekeken.

'Zal ik Versavel bellen?' vroeg Carine.

'Ja, doe dat. En probeer ook maar onderzoeksrechter Martens te bereiken.'

Bruynooghe stopte alles weer netjes in de enveloppe. Het beeld op de foto liet hem niet los. Het stond op zijn netvlies gebrand. Hij liep naar de kast waar Van In zijn voorraad sterkedrank bewaarde, pakte een fles Filliers en nam een flinke slok. Vijf minuten later klonken er voetstappen op de gang. Van In gooide de deur open.

'Ik hoop dat het belangrijk genoeg is, Robert.'

Bruynooghe zei niets. Hij pakte de enveloppe en gaf ze aan Van In. Die versteende nog voor hij het briefje had gelezen. De bijgevoegde foto sprak voor zich.

'Vertel alsjeblieft wat er aan de hand is.'

'Kijk zelf maar.'

De schrik sloeg Hannelore om het hart. Van In streek door zijn haar en klemde zijn kaken op elkaar. Hij leek plotseling jaren ouder.

'Is het in verband met de kinderen?'

Toen hij niet onmiddellijk antwoordde, griste ze de foto en het briefje uit zijn handen. Het was een vreselijk beeld. Kaat lag naakt op een bed. Met gespreide benen. De tekst was nog erger. *Ik hou van jong, heel jong. Staak het onderzoek of ik neem je dochter.* Het duurde een tijdje voor de betekenis van de woorden volledig tot haar doordrong. Van In zat wezenloos aan zijn bureau. De fles Filliers die Bruynooghe had laten staan, bleef onaangeroerd. Hij rookte zelfs geen sigaret. De meeste vaders vinden het al erg wanneer hun dochter op al te jonge leeftijd haar maagdelijkheid verliest. Een verkrachting maakt hen razend. Maar niemand kon zich de gevoelens voorstellen die Van In te verwerken kreeg. De gedachte dat een man zijn dochtertje pijn zou doen was ondraaglijk en het schuldgevoel dat hij daarbij kreeg dreigde hem te verpletteren. Waarom had hij in vredesnaam de waarschuwingen van de ontvoerders genegeerd en de zaak per se willen oplossen?

Versavel leek zijn gedachten te raden. Hij kwam bij hem staan en legde zijn hand op Van Ins schouder.

'Je had geen andere keus, Pieter.'

Hannelore sloeg haar ogen op.

'Guido heeft gelijk', zei ze.

Haar ingewanden stonden in brand en iemand stak gloeiende naalden in haar voorhoofd, maar hoe afschuwelijk ze zich ook voelde, ze realiseerde zich verdomd goed dat alleen Van In een kans maakte om de kinderen te redden. Ze had hem al vaker in hopeloze situaties aan het werk gezien. Als anderen het opgaven, werd hij gedrevener. Ze stond op, liep naar het bureau en pakte zijn hand vast.

'Als je het nu opgeeft, ga ik in het klooster. Begrepen?'

'In het klooster', herhaalde hij wezenloos.

Toen begon hij hysterisch te lachen en met zijn rechtervuist op het bureaublad te bonzen. Hannelore liet hem uitrazen.

'Er moet een uitweg zijn', zei ze toen hij eindelijk weer bij zinnen was. Ze stak een sigaret op en reikte hem die aan. Hij nam een trek en volgde met lege ogen de rooksliert die naar het plafond kronkelde.

'We moeten de foto's vinden', zei hij na een poosje.

'Of Kirpitsjenko.'

'Die zal zich nu wel gedeisd houden, Guido.'

'Hij moet je nog laten weten hoe en waar je hem de foto's moet overhandigen', zei Versavel. 'En ik denk niet dat hij je daarvoor gaat bellen.'

'Hebben we eigenlijk een foto van hem?'
'Ik denk het niet.'
'Die moeten er toch zijn.'
'Onderzoeksrechter Pyck heeft de huiszoeking in de Artoisstraat laten stopzetten', zei Versavel.
Hij had net zo goed met een rode lap voor een stier kunnen gaan staan. Van In trilde van woede.
'Je denkt toch niet dat een klote onderzoeksrechtertje me ervan zal weerhouden het huis van Kirpitsjenko opnieuw te laten doorzoeken!' schreeuwde hij.
'Rustig maar. Ik bel Beekman. Die regelt dat wel.'
Hannelore pakte de hoorn van de telefoon op, maar Van In en Versavel waren de kamer al uit nog voor ze het nummer van de procureur kon intoetsen.

'Je kunt daar niet blijven, Vadim. Dat weet je toch.'
Minski stak een sigaret op. Er stond een briesje, maar het regende gelukkig niet meer. In de verte hoorde hij de branding tegen de golfbrekers beuken. Kirpitsjenko had hem een halfuur geleden gebeld en ze hadden afgesproken elkaar te ontmoeten in Zeebrugge, aan het einde van de dijk waar de duinen begonnen. Het pad dat ze volgden, liep tot in Blankenberge. In de zomer of op zonnige winterse weekends was het er meestal druk, op een kille avond als nu was het de ideale plek om ongestoord van gedachten te wisselen, want Minski wilde niet langer gezien worden in het gezelschap van Kirpitsjenko en wat ze te bespreken hadden was te delicaat om over de telefoon te doen.
'Waar moet ik dan met ze heen?'
'Dat zoek je zelf maar uit.'
De volgende honderd meter legden ze zwijgend af.
'Denk je dat Van In de foto's heeft?'
Kirpitsjenko had er lang over nagedacht voor hij de foto

van het naakte meisje en het briefje in de Onze-Lieve-Vrouwekerk had achtergelaten, maar hij had het uiteindelijk toch gedaan omdat het de beste manier was om Van In onder druk te zetten.

'Als hij ze heeft, zal hij ze leveren.'

'En wat als hij ze eerst kopieert?'

'Daar heeft hij geen belang bij.'

'Misschien heb je wel gelijk.'

Op de foto's stonden geen strafbare feiten. Ze kopiëren had geen zin. Ze openbaar maken evenmin. En daar ging het in essentie om. Het was Minski er alleen om te doen dat ze niet in verkeerde handen vielen.

'Het meisje is wel een probleem', zei Kirpitsjenko.

'Heb je haar geneukt misschien?'

Kirpitsjenko grijnsde. Hij had Kaat met geen vinger aangeraakt. De foto die hij van haar had gemaakt diende alleen om Van In de stuipen op het lijf te jagen, maar het was beter dat Minski in de waan bleef dat hij haar had misbruikt. Hij mocht er zeker nooit achter komen dat Kalinka bij hem ondergedoken was en het meisje was de enige die hem zou kunnen verraden.

'Je kent me toch.'

'Dan laat je haar het best verdwijnen', zei Minski. 'En doe het dit keer netjes. Decloedt hebben ze na een paar dagen al gevonden en je had me nochtans gegarandeerd dat het jaren zou duren voor hij werd ontdekt.'

'Het zal niet meer gebeuren', zei Kirpitsjenko.

'Dat weet ik, Vadim.'

Minski gooide zijn halfopgerookte sigaret in het zand en zette zijn kraag op. Na de flater met de postbode stond zijn besluit vast. Als deze klus geklaard was, zou hij Kerkorian de opdracht geven Kirpitsjenko uit de weg te ruimen. Dan waren alle sporen uitgewist.

‘Ik hou u op de hoogte, meneer.’

‘Bel me zodra je de foto’s hebt. Ik stuur Kerkorian om ze op te halen. Daarna wil ik je een tijdje niet meer zien. Is dat begrepen?’

Kirpitsjenko knikte. Wees maar gerust, meneer Minski. Mij zie je nooit meer, dacht hij.

Van In trapte de provisorische voordeur in die het parket had laten aanbrengen na de inval in de Artoisstraat en knipte de zaklantaarn aan die hij uit de wagen had meegenomen.

‘Als ik jou was zou ik het licht aansteken’, zei Versavel toen Van In alleen gewapend met de zaklantaarn een van de kasten begon te doorzoeken.

‘Dat zeg je nu’, reageerde Van In stug.

In de woonkamer vonden ze niets, maar in de slaapkamer troffen ze in een ladekast een aantal mapjes aan met vakantiefoto’s, meestal landschappen en monumenten maar er zaten er ook een paar tussen waarop een man stond afgebeeld in het gezelschap van een meisje in een piepkleine bikini.

‘Klootzak.’

Het meisje op de foto zag er heel jong uit. Volgens Van In was ze niet ouder dan zestien.

‘Sst.’

Versavel drukte zijn wijsvinger op zijn lippen en wees met zijn andere hand naar beneden. Nu hoorde Van In het gestommel ook. Hij trok zijn pistool, haalde de veiligheidspal over en sloop naar de deur van de slaapkamer. Iemand liep de trap op. Van In strekte zijn arm en richtte het pistool.

‘Zijn jullie daar nog?’

Versavel herkende de stem van Beekman en haalde opgelucht adem. Dit had slecht kunnen aflopen want Van In droeg nooit een wapen. Het feit dat hij er nu wel een bij zich had, was beangstigend.

'Je gaat toch geen domme dingen doen, Van In?'

Beekman keek naar Versavel, maar die haalde zijn schouders op. Van In leek te ontwaken uit een droom. Hij liet zijn arm zakken, zijn vinger bleef aan de trekker.

'We hebben foto's van de verdachte', zei hij wezenloos.

'Is dat zo?'

Beekman wendde zich weer tot Versavel.

'Ik denk het wel, meneer de procureur.'

'Hoezo, je denkt het wel?'

Hannelore had hem gebeld en verteld wat er aan de hand was, maar ze had niets gezegd over de toestand waarin Van In verkeerde. Misschien was het beter hem van het onderzoek te halen en iemand anders aan te stellen die wat meer afstand van de zaak kon nemen. Veel rechercheurs waren al voor minder door het lint gegaan. Hij kon niet toestaan dat Van In het recht in eigen handen zou nemen.

'We moeten hem nog identificeren', zei Versavel.

'Doe dat dan eerst.'

Ze hadden de keus tussen de meisjes die in de winkel van Kirpitsjenko werkten en Mieke Cantecleer. Van de meisjes moesten ze eerst nog het adres zien te vinden; Mieke Cantecleer woonde de wekelijkse vergadering van het college van burgemeester en schepenen bij, dus was de keus snel gemaakt.

'Weet je zeker dat hij het is?' vroeg Beekman toen Cantecleer even aarzelde voor ze bevestigde dat de man op de foto wel degelijk Kirpitsjenko was.

'Hij lijkt er in ieder geval goed op.'

Van In draaide een van de foto's om. 06.08.1997 stond er op de achterkant.

'We moeten het zeker weten, mevrouw de schepen', drong Beekman kribbig aan. Het zou de eerste keer niet zijn dat een getuige zich vergiste en onder druk van de ondervragers de verkeerde persoon identificeerde. Cantecleer mocht dan schepen zijn, echt zelfverzekerd was ze niet.

'Mag ik de foto's nog eens bekijken?'

Van In kreeg bijna een zenuwtoeval. Politici konden bij hem al op niet zoveel sympathie rekenen – hij beschouwde ze als een noodzakelijk kwaad –, iemand als Cantecleer, die alleen om haar barbiesmoeltje was verkozen vervulde hem met minachting.

'Natuurlijk.'

Beekman liet haar de foto's opnieuw zien.

'Hij is het', knikte ze nu heftig.

In de korte periode dat ze schepen was, had ze ondervonden dat politici meer krediet krijgen van de kiezer als ze beginselvast zijn en geen moment twijfelen aan de onzin die ze verkondigen. Dus kon ze beter overtuigend klinken.

'Foto's maken kan hij in ieder geval.'

Van In kon het niet laten haar een veeg uit de pan te geven. Cantecleer deed alsof ze glimlachte. In haar binnenste kookte ze van woede.

'Fijn', zei Beekman, die een nodeloze discussie tussen Van In en Cantecleer wilde voorkomen. Hij stak zijn hand naar haar uit.

'Bedankt voor uw kostbare tijd, mevrouw de schepen.'

'Zeg maar Mieke.'

Beekman keek haar recht in de ogen. Ze ontweek zijn blik niet. Meer nog. Ze hield haar hoofd een beetje schuin en trok haar wenkbrauwen op alsof ze wilde zeggen: komt er nog iets van?

'Ik breng de foto's naar het lab', zei Van In, die met stijgende verbazing constateerde dat Cantecleer Beekman probeerde te versieren. 'Hoe sneller we over kopieën beschikken, hoe groter de kans dat we hem in de kraag vatten.'

Het was natuurlijk ijdele hoop dat Kirpitsjenko zich nog in het openbaar zou durven te vertonen, maar voorlopig konden ze niet veel meer doen dan hopen dat hij dat wel zou doen.

Van In sloeg zijn arm om Hannelores schouder. Ze liepen samen door de hal van het stadhuis. De Burg baadde in het licht van tientallen halogeenlampen die het plein een feeërieke toets gaven. Een paar amateur-fotografen die het tafereel op de gevoelige plaat wilden vastleggen, hadden beschutting gezocht onder de bomen omdat het weer was gaan regenen.

'Probeert dat wicht Jozef nu te versieren of ben ik blind?'

Van In moest bijna glimlachen ondanks de ernst van de situatie.

'Als het niet lukt stuur ik hem een foto die Kirpitsjenko van haar heeft gemaakt. Ziet hij meteen dat het de moeite niet waard was.'

Klaas Vermeulen van de technische recherche beschikte over een krachtige computer en een geavanceerde printer waarmee hij digitale beelden kon bewerken en scannen. Toen Van In hem de vakantiefoto van Kirpitsjenko overhandigde, ging hij meteen aan de slag. Nog geen twee minuten later verscheen het kiekje op het scherm. Met een paar snelle aanslagen op het toetsenbord selecteerde hij het hoofd van Kirpitsjenko, tot dat het hele scherm vulde.

'Is het zo goed?'

'Fijne machine', zei Van In. 'Je zou zweren dat de uitvergroting scherper is dan het origineel.'

'Dat is ook zo.'

Vermeulen begon meteen uit te leggen hoe het allemaal werkte, maar toen het betoog zo technisch werd dat Van In niet meer snapte of het nog over beeldverwerking ging of dat Vermeulen hem probeerde duidelijk te maken hoe je een raket in een baan om de aarde bracht, onderbrak hij hem vriendelijk en vroeg hem hoe lang het zou duren om honderd kopieën te maken.

'Een halfuurtje.'

'Zo lang?'

Het kostte Van In moeite om zijn ontgoocheling niet te laten blijken. Iedere minuut die hij verloor met wachten was er één te veel.

'Ik kan het aantal pixels reduceren', zei Vermeulen. 'Maar dan worden de afdrukken wel minder scherp.'

'Nee. Laat maar. Ik wacht wel.'

Vermeulen drukte op de printknop. De machine begon te zoemen. Even later schoof de eerste afdruk in de lade.

'Als ik de eerste twintig nu al eens naar het commissariaat bracht', zei Hannelore. 'Kunnen de nachtpatrouilles vroeger op pad.'

Van In knikte.

'Dan kom ik straks met de rest.'

Zes minuten later griste Hannelore de afdrukken uit de lade en haastte zich naar de auto.

Van In wilde een sigaret opsteken om de tijd te doden, maar toen hij zijn hand in zijn broekzak stopte om zijn pakje te nemen, voelde hij daar de enveloppe met daarin het briefje en de foto van Kaat.

'Kun je beelden verwerken terwijl dat ding aan het afdrukken is?'

Vermeulen keek hem aan met een blik die onderwijzers reserveren voor leerlingen die er echt niets van bakken.

'Kun jij ademen en tegelijkertijd een sigaret roken?'

Vermeulen was een fervente antiroker. Hij werd zelfs misselijk als een kind een sigaret van chocolade in zijn mond stopte.

'Oké.'

Van In stopte het pakje in zijn zak en haalde de enveloppe eruit.

'Hoe groot kun je die maken?'

Hij overhandigde Vermeulen de foto van Kaat.

'Wat bedoel je met groter maken?'

'Wat je daarnet met het hoofd van Kirpitsjenko hebt gedaan.'

'Inzoomen dus?'

'Dat bedoel ik.'

Vermeulen bekeek de foto aandachtig. Sinds zijn seksleven van een dorre woestijn in een bruisende oceaan was veranderd, was de minste prikkel voldoende om hem geil te maken.

'En wat wil je dat ik groter maak?'

Kaat had mooie, stevige borsten zoals de meeste jonge meisjes en smaakvol getrimd schaamhaar.

'Ik ben alleen geïnteresseerd in de achtergrond, Vermeulen.'

In normale omstandigheden had Van In er een grove sneer aan het adres van Vermeulen aan toegevoegd, maar dit keer kon hij zich niet veroorloven hem op stang te jagen.

'U zegt het maar.'

Vermeulen scande de foto. Het beeld verscheen haarscherp op het scherm, waardoor een aantal details een stuk duidelijker werden. Boven het bed hing een ingelijste aquarel met daarop een gezicht van de Pottenmakersstraat. Veel Bruggelingen zouden de straat niet meteen herkend hebben, maar Van In woonde in de buurt en hij beschikte bovendien over een beter visueel geheugen dan de meeste van zijn stadsgenoten die alleen plaatjes van het belfort, de Dyver of in het beste geval van de Groene Rei konden thuisbrengen.

'Kun je daarop inzoomen?'

'Geen probleem.'

De aquarel vulde het scherm. Het beeld bleef behoorlijk scherp. Onderaan in de rechterhoek stond de handtekening van de kunstenaar. Van In wees ernaar.

'Kun je dat leesbaar maken?'

Vermeulen haalde zijn schouders op en zei dat hij niets kon beloven, maar dat hij zijn best zou doen. Hij zoomde maximaal in. Het beeld dat nu op het scherm verscheen, was veel waziger dan het vorige en daardoor ook zo goed als onherkenbaar. Gelukkig behoorde de auteur van de aquarel tot de betere zondagsschilders. In plaats van met een onleesbare krabbel te signeren had hij zijn naam in keurige drukletters geschreven.

'Kan het nog iets scherper?'

Het was een korte naam. Zes letters.

'Nog ietsje.'

Vermeulen schudde zijn hoofd.

'Meer kan niet.'

Van In stond bijna met zijn neus tegen het scherm gedrukt. De zes letters veranderden voortdurend van vorm alsof er een nevelsluier over hing.

'A..A...'

Af en toe leek de sluier op te trekken waardoor de letters gedurende een fractie van een seconde leesbaar werden. Vermeulen zette zijn bril op, maar hij zag nog minder dan Van In.

'Momentje.'

Hij liep naar de andere kant van de kamer waar een grote metalen kast stond waarin behalve een aantal digitale camera's ook kijkers en ander optisch materiaal werden bewaard.

'Als ik me niet vergis, staat hier nog een loep', zei hij.

Het duurde een paar minuten, hij moest bijna de hele kast leeghalen voor hij het ding vond.

'Ziezo.'

Hij installeerde de loep, eigenlijk een vergrootglas op een statief, voor het scherm. Van In kneep zijn ogen tot spleetjes.

'A..AV.D.'

'A..AV.D', herhaalde Vermeulen als een robot.

Hij zag alleen zwarte vegen. De dansende lijnen bezorgden Van In bijna hoofdpijn, maar hij bleef koppig naar het scherm staren.

'ADAVID.'

Hij zag het in een flits, maar hij was zeker dat hij het goed had gelezen.

'Wie heet in godsnaam ADAVID?' vroeg Vermeulen zich hoofdschuddend af.

Van In zette een stap achteruit en wreef zijn ogen uit. ADAVID. Of was het ADAUID?

Misschien had hij zich toch vergist. Het verschil tussen een V en een U is klein. ADAUID klonk meer als een familienaam dan ADAVID. Maar als het ADAUID was, hadden ze met een vreemdeling te maken, wie weet wel iemand van Arabische afkomst.

'Verdomme.'

Vermeulen pakte het stukje papier waarop Van In de naam had genoteerd en bekeek het geruime tijd met gefronste wenkbrauwen.

'Ik zou het ook niet weten', zei hij na een poos.

De printer hield abrupt op met kopieën uitspuwen. Van In nam het papiertje terug en griste het stapeltje afdrukken uit de lade.

'Heb je iets om die dingen in te stoppen?'

'Is een plastic tasje oké?'

Van In knikte en stopte de afdrukken in het tasje dat Vermeulen hem aanreikte: R. VANDENBERGHE UW PARTNER IN VERZEKERINGEN.

'Op hoeveel extra mensen kunnen we vannacht een beroep doen?' vroeg Van In.

Ze zaten met zijn vijven in kamer 204. Hij, Hannelore, Versavel, Carine en Bruynooghe. Op de grote eiken tafel stonden twee thermossen met koffie.

'Vijfenveertig.'

'Is dat alles?'

Hannelore keek verwonderd naar Versavel. Het korps telde meer dan driehonderd mannen en vrouwen. Het kon toch niet dat er maar vijfenveertig van beschikbaar waren?

'Mag ik u erop attent maken dat we in drie ploegen werken, mevrouw de onderzoeksrechter, en dat er continu een aantal mensen vrij heeft of ziek is', zei Carine een beetje smalend.

Bij de rechtbank werkt veel meer personeel en toch staan jullie met sommige zaken jaren achter, wilde ze eraan toevoegen maar ze hield haar mond uit respect voor Van In.

'En toch vind ik vijfenveertig bitter weinig', hield Hannelore vol.

Eigenlijk had het weinig zin om vijfenveertig extra inspecteurs 's nachts met een foto van Kirpitsjenko op pad te sturen, de kans was klein dat de Rus zich op straat of in een openbare gelegenheid zou vertonen en zelfs als hij het deed, zouden ze wel heel erg veel geluk moeten hebben.

'We kunnen de federale politie om hulp vragen', zei Versavel.

Van In schudde zijn hoofd. Hij was bereid het onmogelijke te proberen om zijn kinderen te redden, maar hij mocht er niet aan denken dat een van de cowboys van de federale Kirpitsjenko lokaliseerde, meteen tot de actie overging en de hele meute op hem afstuurde om hem te arresteren.

'Ik ben bang dat zij met de eer zouden willen gaan lopen', zei hij.

'Wat voor onzin kraam jij nu uit?'

Hannelore geloofde haar eigen oren niet. Het maakte toch niet uit wie Kirpitsjenko opspoorde? Gelukkig merkte Versavel wat er aan de hand was. Hij legde haar het misverstand in een paar woorden uit.

'Pieter maakt zich meer zorgen om de kinderen dan je denkt, Hanne.'

'Laten we dat maar hopen.'

Er viel een pijnlijke stilte. Van In keek voor zich uit als een sfinks. Hannelore, die besefte dat ze te ver was gegaan, sloeg haar ogen neer. Carine en Bruynooghe stonden er onwennig bij. Ze beseften dat één vonk voldoende was om de boel te laten ontploffen. Versavel was de enige die de plooien kon gladstrijken en dat deed hij ook. Hij stelde voor eerst de nachtpatrouilles te briefen en hen op het hart te drukken geen actie te ondernemen als ze Kirpitsjenko in het vizier kregen. Hetzelfde gold voor de extra manschappen die in burger de binnenstad en de randgemeenten zouden uitkammen.

'Het is van het allergrootste belang dat Kirpitsjenko niet vermoedt dat we hem zoeken', zei hij toen ook Hannelore goedkeurend begon te knikken.

'Wat doen wij ondertussen?' vroeg ze.

'De operatie coördineren', zei Versavel.

Hij wierp een steelse blik naar Van In, maar die bleef voor zich uit staren alsof hij zich in een andere dimensie bevond.

'En wat doen wij?' vroeg Carine.

'De foto's verdelen. Daarna kunnen jullie mee op pad. Tenzij Pieter een ander voorstel heeft natuurlijk.'

Er kwam geen antwoord. Versavel draaide zich om een probeerde de plek te bepalen die Van In fixeerde. Het plastic tasje dat aan de kapstok hing? Of de ingelijste foto van hem en Van In die ernaast aan de muur hing? Hij schrok dan ook toen Van In plotseling hardop de naam las die op het tasje stond afgedrukt: 'R. VANDENBERGHE', gevolgd door 'ADAVID'.

'Is er iets?'

Er verscheen een glimlach om Van Ins lippen.

'Het is niet ADAVID maar A.DAVID', zei hij triomfantelijk.

'Hij is toch niet gek aan het worden?'

Van In stond net als zij onder grote druk. In die toestand is er niet veel nodig om bij iemand de stoppen te laten doorslaan.

'Nee, ik ben niet gek aan het worden.'

Van In trok de bovenste lade van zijn bureau open en pakte de telefoongids. David was niet echt een courante naam. Het zou hem verbazen als er meer dan drie mensen A. David heetten. Hij vond er twee. Eén woonde in de Kerkstraat in Sint-Pieters, de tweede in de Ganzenstraat.

'Kom mee', zei hij tegen Versavel en Hannelore. 'Met een beetje geluk levert dit spoor meer op dan een grootscheepse zoekactie naar Kirpitsjenko.'

'Je gaat de zoekactie toch niet afblazen?'

'Natuurlijk niet.'

Hij liep naar de kapstok, pakte zijn jas en liep de kamer uit. Als dit spoor tot iets leidde, was hij bereid een knieval te maken voor Vermeulen en diens voeten te kussen.

'We hadden ons veel moeite kunnen besparen door meneer Alain David eerst te bellen alvorens hem de schrik op het lijf te jagen', zei Hannelore toen ze een kwartier later de Kerkstraat uitreden.

Alain David bleek een gepensioneerde agent van de Scheepvaartpolitie te zijn, die al een tijdje aan een depressie leed. Van In had hem nogal hard aangepakt waardoor hij bijna hysterisch was geworden. Eén ding kwamen ze wel gauw te weten: Alain David had nog nooit in zijn leven een penseel aangeraakt.

'Mensen zijn nooit eerlijk aan de telefoon als de politie hen belt', repliceerde hij.

'Is dat zo?'

'Ik moet Pieter helaas gelijk geven', zei Versavel.

'Kan het niet wat sneller?'

'We rijden in een zone 30.'

'En dan?'

Versavel gaf voorzichtig gas, maar daar nam Van In geen genoegen mee. Hij boog zich naar voren en zette de sirene en het zwaailicht aan. Aan het kruispunt voorbij de Scheepsdalebrug reden ze bijna een fietser omver, een oude hippie die nog altijd lak had aan uniformen en machtsvertoon. Als hij een politiesirene hoorde, stak hij zijn arm uit als teken dat hij links wilde afslaan.

'Onnozelaar.'

Van In stak een sigaret op, nam gulzig een paar trekken en duwde de sigaret daarna uit in de overvolle asbak. Hannelore zat gelaten op de achterbank. Het kon haar ook niet schelen dat Versavel tegen honderd twintig per uur over de Ring scheurde en aan het kruispunt bij de Bloedput door het rood reed. De actie die Van In ondernam mocht dan nutteloos lijken, hij deed eindelijk iets.

'Hoe laat is het nu?'

'Kwart over acht.'

De Ganzenstraat is een pittoreske straat, een woonerf eigenlijk, met nette vakkundig gerenoveerde huizen, fleurige bloembakken in de zomer, verkeersdrempels en toffe bewoners. Vroeger was het een volksbuurt maar tegenwoordig moest je al over een aardig kapitaaltje beschikken om er een pand te kopen. Meneer en mevrouw Albert David-Cornelis woonden in een groot huis dat er in tegenstelling tot de andere een beetje vervallen uitzag omdat ze van een klein pensioentje leefden en daardoor niet in staat waren hun eigendom behoorlijk te onderhouden. Binnen rook het naar honden en gember, geuren die Van In niet kon uitstaan. Meneer David ging hen voor naar de woonkamer, die ouderwets gemeubileerd was en waar mevrouw David bij de kachel zat te breien. Een blik was voldoende om te zien dat geen van beiden artistiek begaafd was. De muren hingen vol kitscherige plaatjes. De meeste stelden heiligen voor, de rest bestond uit vergeelde familiefoto's.

'Ik moet u teleurstellen, commissaris', zei meneer David minzaam. 'Ik verzamel postzegels.'

Hij hinnikte als een verkouden paard en wierp Van In een samenzweerderige blik toe, alsof hij wilde zeggen: ik mag al blij zijn dat mijn vrouw zich daarmee niet bemoeit want ze zeurt al genoeg dat ik te veel geld besteed aan mijn collectie.

'Dat is dan bijzonder jammer', zei Van In.

Hij had er natuurlijk rekening mee gehouden dat A. DAVID, de auteur van het konterfeitsel op de foto, geen Bruggeling was – er zakten ontelbaar veel zondagsschilders naar Brugge af om er hun artistieke lusten bot te vieren – maar hij kon niet ontkennen dat hij stilletjes had gehoopt dit keer een succesje te boeken. De gedachte was nog niet koud of mevrouw David legde haar breiwerk neer, zette haar bril af en zei: 'Albert, je schoonzus Adrienne schildert toch.'

'Dat is waar,' zei meneer David met een verontschuldigend glimlachje, 'maar Adrienne haar meisjesnaam is Clauwaert.'

'Hm', snoof mevrouw David. 'Ze was gek op je broer. Het is niet omdat hij dood is dat ze haar naam heeft veranderd.'

Hoop begint als een genster, gevoed met een beetje zuurstof wordt het een vlam. Van In had veel zin om mevrouw David in de armen te vliegen en haar een zoen te geven.

'Woont uw schoonzus in Brugge?'

'In de Oude Zak', zei mevrouw David. 'Zal ik haar bellen en zeggen dat u nog even langskomt? Ze is nogal schuchter, moet u weten.'

'Hebben jullie een wagen?'

'Nee', zei meneer David.

'Jammer. Anders zou ik er persoonlijk voor zorgen dat jullie nooit nog een parkeerboete in de bus kregen.'

12

De Oude Zak had vroeger een sinistere bijklank omdat de kantoren van de directe belastingen er gevestigd waren. Van In was er lang geleden ook eens moeten verschijnen. Een kalende man in een grijze stofjas had hem toen met een lijzige stem meegedeeld dat zijn dienst geen deel uitmaakte van het OCMW en dat meneer Van In een deurwaarder mocht verwachten als hij zijn belastingen niet op tijd betaalde. Adrienne Clauwaert woonde schuin tegenover het gebouw van de belastingen, in een net rijtjeshuis met groene vensters, een massieve eiken voordeur en een ouderwetse trekbel. Toen Van In eraan trok, klonk een schel geklingel in de gang dat waarschijnlijk huizen ver ook nog te horen was. Gelukkig had meneer David zijn schoonzus vooraf gebeld, anders had ze de deur zeer zeker niet opengedaan. Nu trok ze met een zucht de ceintuur van haar peignoir aan en slofte naar de voordeur.

'Goedenavond, meneer de commissaris', zei ze. 'Kom binnen.'

De gang geurde naar bruine zeep en aan de muren hingen tientallen aquarellen. Een loper met bloemmotief vormde een pad naar de keuken.

'Mevrouw', Adrienne knikte en drukte de hand die Hannelore haar toestak.

'Excuseer dat we zomaar komen binnenvallen.'

De schuwe blik in de ogen van de vrouw was Hannelore niet ontgaan. Ze probeerde haar gerust te stellen met een glimlach.

'Mijn schoonbroer zei dat het belangrijk was', zei Adrienne. 'En dat ik jullie misschien kon helpen bij het oplossen van een misdaad.'

Ze keek schichtig naar buiten. Toen ze Versavel in de auto zag zitten deed ze haastig de deur dicht en liep Van In en Hannelore voor naar de keuken, waar een kolenkachel een aangename warmte verspreidde. Een zwart-wit gevlekte poes die zachtjes lag te ronken in een leren fauteuil maakte het idyllische plaatje compleet.

'Gaat u zitten. Kan ik jullie iets aanbieden? Elixir d'Anvers? Of hebt u liever een druppelke?'

Van In noch Hannelore hadden zin om iets te drinken en toch knikten ze allebei.

'Het gaat om een van uw aquarellen', zei Van In.

Hij haalde een afdruk tevoorschijn van de detailopname die Vermeulen voor hem had gemaakt. Adrienne zette haar bril op en bekeek het gezichtje van de Pottenmakersstraat.

'Zoiets heb ik ooit wel gemaakt', zei ze aarzelend.

De schrik sloeg haar om het hart. Marie-Rose, haar beste vriendin, had haar er al vaak voor gewaarschuwd dat de fiscus haar zou weten te vinden, maar zij had telkens haar schouders opgehaald. Welke ambtenaar zou het in zijn hoofd krijgen om een oude vrouw lastig te vallen die af en toe een paar van haar werkjes zwart verkocht? Een paar werkjes, had Marie-Rose gesnoven. Als je een tentoonstelling houdt, verkoop je er minstens dertig. De seniorenclub waarbij ze aangesloten was, organiseerde jaarlijks een tentoonstelling in een zaaltje van het administratief centrum op de Burg. Met medewerking van het stadsbestuur nog wel. Iedereen wist dat daar druk handel werd gedreven.

'Lang geleden?'
Adrienne maakte minstens honderd aquarellen per jaar en dat gedurende al meer dan vijftien jaar. Niemand begreep hoe ze het klaarspeelde, maar ze herkende elk van haar werken in een oogopslag. Meer nog. Ze kon precies vertellen wanneer ze het had gemaakt en aan wie ze het had verkocht.
'Hoe lang geleden?'
Van In nam een slokje van de jenever die Adrienne voor hem had ingeschonken.
'Mei van vorig jaar.'
'Het is een mooi werkje', glimlachte Van In. 'En een niet alledaags gezicht.'
'Er is bijna geen straat of hoekje in Brugge dat ik nog niet heb geschilderd', zei Adrienne.
'Dan moet u over een indrukwekkende collectie beschikken', zei Hannelore.
Ze had net ook een slokje van de Elixir d'Anvers genomen en tot haar verbazing moeten vaststellen dat het goedje een kalmerend effect had op haar maag en ingewanden.
'Och, mevrouw. Als ik alles zou bewaren, had ik een tweede huis nodig.'
'Wat doet u er dan mee?'
'Weggeven, mevrouw.'
'Aan vrienden en kennissen?'
'Ja.'
Adrienne sloeg haar ogen neer. Ze was katholiek opgevoed. Liegen was een zware zonde.
'En af en toe gooi ik er ook wel een paar weg', voegde ze er haastig aan toe.
'Dat is dan jammer', zei Van In. 'Ik vind ze allemaal even mooi.'
Hoe kon hij Adrienne er in vredesnaam van overtuigen

dat hij niet bij de fiscus werkte en dat ze er gerust voor kon uitkomen dat ze van haar hobby een winstgevende bijverdienste had gemaakt.

'Dank u, commissaris.'

De oude vrouw bloosde. Ze was heel trots op haar werk. Een bekende lokale kunstenaar had het ooit semi-professioneel genoemd en dat had haar bijzonder veel deugd gedaan. Ze had meteen haar prijzen opgetrokken. Wie een Adrienne David wilde, moest daarvoor minstens tweehonderd euro neertellen. Het gevolg van de prijsverhoging was dat haar clientèle, die vroeger voornamelijk uit vrienden en kennissen bestond, zich uitbreidde naar de betere kringen.

'Kunt u zich ook herinneren aan wie u het gezichtje van de Pottenmakersstraat cadeau hebt gedaan?'

Adrienne legde onwennig haar handen in haar schoot en wreef zenuwachtig met haar duim over de binnenkant van haar vingers. Een stemmetje in haar achterhoofd waarschuwde haar voor de eeuwige verdoemenis die haar te wachten stond als ze nog langer bleef liegen.

'Nu en dan verkoop ik er ook eentje', zei ze met een benepen stem. 'Maar alleen aan mensen die niets tekortkomen.'

'Dat zou ik ook doen als ik u was', zei Hannelore. 'Bovendien is het een vorm van erkenning dat mensen er geld voor overhebben. Nietwaar, Pieter?'

'Zeker weten. Gepensioneerden hebben het ook niet gemakkelijk. Mijn vader verkocht destijds schaalmodellen van historische schepen. En dat heeft hem geen windeieren gelegd', voegde hij er met een knipoog aan toe.

Het ijs was nu echt gebroken. Adrienne stond op en schonk de glazen nog eens vol. 'De Pottenmakersstraat heb ik aan architect Deneve verkocht', zei ze. 'Voor driehonderd euro.'

Haar ogen glinsterden.
'Georges Deneve?'
'Kent u hem?'
'En of ik hem ken', zei Van In.

Het had enige moeite gekost, maar het was Kirpitsjenko gelukt een nieuw onderkomen te vinden voor de kinderen en het meisje. Eerst had hij een paar zakenrelaties gebeld, bij wie hij bot ving toen ze hoorden waarom hij de schuilplaats nodig had. Het was uiteindelijk Kerkorian geweest die hem uit de nood had geholpen. Het huisje in Uitkerke stelde niet veel voor – Kerkorian had het voor een prikje gekocht omdat het dringend aan renovatie toe was – maar het lag afgelegen en dat was een groot voordeel.

'Is de kust veilig?'

Kalinka, die op de uitkijk stond, gaf met een handbeweging te kennen dat alles in orde was.

Kirpitsjenko pakte Sarah op en duwde haar Kaat in de armen. Hijzelf droeg Simon. De kinderen waren verdoofd, Kaat had een prop in haar mond. Ze liepen op een sukkeldrafje naar de klaarstaande auto. De kinderen belandden op de achterbank onder een deken. Kaat moest naast Kirpitsjenko gaan zitten. Ze was doodsbang en ze vreesde het ergste. En ze kreeg alsmaar meer medelijden met de kinderen, die een steeds hogere dosis verdoving kregen toegediend. Alleen bij Kalinka vond ze een beetje steun.

Inspecteur Vanwalleghem bekeek de foto van Kirpitsjenko voor de honderdste keer en vloekte gesmoord. Uitgerekend op het ogenblik dat zijn nieuwe vriendin haar hand tussen zijn broeksband stopte, was de telefoon overgegaan en had hij van de officier met wachtdienst het bevel gekregen zich onmiddellijk aan te melden op het commissariaat. Drie weken lang had hij Ingrid vertroeteld met etentjes en dure cadeautjes en net op het moment dat hij de intrest op zijn investering mocht innen, had hij haar naar huis moeten sturen. Zonde was dat. Hij zette de kraag van zijn jas op en veegde een natte haarsliert van zijn voorhoofd. Verdomme. Verdomme. Hij liep de Ezelstraat uit, sloeg rechts af en stak de Koningin Elisabethlaan over. Iedere inspecteur had een territorium toegewezen gekregen dat hij of zij de hele nacht moest doorkruisen. Het was een klote opdracht en zinloos bovendien. Waar zou Ingrid nu zijn? Samen met vrienden aan het fuiven op de Eiermarkt. De gedachte dat een andere kerel met zijn tengels aan haar zou zitten, maakte hem woedend. Straks ontglipte ze hem. Hij stak een sigaret op hoewel dat ten strengste verboden was en zocht even beschutting onder een overhangend balkon ter hoogte van de verkeerslichten, want het was weer flink gaan regenen.

'Meneer Deneve is er niet, meneer.'

De huishoudster trok een verongelijkt gezicht toen Van In haar vroeg waar meneer dan wel was.

'Dat weet ik niet', zei ze.

Van In stak zijn vinger in zijn oor en maakte een paar draaiende bewegingen. Het was best mogelijk dat de huishoudster niet wist waar Deneve zich ophield en in normale omstandigheden had hij daarmee genoegen genomen, maar de aquarel van de Pottenmakersstraat was het enige spoor waarover hij beschikte.

'Geef me dan het nummer van zijn mobieltje', zei hij rustig.

De oude vrouw keek hem bijna smekend aan.

'Het spijt me, meneer, maar dat mag ik aan niemand geven.'

'Moet u eens goed naar me luisteren, mevrouwtje. Of u geeft me het nummer van Deneve of ik laat u opsluiten in de smerigste politiecel. Guido, doe uw werk.'

Het was een spelletje dat hij en Versavel al vaker hadden gespeeld. Zwaaien met de handboeien en ze desnoods aanleggen. Meestal was dat laatste niet nodig.

'Jullie zijn toch echt van de politie?'

'Daar komt u binnen vijf minuten achter. Als de dievenwagen u komt ophalen.'

Versavel kreeg bijna medelijden met de vrouw toen hij een traan in haar ooghoek zag opwellen, maar toen hij aan de kinderen dacht probeerde hij haar dreigend aan te kijken.

Hij pakte zijn mobieltje en toetste het noodnummer van de politie in.

'Niet doen, meneer.'

Ze haastte zich naar binnen. De deur bleef open.

'Wat doen we als we kunnen uitvissen waar de aquarel zich bevindt?'

'Dat ik het verdomme niet weet, Guido.'

Van In had zich de vraag al honderden keren gesteld. Stel dat ze zich weer vergisten en de ontvoerder de foto niet had gemaakt op de plek waar hij de kinderen en Kaat gevangen hield?

Zou de ontvoerder het dreigement uitvoeren dat hij in de brief had geuit? Hij wreef over de bobbel ter hoogte van zijn oksel en betastte de kolf van zijn pistool door de stof van zijn jas. Het leed geen twijfel dat hij zou schieten om te doden als de kinderen één haar werd gekrenkt.

'Het nummer, meneer.'

De huishoudster reikte hem een papiertje aan met het nummer dat ze in het bureau van meneer had overgeschreven.

'Wees voorzichtig', zei Versavel toen Van In het nummer wilde intoetsen. 'Deneve en Minski zijn één pot nat.'

Eigenlijk waren ze aan handen en voeten gebonden. Iedere demarche die ze maakten, kon afgrijselijke gevolgen hebben.

'Heb je een beter voorstel?'

Versavel fronste zijn wenkbrauwen. Hetgeen hij in gedachten had, was misdadig, maar wellicht het enige wat ze konden doen.

'Ik ken een paar kerels bij het Cobra-team met wie te praten valt.'

'Wat bedoel je daar nu mee?'

'Dat leg ik je straks uit in de wagen.'

'Welke mensen doen zoiets?' vroeg Kaat met tranen in de ogen.

Het was koud in de kelder. En donker. De zaklantaarn die Kirpitsjenko haar had toegestopt voor hij de deur op slot deed, verspreidde amper licht. Kalinka zat op een zak verharde cement die daar door de vorige bewoners was achtergelaten. Kirpitsjenko had beloofd dat hij haar over een paar uur zou komen bevrijden, maar ze begon er stilaan aan te twijfelen of hij die belofte wel zou nakomen. Na de inval bij hem thuis was hij zenuwachtig geworden en toen ze hem had gevraagd waarom ze de kamer in de Sfinks moesten ontruimen, had hij haar afgesnauwd en gezegd dat ze zich met haar eigen zaken moest bemoeien. Of was hij kwaad omdat ze gezegd had dat de kinderen ziek zouden worden in de vochtige kelder en had hij haar daarvoor willen straffen door haar ook een tijdje op te sluiten? Om haar te laten zien wie er de baas was. De mannen met wie zij omging, duldden geen tegenspraak. Daar had ze zich al lang bij neergelegd. De meesten beschouwden vrouwen als minderwaardige wezens.

'Vadim is de slechtste nog niet.'

'Hoe kun je dat zeggen!'

De stem van Kaat schoot uit. De voorbije vierentwintig uur had ze zich kranig proberen te houden, maar na de vernedering die Kirpitsjenko haar had aangedaan, was haar zelfvertrouwen beginnen afbrokkelen. De opsluiting in de kelder dreigde haar op het randje van hysterie te brengen.

'Ik weet wat ik zeg', suste Kalinka.

Westerlingen wisten niet meer wat afzien is. Ze raakten in paniek bij de minste tegenslag. Toch kon ze begrip opbrengen voor de reactie van Kaat. Het leven dat zij zelf moest leiden wenste ze niemand toe.

'Vadim is een moordenaar en een verkrachter. Hij heeft nooit iets anders gekend dan geweld, maar hij is ondanks alles nog een beetje mens gebleven. Anderen hadden je allang misbruikt. Geloof me, ik weet wat ik zeg.'

Kirpitsjenko had haar onderdak geboden en hij had ervoor gezorgd dat de kinderen op een matras onder een deken konden liggen.

'Jij blijft er zo kalm bij...'

Kalinka legde haar hand op Kaats hoofd en aaide het.

'Omdat ik de anderen heb gekend', zei ze zachtjes. 'Neem Minski bijvoorbeeld. Dat is pas een beest. En toch zijn er mensen die blijven beweren dat ook hij een hart heeft.'

Zes weken geleden had Minski haar tijdens het vrijen ongelooflijk veel pijn gedaan omdat hij vond dat ze niet meteen op zijn wensen was ingegaan. Na afloop had ze troost gezocht bij Kirpitsjenko en die had haar een verhaal verteld dat ze amper kon geloven.

'Wie is Minski?'

'De baas van Kirpitsjenko.'

'Is die nog slechter?'

‘Hij zou geen moment aarzelen je ogen uit te steken en ze aan zijn honden te voeren als je het zou wagen hem een strobreed in de weg te leggen.’

‘En dat noem jij iemand met een hart?’

Kalinka knikte. Ze had zelf ondervonden hoeveel invloed bepaalde gebeurtenissen kunnen hebben op het gedrag van mensen.

‘Vroeger, toen Minski nog getrouwd was, kon bijna iedereen goed met hem opschieten. Toegegeven, hij was niet mals voor zijn medewerkers maar hij behandelde hen tenminste met respect en soms was hij vergevingsgezind als iemand een fout maakte. Maar toen hij op een dag zijn vrouw in bed betrapte met zijn beste vriend, ging hij compleet door het lint. Sindsdien is hij totaal paranoïde geworden.’

‘Vandaar zijn minachting voor vrouwen.’

‘Volgens Kirpitsjenko is het toen begonnen.’

‘Het moet vreselijk zijn om nooit meer van iemand te kunnen houden’, zei Kaat.

Ze had zelf een vriend op wie ze dol was. Door hem geliefkoosd en bemind te worden was het fijnste gevoel dat ze kende.

‘Hij houdt van Joeri.’

‘Joeri?’

‘Joeri is zijn zoon.’

‘Ken je hem?’

‘Nee. Maar Kirpitsjenko zegt dat het een lieve jongen is.’

Kalinka zweeg even. De vochtige kilte in de kelder deed haar huiveren. Hoe lang zou het nog duren voor Kirpitsjenko terug was? Zou hij wel terugkomen? Er was duidelijk iets misgelopen, anders hadden ze de geheime kamer in de Sfinks niet halsoverkop ontruimd. Wat stond er hen nog te wachten? Ze was erin geslaagd het meisje te kalmeren, maar bij haar bleef de onrust knagen. Ze had een voorgevoel dat niemand het er levend af zou brengen.

'Heb je zin om bij de kinderen te gaan liggen? Dan krijgen we het misschien een beetje warmer.'

Kalinka legde haar arm om Kaats schouder en trok haar tegen zich aan. Een weldoende warmte verspreidde zich over haar lichaam.

'Meisjes doen elkaar nooit pijn', fluisterde ze.

Jan Hilderson van het Cobra-team luisterde met stijgende verbazing naar het voorstel van Versavel. Binnen de groep had hij de reputatie van geen kleintje vervaard te zijn en vroeger was hij menige keer in aanvaring gekomen met zijn directe overste omdat hij het niet zo nauw nam met de regels, maar wat hij nu te horen kreeg tartte iedere verbeelding. Guido Versavel was waarschijnlijk de meest gezagsgetrouwe flik van het korps en uit zijn mond klonk het voorstel dan ook haast onwerkelijk.

'Je meent het dus?'

'En of ik het meen', zei Versavel.

Van In drukte zijn sigaret uit en stak onmiddellijk daarna een nieuwe op. Hannelore wriemelde zenuwachtig aan haar trouwring. Ze wisten allebei dat ze een groot risico namen door Hilderson en Vermeersch van het Cobra-team erbij te betrekken.

'En wat zegt Vermeersch ervan?'

'Vermeersch doet mee als jij meedoet.'

'Typisch Vermeersch', zei Hilderson.

Hij en Vermeersch waren twee handen op één buik. Ze hadden samen bij de para's gediend, dezelfde meisjes versierd en niemand was er ooit achter gekomen wie van hen het meest kon zuipen.

'Ja of nee?'

Van In sloeg zijn ogen op en keek vol spanning naar de hoekige tronie van Hilderson. De tijd begon te dringen, maar hij kon het de man niet kwalijk nemen dat het even duurde voor hij een beslissing nam.

'Oké. Ik doe het.'

Van In slaakte een zucht van verlichting. Met een beetje geluk waren de kinderen binnen een paar uur weer thuis. Hij stapte op Hilderson toe en drukte hem de hand.

'We zullen nooit vergeten wat u voor ons hebt gedaan', zei hij gesmoord.

Hannelore knikte. Ze was nooit een voorstander geweest van het Cobra-team omdat ze vond dat gijzelingen en ontvoeringen het best door onderhandelaars konden worden aangepakt. Nu stond ze op het punt om Hilderson te omhelzen.

'Mocht u het niet weten, commissaris, de meeste van mijn collega's hebben een boontje voor u en voor Versavel.'

'Het is al goed, Hilderson.'

Van In draaide zich om en stak een nieuwe sigaret op.

Lucien Wouters had net een whisky uitgeschonken – hij dronk er iedere avond één voor hij naar bed ging – toen Van In hem belde met de vraag of de Staatsveiligheid een dossier had over architect Georges Deneve.

'Wil je dat meteen weten?'

'Graag', zei Van In.

'Geef me een halfuur.'

'Oké.'

'Hij belt over een halfuur terug', zei Van In.

'Willen jullie iets drinken?' stelde Hilderson voor.

Van In keek naar Hannelore. Haar gezicht was bleek en scherp. Haar ogen stonden dof van vermoeidheid, maar ze slaagde erin een glimlach te forceren.

'Ik kan er best ook eentje gebruiken', zei ze.

'Cognac of cognac?' vroeg Hilderson.

'Doe maar het laatste.'

Er gaan achttienhonderd seconden in een halfuur. Ze duurden eindeloos. Hilderson was de enige die niet om de haverklap op zijn polshorloge keek. Hij was druk in de weer met het verifiëren en inpakken van zijn uitrusting. Vermeersch was onderweg met een anonieme wagen zodat ze onmiddellijk tot de actie konden overgaan als Wouters van de Staatsveiligheid met een antwoord op de proppen kwam.

Het duurde geen achttienhonderd maar tweeduizend en twintig seconden voor het mobieltje van Hannelore overging.

'Hallo.'

De hand waarmee Van In het toestel bij zijn oor hield trilde. Zijn keel was droog van het roken en zijn hoofd tolde van de cognac die hij op een nuchtere maag had genuttigd, maar toen Wouters hem meedeelde wat er in het dossier van Deneve stond, begon zijn hart sneller te kloppen en verdween het nare effect van de alcohol als bij toverslag.

'Maarten Dubois', herhaalde hij zodat Versavel de naam kon noteren.

'Ze hebben elkaar twee keer ontmoet', zei Wouters. 'En hij is West-Vlaming. De kans is klein dat Deneve zijn stem herkent. Het accent klopt in ieder geval. Ghu weet wel wat ik bedoel.'

'Hallo. Spreek ik met Georges Deneve?'

'Ogenblikje.'

De muziek stond hard in de bovenzaal van de Sfinks en de verbinding was niet bijster goed. Deneve wierp nog een haastige blik op de kronkelende lichamen op het podium voor hij naar de gang liep waar het rustiger was.

'Met wie spreek ik?'

'Mijn naam is Dubois. Maarten Dubois. Misschien herinnert u zich mij nog. Ik werk voor staatssecretaris De Ridder.'

Deneve fronste zijn voorhoofd. De voorbije dagen hadden hij en De Ridder elkaar regelmatig gebeld in verband met het project Koningshof, dat door de gebeurtenissen van de voorbije dagen in een kwaad daglicht was komen te staan. Ze hadden zich daarbij afgevraagd of het niet beter was het zekere voor het onzekere te nemen en allebei ontslag te nemen uit de raad van bestuur voor de bom ontplofte. De Ridder was voorstander geweest om nog even af te wachten – hij had het geld dat Minski hem beloofd had, broodnodig –, terwijl Deneve bij zijn vriend had gepleit het zinkende schip te verlaten. Hij feit dat De Ridder Dubois liet bellen kon betekenen dat hij van mening veranderd was.

'Inderdaad.'

Hilderson legde zijn hand op het mondstuk en stak zijn duim op naar Van In.

'De Ridder wil u graag zo snel mogelijk ontmoeten', zei hij.

'Waarom belt hij dan zelf niet?'

'Omdat hij vreest dat zijn telefoon wordt afgeluisterd.'

'Zitten ze ons al zo dicht op de hielen?'

'Daar kan ik niets over zeggen', zei Hilderson.

'Dat begrijp ik.'

'Bent u nu vrij?'

'Is het zo dringend?'

'Ja.'

'Oké.'

Hilderson stak opnieuw zijn duim op.

'Bij u thuis of ergens anders?'

'Liever ergens anders', zei Deneve.

Een al te desolate locatie kiezen zou alleen maar argwaan wekken, dus stelde Hilderson de parking van de Carrefour in Sint-Kruis voor als ontmoetingsplaats.

'Wanneer kunt u er zijn?'

'Over een kwartier.'

'Fijn. Ik zie u straks.'

Hilderson verbrak de verbinding.

'Hij is erin getrapt', zei hij met onverholen trots.

Georges Deneve wist niet wat hem overkwam toen twee gemaskerde mannen hem onder bedreiging van pistolen uit zijn wagen sleurden en in de laadruimte van een Ford Transit duwden die een eindje verderop geparkeerd stond. De hele operatie duurde amper twintig seconden en er werd geen woord gewisseld behalve Hilderson die zei: Als je een kik geeft gaat je kop eraf. Deneve kreeg handboeien aangelegd en een zwarte kap over zijn hoofd. Op dat ogenblik dacht hij dat zijn laatste uur geslagen had, maar toen ze tien minuten later halt hielden en hij ergens binnengebracht werd, begon hij weer hoop te koesteren. Als de mannen die hem ontvoerd hadden van plan waren om hem te vermoorden, hadden ze dat onmiddellijk gedaan en dan nog liefst op een of andere afgelegen plek op het platteland. Deneve durfde er bijna een eed op te doen dat hij zich nog in de bebouwde kom bevond of toch minstens in een straat waar nog huizen stonden. Er was een trottoir en de lucht die hij opsnoof was niet die van bossen of een open veld.

'Pas op voor het trapje', zei Hilderson toen ze binnen waren.

De moordenaars die voor Minski werkten, zouden hem daar nooit op attent gemaakt hebben. Deneve verzamelde al zijn moed.

'Wat willen jullie van mij?'

'Dat hoor je straks wel.'

Het was de stem van Vermeersch en die verried duidelijk dat Deneve met een echte Bruggeling te doen had. De Russen die Minski in dienst had, spraken weliswaar behoorlijk Nederlands, maar Brugs zouden ze nooit onder de knie krijgen. Het was in ieder geval een hele geruststelling. Bleef natuurlijk de vraag waarom de mannen hem in het holst van de nacht hadden ontvoerd. Dat De Ridder er iets mee te maken had, kon hij moeilijk geloven. Het telefoontje van Dubois was waarschijnlijk doorgestoken kaart, met de bedoeling hem naar de parking van de Carrefour te lokken. Deneve voelde plotseling een hand op zijn hoofd die hem naar beneden drukte. Hij ging door de knieën. Zitten, klonk het bits. Hij volgde het bevel gehoorzaam op. Het was een stoel met een houten zitting en een hoge rugleuning. Op de televisie had hij regelmatig beelden gezien van arrestatieteams die een geboeide verdachte in een wagen hielpen en daarbij zijn hoofd naar beneden duwden om te vermijden dat hij zich zou verwonden. De ontvoering was het werk van professionelen, die allebei dezelfde zwarte trui en bivakmutsen droegen. Nee. Hij kon ook niet geloven dat de politie hier achter zat.

'Ik heb last van astma. Mag die kap van mijn hoofd?'

'Natuurlijk.'

Hilderson verwijderde de kap. Het duurde even voor de ogen van Deneve zich aan het felle licht aanpasten. Maar zelfs toen het zover was, kon hij niet zien wie zich achter de bureaulamp bevond die op hem was gericht.

'Ik ga je een paar vragen stellen, Deneve, en ik raad je aan onze tijd niet te verspillen door eromheen te draaien. Is dat begrepen?'

Het was weer de man met het Brugse accent. Deneve zag een hand een foto over het blad van de tafel schuiven.

'Ik zal mijn best doen.'

Het leek sterk op een politieverhoor en toch kon Deneve zich niet voorstellen dat Van In het zou wagen iemand te ontvoeren.

'Kent u Adrienne Clauwaert, beter bekend als Adrienne David?'

Het antwoord liet op zich wachten.

'Je gaat toch niet met onze voeten spelen, Deneve?'

'Nee, maar...'

'Niets te maren. Ik wil een antwoord. Nu meteen.'

Een van de mannen kwam bij hem staan.

'Al eens een pak slaag gekregen, Deneve?'

Van In, Hannelore en Versavel stonden in het donkere gedeelte van de kamer.

'Zijn ze niet een beetje aan het overdrijven?' fluisterde Hannelore in Van Ins oor.

Een paar dagen geleden zou ze onmiddellijk een einde hebben gemaakt aan het verhoor en de ondervragers een fikse uitbrander hebben gegeven.

'Wees maar gerust. Zo'n vaart zal het wel niet lopen.'

Zijn woorden waren nog niet koud, of de hand van Hilderson schoot uit en trof Deneve met het plat ervan keihard op de wang.

'Dat was nog maar een geheugensteuntje. Als ik met je klaar ben, herinner je je zelfs de namen van je klasgenootjes uit het eerste leerjaar.'

Hannelore wilde iets zeggen, maar Van In legde haar met een kneepje in haar bovenarm het zwijgen op. Hilderson en Vermeersch waren doorgewinterde politiemensen. De behandeling die ze voor Deneve in petto hadden liet geen sporen achter.

'Adrienne Clauwaert schildert aquarellen. Of ben je dat ook al vergeten?'

Deneve slaakte een zucht van verlichting, hoewel de pijn van de oorveeg nog nazinderde. Waarom hadden ze hem dat niet eerder gezegd? Hoe lang was het geleden dat hij de vrouw had ontmoet? Drie jaar? Op een receptie van een of andere vereniging waar hij noodgedwongen acte de présence had gegeven. Iets in verband met een wedstrijd voor plaatselijk talent. Iemand van het bestuur had hem voorgesteld aan de winnares, een gepensioneerde weduwe die volgens het rapport van de jury ver boven de middelmaat uitstak en van wie hij uit eerlijke schaamte een werkje had gekocht.

'Neem me niet kwalijk. Ik heb de vrouw amper één keer ontmoet en dan nog heel vluchtig.'

'Maar je hebt wel een aquarel bij haar gekocht.'

'Is dat een misdaad?'

De hand van Hilderson schoot opnieuw uit. De klap galmde na. De tranen sprongen Deneve in de ogen. Was hij in de handen gevallen van een bende sadisten?

'Ik heb inderdaad een aquarel bij haar gekocht', zei hij.

'Was het deze?'

Hilderson griste de foto van tafel en stopte ze onder Deneves neus. Het beeld was onscherp, de kleuren flets, maar nu zeggen dat hij bij god niet meer wist wat de aquarel voorstelde, kon alleen tot meer klappen leiden. Dus zei Deneve overtuigd ja.

'Dat is al stukken beter.'

Hilderson ging weer aan tafel zitten. Hij vond het best jammer dat de architect zo weinig weerstand bood.

'Laten we nu maar hopen dat hij nog weet waar de aquarel zich bevindt', fluisterde Hannelore.

'Ik weet zeker dat hij zich nu al een paar namen van klasgenootjes uit het eerste leerjaar herinnert.'

Van In kreeg gelijk. De twee oorvegen hadden een bijzonder gunstige invloed op het geheugen van Deneve.

'Ik heb de aquarel destijds cadeau gedaan aan de exploitant van de Sfinks', zei Deneve toen Hilderson hem de vraag stelde.

De schrik zat er zo diep in dat hij spontaan het bestaan van de geheime kamer verklapte en namen prijsgaf van heren die er geregeld kwamen stoeien.

'Wat doen we nu?' vroeg Hannelore toen ze in de auto stapten.

De kans was groot dat de kinderen in de geheime kamer opgesloten zaten en dat was op zich een geruststellende gedachte. Maar konden ze het risico nemen om de Sfinks te laten bestormen? Ze kreeg kippenvel bij de gedachte dat er weer iets zou mislopen. Dit keer wilde ze zekerheid. Gelukkig deelde Van In die mening.

'Er is maar één manier om erachter te komen of de kinderen in de Sfinks worden vastgehouden', zei hij. 'We hebben iemand nodig die regelmatig gebruik maakt van de kamer. Als blijkt dat de kamer niet beschikbaar is, kunnen we aannemen dat de kinderen er opgesloten zitten.'

'Staatssecretaris De Ridder?'

Het was de eerste naam die Versavel te binnen schoot. Nu Deneve zijn mond had voorbijgepraat, beschikten ze over een middel om de minister onder druk te zetten.

'Waarom ook niet', zei Van In.

Hilderson en Vermeersch hadden beloofd dat ze Deneve zouden vasthouden tot alles achter de rug was. Van die kant viel dus niets meer te vrezen. En als ze er eenmaal zeker van waren dat de kinderen zich in de geheime kamer bevonden, was een bestorming de beste manier om hen te ontzetten.

'Eigenlijk mogen we Adrienne Clauwaert dankbaar zijn dat ze ooit is beginnen schilderen', zei Hannelore. 'Als alles voorbij is, koop ik voor haar een grote doos met verfjes.'

'Daar zal ze blij mee zijn', zei Van In.

Inspecteur Vanwalleghem liep voor de zoveelste keer de Ezelstraat uit. Hij was verkleumd tot op het bot en zijn schoenen knelden om zijn voeten als bankschroeven. Wat een rotnacht. Hij was er zeker van dat collega's die in het centrum van de stad opereerden al minstens een paar keer beschutting hadden gezocht in een café om een hartversterkertje te nuttigen. De enige manier waarop hij de sleur kon doorbreken was door af en toe onder een luifel te gaan staan en er de foto van de verdachte bestuderen, die waarschijnlijk nu lekker door zijn liefje werd verwend. Tot overmaat van ramp sprong het voetgangerslicht op rood toen hij de Elisabethlaan wilde oversteken en hoewel er weinig verkeer was, kon hij zich als politieman niet veroorloven het te negeren. En dan, bromde hij in zichzelf. Er was geen auto te bespeuren, zelfs geen late fietser. Net op het ogenblik dat hij had beslist om toch maar over te steken kwam een auto met hoge snelheid uit de richting van de Komvest aangereden. Maar omdat de rijstroken door een middenberm van elkaar gescheiden waren, stak hij toch maar over. Hij had geluk. Toen de auto, een donkere BMW, nog honderd meter van het verkeerslicht verwijderd was en hij de middenberm al bereikt had, sprong het licht op rood, en het voetgangerslicht op groen, zodat hij de oversteek ongehinderd kon voortzetten. De BMW vertraagde en stopte. Vanwalleghem grinnikte en draaide zijn hoofd een kwartslag naar rechts. Eén blik was voldoende. De man achter het stuur was de man die ze zochten. Vanwalleghem aarzelde geen moment. Hij draaide zich om en liep vastberaden op de wagen af. Een hele nacht in de kou rondzeulen en lijdzaam moeten toezien dat de verdachte hem ontglipte. Nee. Instructies of geen instructies, die pluim zou hij op zijn hoed steken.

'Ik denk dat we prijs hebben', zei Versavel toen hij in zijn achteruitkijkspiegel de zwaailichten van wel vijf politiewagens met grote snelheid dichterbij zag komen.

Van In greep naar de microfoon van de boordradio en riep de meldkamer op. Hij kreeg te horen van de officier met wachtdienst dat inspecteur Vanwalleghem de verdachte aan de Ezelpoort had gesignaleerd maar tijdens een poging om hem te arresteren gewond was geraakt.

Van In vloekte. Nu was alles om zeep.

13

Van In meldde zich aan bij de dienst spoedeisende hulp, met de vraag of hij inspecteur Vanwalleghem kon spreken, die een kwartier tevoren was opgenomen. De verpleegkundige achter de balie, een atletisch gebouwde kerel in een operatiekamergroen uniform, trok zijn wenkbrauwen op en keek Van In aan alsof hij 'de vraag van één miljoen' voorgeschoteld kreeg.

'Is Vanwalleghem met dubbele l en gh?' vroeg hij.

Van In knikte. De verpleegkundige ging aan zijn computer zitten en begon op het klavier te tokkelen. Het leek wel of hij een fuga van Bach aan het spelen was. Het duurde een eeuwigheid voor hij zich weer tot Van In wendde.

'In één woord?'

'Inderdaad.'

Een hartpatiënt had ter plekke een beroerte gekregen, maar Van In probeerde rustig te blijven.

Hij dacht met weemoed aan de tijd dat informatie op steekkaarten en formulieren werd genoteerd en het geen hocus-pocus vergde om die op te diepen.

'Meneer Vanwalleghem bevindt zich momenteel op de dienst radiografie', zei de verpleegkundige. 'Als u het wenst, haal ik de dokter met wachtdienst er even bij. Dan kan hij u verder helpen.'

'Nee, laat maar', zei Van In. 'Ik vind de weg zelf wel.'

Wachten tot de dokter met wachtdienst tijd had om hem te woord te staan was net hetzelfde als wachten op Godot. Stonden ze hier morgen nog. De verpleegkundige deed geen enkele poging om Van In tegen te houden. Hij knikte en verdiepte zich weer in het dossier dat voor hem lag.

'Kom', zei Van In.

Hannelore en Versavel volgden hem. Ze liepen door de meldkamer naar de gang en raadpleegden de bordjes bij de lift. Een paar minuten later troffen ze inspecteur Vanwalleghem in een ziekenbed net voor hij de röntgenkamer werd binnengereden. De behandelende arts maakte gelukkig geen bezwaar toen Van In vroeg of hij Vanwalleghem even kon spreken.

'Weet je zeker dat het Kirpitsjenko was?'

De arm van Vanwalleghem zat in een drukverband, voor de rest leek hij niets te mankeren.

'Heel zeker, commissaris.'

'Zat hij alleen in de auto?'

'Ik denk het wel.'

'Je denkt het wel.'

Van In stond op ontploffen. De kloothommel had niet alleen het bevel om de verdachte niet te verontrusten straal genegeerd en daardoor het leven van zijn kinderen op het spel gezet, de roekeloze actie die hij had ondernomen leverde bovendien geen enkele nuttige informatie op.

'Heb je gezien welke richting hij is uitgereden?'

'Hij heeft de Scheepsdalelaan genomen.'

'En dat weet je wel zeker?'

Vanwalleghem durfde niet anders dan de vraag bevestigend te beantwoorden, want door de klap die de aanrijding had veroorzaakt, was hij een tijdje buiten westen geweest. Hij meende zich te herinneren dat de richtingaanwijzer van Kirpitsjenko aanstond, maar echt zeker was hij niet.

'Heb je je bekendgemaakt?' vroeg Hannelore.

Alle extra inspecteurs die ze op pad hadden gestuurd, waren in burger. Als Vanwalleghem zich niet bekend had gemaakt, was er een redelijke kans dat Kirpitsjenko niet vermoedde wie hem had willen tegenhouden.

'Nee', zei Vanwalleghem. 'Toen ik een meter van hem vandaan was, gaf hij plotseling gas.'

'Type wagen en nummerplaat?'

'Zwarte BMW, een 518. XFB 371.'

Van In had het een burger niet kwalijk genomen als hij zich de nummerplaat van de wagen niet had herinnerd, maar politiemensen waren getraind in het maken van dat soort observaties, dus was het normaal dat Vanwalleghem de nummerplaat had onthouden. Hij moest het doen met een knikje in plaats van een complimentje.

'Ik laat de wagen meteen opsporen', zei Versavel.

'Ja, doe dat, Guido.'

Van In had veel zin om een sigaret op te steken, maar dat zou de dokter die in de deuropening stond te wachten waarschijnlijk niet op prijs stellen.

'Is dat niet gevaarlijk?'

Hannelore dacht aan de vreselijke bedreiging die de ontvoerders hadden geuit. Sarah was amper vier. Als haar iets overkwam, zou ze het zichzelf en Van In nooit vergeven dat ze onnodige risico's hadden genomen. En de actie die Vanwalleghem had ondernomen, bewees dat sommige mensen zich niet aan strikte instructies konden houden.

'Hannelore heeft gelijk', zei Versavel.

'Natuurlijk heeft ze gelijk.'

In de veronderstelling dat de kinderen in de Sfinks werden vastgehouden was het bij nader inzien onverstandig een grootscheepse zoekactie naar de BMW van Kirpitsjenko te organiseren.

'Niet doen dus?'
'Nee', zei Van In.
Het was kwart over een. Hij voelde zich leeg en moe.

De Vuurmolen is een druk bezocht café aan het Kraanplein dat twintig uur per etmaal open is. Johan Cosyns liet zich van zijn barkruk glijden en wurmde zich door de deinende bezopen massa naar het toilet. Hij had al zes biertjes op. Zijn blaas stond bijna op springen. Tot overmaat van ramp waren alle urinoirs bezet, waardoor hij genoodzaakt was het damestoilet te gebruiken. Hij sloot de deur niet af, toch niet voor een plasje. Een krachtige straal deed het water in de pot opspatten. Toen de druk in zijn blaas afnam, richtte Johan Cosyns zijn hoofd op. Tiens, zei hij bij zichzelf. Welke flauwe plezante houdt zich daarmee bezig?

Van In kreeg het nieuws dat er in café de Vuurmolen een bom was gemeld via de boordradio te horen.
'Ook dat nog', foeterde hij.
'Wat doen we?'
'Voor mijn part kunnen ze allemaal ontploffen, Guido.'
'Zet ik jullie thuis af?'
'Thuis', herhaalde Van In. 'Wat hebben we daar nog te zoeken?'
Hannelore zat op de achterbank. Haar ogen deden pijn en haar voeten waren gezwollen. Net als Van In verlangde ze naar haar bed, maar net als hij wist ze dat ze de slaap niet zouden kunnen vatten.
'We kunnen evengoed nog eens bij de Vuurmolen langsgaan', zei ze.
'Wat denk je, Guido?'
'Alsof jullie mijn advies zouden opvolgen.'

Toen ze aan het Kraanplein arriveerden, was de evacuatie van de Vuurmolen nog volop aan de gang. Inspecteurs sleurden dranghekken aan, anderen probeerden de evacuatie in goede banen te leiden. Het was een ondankbare taak omdat de meeste stamgasten dronken en high waren en volop commentaar leverden op de brutale manier waarop de politie te werk ging, met als gevolg dat de gemoederen opgehitst raakten. Toen een van de kroegvliegen met bierglazen begon te gooien was het hek van de dam. Er ontstond een regelrecht gevecht. Heethoofden sloegen ramen stuk en schopten tegen geparkeerde auto's.

'Bel de federale', zei Van In. 'Dit kunnen we niet alleen aan.'

'Wat doen we met de bom?'

'Die is al ontploft.'

Anderhalf uur later, de federale politie stuurde vier overvalwagens en vijftig manschappen in gevechtskledij, was de toestand onder controle. Zes ordehandhavers en evenveel fuifnummers werden met diverse verwondingen afgevoerd naar het ziekenhuis. Drieëndertig stamgasten werden administratief aangehouden en weggebracht.

'Is dat Bruynooghe? Of vergis ik mij?' vroeg Hannelore.

De forse diender kwam op hen af. Hij grijnsde. Zijn wapenstok bungelde losjes aan zijn pols. Van een afstand leek hij een gladiator die uit de arena stapte.

'Zijn dag kan in ieder geval niet meer stuk', zei Van In.

Bruynooghe was een politieman van de oude stempel die meer geloofde in zijn wapenstok dan in diplomatieke oplossingen.

'Alles kits, Robert?'

'I love the smell of napalm in the evening.'

Bruynooghe hield van rauwe oorlogsfilms. *Apocalypse now* was zijn favoriete prent. De beelden stonden na al die jaren nog in zijn geheugen geprent. Het correct citeren van dialogen was andere koek.

'Weet jij eigenlijk wat er hier aan de hand is?, vroeg Hannelore.

Bruynooghe ging stram in de houding staan. Hij had tenminste nog respect voor magistraten.

'Volgens mij is het vals alarm, mevrouw. Een of andere grappenmaker heeft een enveloppe achtergelaten in het damestoilet met daarop de tekst: DIT IS EEN BOM. NEEM CONTACT OP MET COMMISSARIS VAN IN.'

'En dat weten we nu pas', zei Hannelore.

Bruynooghe trok een verongelijkt gezicht. Daar kon hij toch niets aan doen?

'Je hebt je best gedaan', zei Van In. 'Doe me een plezier en breng me die enveloppe.'

'Tot uw dienst, commissaris.'

Bruynooghe draaide zich om en liep naar de overkant van het plein.

'Een boodschap van Kirpitsjenko?'

'Zou best kunnen, Guido.'

Het probleem bij ontvoeringen was dat beide partijen op een of andere manier met elkaar moesten communiceren. Vroeger gebeurde dat meestal met anonieme brieven, later over de telefoon of door middel van videocassettes. Tegenwoordig was de politie in staat om het even welk telefoongesprek te traceren en de beller te lokaliseren, en met videocassettes moest je verdomd goed oppassen omdat de beelden soms details prijsgaven die de ontvoerders de das konden omdoen. Met anonieme brieven liepen de ontvoerders minder risico, het nadeel ervan was dat de communicatie stroever verliep.

'Gelukkig weet hij niet dat wij ontdekt hebben waar de kinderen zich bevinden', zei Hannelore.

'Laten we dat maar hopen.'

Van In zag Bruynooghe aan de andere kant van het plein met de enveloppe zwaaien en liep naar hem toe. Hannelore en Versavel volgden hem op de voet. Ze liepen langs de interventiewagens van de ontmijningsdienst. De officier die het bevel voerde over de eenheid had net het sein gegeven dat alles veilig was en zijn manschappen opgedragen het materieel weer in de wagens te laden. De laatste jaren werden ze om de haverklap opgeroepen voor valse bommeldingen. Het begon hem stilaan de keel uit te hangen.

'Wat zit er in, Robert?'

'Geen idee, commissaris.'

Hij overhandigde de enveloppe aan Van In.

'Hoe lang is het geleden dat jij nog met de fiets hebt gereden?' vroeg Hannelore hoofdschuddend.

Ze hadden samen de instructies gelezen die ze in de enveloppe hadden aangetroffen. En die waren op zijn minst bizar. Er stond in dat Van In dezelfde avond om 19 uur vanuit Zeebrugge met de fiets in de richting van De Panne moest rijden, een gele reflecterende jekker moest dragen, de foto's in plastic folie moest verpakken en met tape op zijn rug kleven. Op het traject tussen Zeebrugge en De Panne mocht tussen 19 uur en middernacht geen politie te bespeuren vallen of hij zou zijn kinderen nooit meer levend terugzien.

'De man is gek', zei Versavel.

Van In stak een sigaret op. Het feit dat Kirpitsjenko hem de instructies in verband met de overhandiging van de foto's had bezorgd, vormde het onomstotelijke bewijs dat hij niet vermoedde dat ze hem op het spoor waren, en er bleef nog voldoende tijd om erachter te komen of de kinderen wel degelijk in de geheime kamer in de Sfinks werden vastgehouden. De kans was klein dat hij met de fiets van Zeebrugge naar De Panne zou moeten rijden.

'Dat geloof ik niet, maar laten we er van uitgaan dat het allemaal niet zo'n vaart zal lopen', zei hij.

'Maar stel dat het toch zover komt.'

'Dan zitten we met een probleem, Hanne. Als ik met de fiets van Zeebrugge naar De Panne rijd, heeft Kirpitsjenko of een van zijn handlangers vier uur de tijd om mij op een willekeurige plek te onderscheppen, de foto's te pakken en via een of andere secundaire weg uit te breken.'

Versavel knikte. Hoeveel teams ze ook zouden inzetten, het was onmogelijk Van In onopgemerkt te volgen. Traag rijdende auto's die een fietser schaduwden vielen op, inspecteurs in burger op de fiets die dat deden kon je van ver zien aankomen. Het plan van Kirpitsjenko was geniaal omdat het zo eenvoudig was. Hannelore maakte die overwegingen niet. Zij had andere muizenissen. Van In was nu niet bepaald een sportman. Hij verhield zich tot fietsen als een struisvogel tot vliegen.

'Je haalt Blankenberge niet, laat staan De Panne', zei ze.

'Er bestaan fietsen met hulpmotoren, schat.'

'En opblaaspoppen die je met warm water kunt vullen.'

Van In trok een scheef oog. Was het de spanning die haar parten speelde of begon ze te flippen?

'Je vergeet één ding', zei hij. 'We hebben de foto's niet.'

Er viel een stilte. De boodschap die de ontvoerders in de Vuurmolen hadden achtergelaten, had iedereen blijkbaar doen vergeten dat ze de eisen die ze stelden niet konden inwilligen. Van In stak een sigaret op. De eerste trek deed hem hoesten. De binnenkant van zijn keel voelde rauw aan.

'Er zit niets anders op dan opnieuw contact op te nemen met Lucien Wouters van de Staatsveiligheid. Hij is de enige die staatssecretaris De Ridder onder druk kan zetten.'

Het was een publiek geheim dat de Staatsveiligheid dossiers aanlegde over politici, en De Ridder was niet onbesproken.

'Bel ik hem of bel jij hem?' vroeg Hannelore.

'Hoe laat is het nu?'

'Kwart voor zes', zei Versavel.

Kirpitsjenko keek naar de lege fles wodka die voor hem op de tafel stond. Zijn haar was nog nat en zijn voeten deden pijn van de nachtelijke wandeling. Na het incident aan de Ezelpoort had hij zijn wagen achtergelaten en was hij van Brugge naar Uitkerke gelopen. Daar had hij meer dan drie uur over gedaan omdat hij dekking had gezocht telkens als er een auto passeerde. Eén keer was hij zelfs plat op zijn buik in de berm gaan liggen toen hij in de verte een zwaailicht bemerkte dat met grote snelheid op hem afkwam, maar het bleek loos alarm. Het was een ziekenwagen. De vraag wie de man was die hij bij de verkeerslichten had aangereden, bleef hem bezighouden. Hij had eerst aan een flik in burger gedacht, maar met die mogelijkheid hield hij steeds minder rekening. De politie zou in dat geval meteen een klopjacht ingezet hebben, en dat was niet gebeurd. Misschien was het een dronkelap die zijn agressie kwijt wilde omdat hij te laat had afgeremd. Of gewoon een halvegare die hem de les wilde lezen. Tegenwoordig gebeurde het wel vaker dat brave burgers zich geroepen voelden roekeloze automobilisten de mantel uit te vegen. Kirpitsjenko had zelfs even overwogen Kerkorian te bellen en hem te vragen of hij de BMW wilde ophalen die hij op het parkeerterrein van een supermarkt had achtergelaten, maar bij nader inzien had hij het toch maar niet gedaan. De kans was groot dat Kerkorian Minski zou inlichten en dat kon vervelende gevolgen hebben. Hij had al meer blunders gemaakt dan Minski hem kon vergeven. De fles was leeg, maar de drank had de onrust niet kunnen temperen. Kirpitsjenko stond op en waggelde naar de kelder. Kalinka had haar straf uitgezeten, en hij had troost nodig. Als ze lief voor hem was, zou hij haar voorstellen met hem mee te gaan. In de loop der jaren had hij een flink kapitaaltje bij elkaar gespaard en in Afrika waren er landen genoeg waar je daarmee een onbezorgd leven kon leiden. Hij maakte het hangslot los en trok de deur open.

'Kalinka.'

Ze lagen met zijn vieren op de matras onder de dunne deken.

'Kalinka.'

Het meisje richtte zich half op en wreef haar ogen uit. Kaat bleef muisstil liggen. Ze was doodsbang.

'Wil je dat ik kom, Vadim?'

Haar zachte hese stem maakte hem bijna wild van verlangen. Straks zou ze haar jonge lenige lichaam gewillig tegen hem aandrukken en alles ondergaan wat hij met haar deed. Het verschil met de meisjes die hij vroeger had genomen, was dat zij hem de indruk gaf dat ze van hem hield en dat gevoel had niemand hem ooit gegeven.

'Ik wil even met je praten', zei Kirpitsjenko.

'Ben ik dan niet braaf geweest?'

'Wees maar niet bang, meisje.'

Kalinka vond het erg om Kaat en de kinderen in de steek te laten, maar ze had gedaan wat ze kon en ze was niet van plan Kirpitsjenko een tweede keer tegen haar in het harnas te jagen. De wereld was hard voor iedereen. Ze stond op en liep naar de openstaande deur.

'Ik heb je gemist, Vadim.'

Ze streek met haar vingers door zijn haar, kneep in zijn nek en liet haar wijsvinger langs zijn ruggengraat naar beneden glijden. Daar hield hij van.

'Hoe gaat het met de kinderen?' vroeg hij toen ze boven aan tafel zaten.

'Die redden het wel.'

'En de oppas?'

Die weet nog niet wat haar te wachten staat, wilde Kalinka zeggen.

'Kaat is een sterk meisje', zei ze in de plaats.

Kirpitsjenko trok zijn mondhoeken naar beneden. Het licht in zijn ogen kreeg een donkere glans. Acht jaar geleden had hij op bevel van Minski een meisje van vijftien met een nekschot afgemaakt. Sindsdien waren er weinig weken voorbijgegaan dat hij niet 's nachts badend in het zweet wakker schoot, opstond en wodka dronk tot de vreselijke herinnering weer vervaagde.

'Ik zal haar geen pijn doen, Kalinka.'

'Dat weet ik.'

Met haar wijsvinger maakte ze rondjes om zijn linkertepel tot hij huiverde van genot.

De zon had moeite om zich door het dikke wolkendek te boren, maar er was gelukkig een flinke bries komen opzetten die de vochtigheid verdreef die zich de voorbije dagen in de stad had genesteld. Van In had amper een uur geslapen. Zijn ogen lagen diep in hun kassen, zijn huid was dooraderd en vaal. Hannelore had zich gedoucht en andere kleren aangetrokken. Ze geurde naar zeep en haar adem rook fris, maar haar binnenste werd verscheurd door gevoelens van onmacht en wanhoop.

'Ik hoop dat je weet wat je doet', zei ze toen ze de Sint-Jakobstraat inliepen.

Tijdens de koffie had Van In zijn plan nog eens uiteengezet. Als Wouters van de Staatsveiligheid staatssecretaris De Ridder zover kon krijgen dat hij de geheime kamer in de

Sfinks boekte en dat onmogelijk bleek, wisten ze zeker dat de kinderen er vastgehouden werden.

'Ik ook', zei Van In.

Hij sloeg zijn arm om haar schouder, maar de aanraking deed haar bevriezen. De ontvoering had van hen twee andere mensen gemaakt. De liefde die hen daarvoor met elkaar verbond, was gedegradeerd tot een tijdelijk bindmiddel dat zou loslaten als het verkeerd afliep met de kinderen.

'Hoe laat heb je afgesproken?'

'Om negen uur.'

De beiaard kondigde het uur aan met een kort wijsje. De Markt lag er nog verlaten bij. Straks kwamen de eerste Japanners opdagen, de rest van de meute toeristen kwam pas later in beweging. Op het verwarmde terras van café Craenenburg was het nog rustig. Een oude Bruggeling, een flamboyante kerel met spierwit haar die tijdens de Tweede Wereldoorlog nog lid van de weerstand was geweest, las er een krant. Toeristen konden hem niet deren. Hij had ergere dingen meegemaakt.

'Wat wil je drinken?' vroeg Van In toen een vriendelijke ober de bestelling kwam opnemen.

'Doe mij maar een koffie verkeerd', zei Hannelore.

'Een koffie verkeerd en een cappuccino.'

De ober trok een verbaasd gezicht. Van In die een cappuccino bestelde was net hetzelfde als ET die beweerde dat hij de zoon van de eerste minister was.

'Hij is in ieder geval stipt', zei Van In toen hij Wouters nog geen minuut later in het vizier kreeg.

Mensen die bij de Staatsveiligheid werken, zijn per definitie een beetje paranoïde. Voor Wouters er kwam bijzitten liet hij zijn blik over het plein glijden als wilde hij er zich in extremis van vergewissen dat hij niet gevolgd werd.

'Fijn dat je wilde komen', zei Van In toen ze elkaar de hand drukten.

'Waar zijn oude vrienden anders voor?'

Wouters keek argwanend om zich heen voor hij ging zitten. Hannelore wendde haar hoofd af opdat hij niet zou merken dat de poppenkast haar niet beviel. Haar intuïtie bleek te kloppen. Het duurde minstens een kwartier voor Wouters ter zake kwam en nog eens een halfuur voor hij eindelijk schoorvoetend toegaf dat staatssecretaris De Ridder geen engel was. Maar dat wist iedereen al.

'Je begrijpt dat ik mezelf blootgeef als ik moet toegeven dat we een dossier over hem hebben. Bovendien is het helemaal niet zeker dat hij wil meewerken.'

Van In nam een slok van zijn cappuccino en keek steels naar Hannelore. Ze hoefde niets te zeggen. Hij deelde haar mening.

'Zeg hem dan dat zijn medewerking drie kinderen het leven kan redden. En dat niet veel politici dat op hun palmares kunnen schrijven.'

Iedere beschaving evolueert van primitief naar decadent. De primitieven leggen de basis voor een toekomst waarvan zij dromen, en de generaties die zich daarvoor inzetten zijn gedreven om de droom van hun voorouders te realiseren, zij die de vruchten er nadien van plukken zijn zodanig verzwakt dat ze de luxe die ze in de schoot geworpen krijgen voor een bord linzen verpatsen. Tegenwoordig zijn we zo verwend dat we voor de geringste prestatie bazuingeschal verwachten. De Ridder was een politicus die verdomd goed wist dat een klein succesje hem veel stemmenwinst kon opleveren. Van In was bereid om hem dat te gunnen. Zijn kinderen waren hem oneindig veel meer waard.

'Ik zal mijn best doen', zei Wouters.

'Bel hem dan nu.'

Hannelore keek Wouters strak aan met een blik van als-je-het-niet-doet-krab-ik-je-ogen-uit.

'Oké.'

Wouters pakte zijn mobieltje en toetste in. Hannelore vond het vreemd dat hij het nummer van staatssecretaris De Ridder uit het hoofd kende, maar ze zei niets.

Het duurde niet lang voor De Ridder terugbelde met de mededeling dat de geheime kamer in de Sfinks vanaf zeven uur beschikbaar was en de vraag of het nog nodig was dat hij die boekte.

'Er zijn twee mogelijkheden', zei Van In. 'De kinderen zijn er niet meer of ze worden vanavond voor zeven uur naar een andere locatie overgebracht. Mag ik even je mobieltje gebruiken?'

Hij belde Carine en gaf haar de opdracht onmiddellijk naar de Sfinks te rijden en hem iedere verdachte beweging te melden.

'Wat denk je?' vroeg Wouters.

'Volgens mij zijn ze er niet meer.'

'Wat doen we nu?'

'Geen idee', zei Van In.

'Er zit niets anders op dan aan de ontvoerders de indruk te geven dat je wel over de foto's beschikt', zei Wouters. 'Als ik jou was, zou ik vanavond gewoon op de fiets stappen en afwachten wat er gebeurt.'

'Met nepfoto's?'

'Heb je een andere keus?'

Van In had diverse mogelijkheden overwogen om de ontvoerders een hak te zetten. Zo kon hij bijvoorbeeld een minizendertje bij het pakketje foto's stoppen en hopen dat de ontvoerders het pas zouden openmaken op de plek waar de kinderen werden vastgehouden. Hij zou ook een zendertje op zijn lichaam kunnen laten vastplakken zodat surveillanceteams hem van nabij konden volgen. Dan kregen ze misschien een kans om de ontvoerders te schaduwen.

'We moeten in ieder geval iets bedenken', zei hij.

'Nog geen nieuws van de posterijen?'

Hannelore hoopte nog altijd dat de foto's terecht zouden komen. Alleen dan durfde ze in een goede afloop te geloven. Maar Wouters schudde zijn hoofd.

'Op weg naar hier heb ik nog contact gehad met de Franse politie en met onze mensen in Brussel. Trouwens, als de foto's verstuurd zijn, hadden ze er lang moeten zijn.'

'Ja, als', herhaalde Van In.

Het beloofde een lange zenuwslopende dag te worden. Zoals de zaken er nu voor stonden konden ze niet anders dan afwachten tot vanavond en ondertussen een manier proberen te verzinnen om de ontvoerders te slim af te zijn. Maar welk plan ze ook zouden bedenken, het zou grote risico's inhouden. Van In probeerde zich in de geest van de ontvoerders te verplaatsen. Die zouden over een sneller vervoermiddel moeten beschikken dan hij. Een bromfiets of een motor bijvoorbeeld. En dan was er de kwestie hoe ze de onderschepping zouden regelen. Zouden ze zich ergens verdekt opstellen langs het traject dat Van In diende te volgen en wachten tot hij voorbij kwam gereden om dan de achtervolging in te zetten? Waarschijnlijk wel.

'Hebben wij stafkaarten van de kust?'

'Ik denk het wel', zei Versavel. 'Zal ik ze halen?'

'Nee, Guido. We lopen met je mee.'

Hannelore betaalde de rekening en gaf de ober een fikse fooi. Dat deed ze anders nooit, maar wat betekende geld als je je kinderen dreigt te verliezen?

'Wat ben je eigenlijk van plan?'

Van In had alle stafkaarten van de kust naast elkaar op de grond gelegd zodat ze één geheel vormden en markeerde met een viltstift de plekken waar veel zijwegen waren.

'Ik ga ervan uit dat de ontvoerders over voldoende vluchtwegen willen beschikken. Lange stukken weg lijken me daarom minder geschikt.'

'Daar zit wat in', zei Wouters. 'Vlak voor die punten zouden we mensen op motoren kunnen posteren.'

'Dan moet Pieter wel met hen kunnen communiceren', zei Hannelore.

'Dat kan geregeld worden. Wij hebben minizenders en ontvangers zat.'

'Geen zenders', zei Van In plotseling.

'Waarom niet?'

Hannelore keek hem strijdlustig aan.

'Omdat ik niet geloof dat de ontvoerders daar geen rekening mee hebben gehouden.'

'Hoe ga je het dan wel doen?'

Van In legde zijn viltstift neer met een moedeloos gebaar.

'Ik weet het ook niet', zei hij.

Hij stond op en liep met gebogen schouders naar zijn bureau, ging zitten en stopte zijn hoofd tussen zijn handen. Er moet een andere oplossing zijn. Het bleef in zijn hoofd hameren. Hannelore begon te ijsberen. Versavel staarde wezenloos naar de stafkaarten op de grond. Wouters schonk zich een kop koffie in. Ze schrokken alle vier toen er werd geklopt. Toen niemand reageerde, riep Versavel: 'Binnen'. Leo De Roeck, kersvers inspecteur bij de Brugse politie, stak zijn hoofd naar binnen en zei: 'Kaartje uit de Malediven voor commissaris Van In.'

Hij wuifde met een kaartje van een tropisch strand. Zoals bij de meeste bedrijven was het ook bij de politie de gewoonte dat collega's elkaar kaartjes stuurden als ze op reis waren. Van In ging zelden of nooit op reis maar bijna iedereen stuurde hem een kaartje. Het prikbord bij de deur hing vol zonovergoten stranden, imposante monumenten en weidse vergezichten. Het kaartje uit de Malediven was afkomstig van hoofdinspecteur D'Hondt, een verwaten kwast die wilde bewijzen dat hij zich een exotische reis kon veroorloven hoewel hij zich onlangs nog een dure BMW had aangeschaft.

'Prik het maar op het bord, Leo.'

De jonge inspecteur nam een punaise en prikte het kaartje tussen de andere.

'U vindt het toch niet erg dat ik er de postzegel heb afgehaald?'

'Waarom zou ik?' reageerde Van In verveeld.

Zelfs de schoonmaaksters wisten ondertussen dat Leo De Roeck een verwoede postzegelverzamelaar was.

'Dank u wel.'

'Wie verzamelt tegenwoordig nog postzegels?' gromde Wouters.

'Postzegels', herhaalde Van In.

Tot nu toe waren ze ervan uit gegaan dat Violet Stroobandts de foto's had verstuurd toen ze in Frankrijk op de vlucht sloeg. Niemand had zich afgevraagd waar ze postzegels had gekocht. Volgens de Franse politie had ze in Saintes halsoverkop de trein genomen naar Angoulême, waar ze was overgestapt op de trein naar Parijs.

'Verdomme.'

'Is er iets?'

'Ik wil het telefoonnummer van die Jean waar Stroobandts heeft gelogeerd. En wel nu meteen.'

14

'Die fransoos is de foto's vergeten op te sturen', zei Van In.

Monsieur Jean had hem vriendelijk te woord gestaan en hem uitgelegd dat zijn vriendin hem voor haar vertrek had gevraagd een pakje op te sturen naar een zekere Pieter Van In en zich daarna uitgebreid verontschuldigd omdat hij het vergeten was. Maar toen Van In hem had gevraagd het pakje open te maken, de foto's te laten scannen en ze via het internet door te sturen, had de man dat botweg geweigerd. Violet Stroobandts had hem op het hart gedrukt het pakje onder geen beding open te maken omdat het explosief materiaal bevatte. Toen Van In hem vertelde dat de maffia zijn kinderen ontvoerd had en dat hij hen alleen met de foto's kon vrijkopen, had Jean hem gezegd dat hij het pakje aan de Franse politie wilde overhandigen als ze hem zwart op wit konden bewijzen dat het verhaal van de ontvoering waar was. Toen had Van In tien minuten bedenktijd gevraagd.

'Kun jij dat voor me regelen, Lucien?'

'Regelen wel. Maar...'

Wouters fronste zijn wenkbrauwen. Er verschenen diepe groeven in zijn voorhoofd.

'Maar wat?' vloog Hannelore uit.

'Vergeet niet met wie we te maken hebben.'

'Wat bedoel je daarmee?'

'De tentakels van de maffia reiken verder dan je denkt, Hannelore. En je kunt er donder op zeggen dat de Franse recherche kopieën zal maken van de foto's.'

'Voor mijn part maken ze er muuraffiches van. Als ik mijn kinderen maar terugkrijg.'

Hannelore stond te beven op haar benen. Ze spuwde ieder woord uit en keek woedend naar Van In, die besluiteloos met zijn vingers zat te draaien. Hij bleef enkele ogenblikken in gedachten verzonken. Grote geesten kunnen een leven lang nadenken over een probleem en plotseling een ingeving krijgen waardoor de oplossing hen gedurende een fractie van een seconde glashelder voor de geest komt. Van In pijnigde al dagen zijn hersenen over een paar ongerijmdheden. De oplossing die hem zo-even te binnen was geschoten leek waanzinnig, maar ze was heel plausibel.

'Hoe laat is het nu?'

'Tien voor tien.'

'En hoe ver is het naar Saintes?'

'Ongeveer achthonderd kilometer', zei Versavel. 'Je bent toch niet van plan om het te gaan ophalen.'

'Er zal niets anders op zitten', zei Van In.

Iedereen was met stomheid geslagen, behalve Wouters, die beloofde onmiddellijk het nodige te doen. Nog geen kwartier later landde een helikopter op het Zand, dat inderhaast was ontruimd en die vloog hen naar het vliegveld van Wevelgem waar een privé-jet met draaiende motoren op hen stond te wachten. Wouters had alles netjes geregeld. Via de intercom vernamen ze dat de vlucht naar Bordeaux vijftig minuten zou duren. Van In installeerde zich achter in het vliegtuig en belde uitgebreid met monsieur Jean in Saintes.

'Hij is bereid mij het pakket persoonlijk te overhandigen', zei hij toen het gesprek afgelopen was.

Hannelore slaakte een zucht.
'Ik begrijp niet wat je bezielt, Van In. Maar ik vergeef je alles als ik straks mijn kinderen in mijn armen mag sluiten.'
'Heb vertrouwen, Hanne.'
Hij legde zijn hand op haar schouder en kneep er zachtjes in. Ze waren allebei doodop, maar de onzekerheid over het lot van de kinderen hield hen op de been.
'Hoe zou het met ze zijn?'
'Ontvoerders behandelen kinderen meestal goed', zei Van In. 'Het zou me niet verbazen dat ze knus televisie zitten te kijken en zich nog geen moment om ons hebben bekommerd.'
Hannelore wist dat hij haar probeerde gerust te stellen, dus deed ze alsof ze hem geloofde. Ze deed even haar ogen dicht en zag twee lachende gezichtjes.
'Ze voorspellen regen en wind voor vanavond', zei ze na een poos. 'Laten we hopen dat je niet het hele eind hoeft te fietsen.'
Van In had geen sigaret meer aangeraakt sinds ze in de helikopter waren gestapt en hij was van plan dat zo te houden. Hoewel hij ervan overtuigd was dat hij niet op spierkracht maar op wilskracht zou fietsen, kon een beetje extra lucht geen kwaad.
'Ben jij niet benieuwd wat er op de foto's staat?'
'Ik ben niet van plan het pakket open te maken', zei hij luid genoeg dat iedereen hem kon verstaan.
Wouters, die in de stoel voor hen zat, draaide zich om.
'Dat vind ik heel verstandig van je', glimlachte hij.
'Ik weet niet hoe wij je moeten bedanken, Lucien. Zonder jou hadden we het nooit gehaald.'
Wouters glimlachte nu heel breed.
'Waar zijn vrienden anders voor', zei hij.

'Je bent een schat. Weet je, als alles achter de rug is dansen Van In en ik de tango voor jou en daarna gaan we eens lekker eten in de Rockfort. Afgesproken?'

'Ik wist niet dat je danste.'

'Ik ook niet', zei Van In.

Ondanks de ernst van de situatie moesten ze bijna lachen.

Kirpitsjenko zat aan tafel. Voor hem lag een kaart van de Oostkust. Een gedeelte van de kustweg, het stuk tussen Blankenberge en Wenduine, was met rode viltstift aangedikt. Hij ging ervan uit dat Van In er een uur over zou doen om van Knokke naar Blankenberge te fietsen. De plek die hij had uitgekozen om hem te onderscheppen was ideaal. Hij zou niet opvallen omdat er op dat uur nog voldoende verkeer was en er waren bijna geen hindernissen die hem het zicht konden belemmeren. Bovendien kon hij in Wenduine, dat amper drie kilometer verderop lag, verscheidene kanten uit. De rest was kinderspel. Kerkorian zou hem zo snel mogelijk oppikken voor het geval Van In zich niet aan de afspraak zou houden en na de overhandiging van de foto's toch groot alarm zou slaan. Kalinka kwam binnen. Ze ging achter hem staan en zoende hem in de nek. Hij voelde haar warme borsten tegen zijn rug.

'Ik zal blij zijn als alles voorbij is', zei ze zacht.

Kirpitsjenko had haar vanochtend in bed gevraagd of ze met hem mee wilde naar Afrika en ze had volmondig ja gezegd. Hij vreesde voor zijn leven en hij had haar gewaarschuwd voor Kerkorian.

De terugvlucht van Bordeaux naar Kortrijk verliep vlekkeloos. In Saintes hadden ze wat tijd verloren, maar ze lagen nog ruim voor op het schema. Als alles volgens plan verliep, waren ze om vijf uur in Brugge. Van In zat naast Hannelore.

Hij hield haar hand vast. Zij zat tegen hem aangeleund. Het pakje met de foto's lag op zijn knieën.

'Je weet toch zeker dat ze zich aan hun woord zullen houden?'

Nu de foto's eindelijk terecht waren en ze aan de eisen van de ontvoerders konden voldoen, was Hannelore gaan twijfelen aan de goede afloop van de transactie. Stel dat de kinderen toch iets overkomen was. Of dat de ontvoerders hen toch al hadden vermoord. Of Van In kon op de fiets een hartinfarct krijgen. Of...

'De kinderen komen veilig thuis als we ons strikt aan de voorwaarden houden', zei Van In.

Hij had één keer overwogen het pakje toch open te maken, maar Lucien Wouters had hem dat met klem afgeraden. En hij had gelijk.

'Laten we dat maar hopen.'

Hannelore probeerde een gebedje te zeggen dat haar vroeger was aangeleerd, maar ze was de woorden vergeten. Ze kwam niet verder dan 'Onze Vader, help ons alsjeblieft'.

'Ik denk dat ik toch maar een fiets met hulpmotor neem', zei Van In. 'Voor het geval ik meer dan twintig kilometer moet fietsen.'

'Hoe lang zou het duren voor ze ons de kinderen teruggeven?'

'Dat weet ik niet. Maar ze hebben er alle belang bij om het zo snel mogelijk te doen.'

Hannelore drukte zich nog dichter tegen hem aan. Hij streelde de bovenkant van haar hand.

'Ik heb zin om te huilen, Pieter.'

Haar lichaam schokte zachtjes en haar ogen werden vochtig. Versavel draaide zich half om in zijn stoel en toen hij haar zo zag zitten scheelde het niet veel of hij begon ook te huilen. Hij zou zelf nooit kinderen krijgen, tenminste toch niet op de normale manier, maar voor hem waren Simon en Sarah meer dan de kinderen van zijn beste vriend. Hij beschouwde ze bijna als de zijne. Toen Van In ook begon te snotteren draaide hij zich weer om. Lucien Wouters, die naast hem zat, keek onbewogen voor zich uit.

'Dit is het nummer van de politie', zei Kirpitsjenko. 'Bel hen als mij iets mocht overkomen.'

'Praat nu geen onzin, Vadim.'

Kalinka legde haar hand op zijn kruis en masseerde de binnenkant van zijn dijen.

'Morgen zal ik je de hele dag verwennen.'

'Morgen?'

Morgen leek nog eindeloos veraf, het verhaaltje om met haar naar Afrika te vluchten was te idyllisch om waar te zijn. Hij zou zich nooit aan één vrouw kunnen binden en wie weet kroop het bloed weer waar het niet gaan kon. Hoe zou Kalinka reageren als hij haar straks zou vertellen dat de oppas hun geluk in de weg stond en hij genoodzaakt was om haar te vermoorden? Zou ze dan nog van hem houden? Van hem houden? Kalinka was een hoer. Liefde was haar vreemd. Haar wriemelende handen wonden hem nu nog op. Maar wat als over een paar jaar haar borsten slap werden en haar buik begon uit te dijen?

'Ik geloof dat de kinderen wakker zijn.'

Kalinka hield abrupt op met de massage. In de kelder klonk geweeklaag. Kirpitsjenko keek op zijn polshorloge. Het was vijf voor vijf.

'Geef ze iets te eten en te drinken en kom daarna zo snel mogelijk terug.'

Het klonk harder dan hij het bedoelde, maar wie weet was het straks de laatste keer dat hij de genoegens van de lichamelijke liefde mocht proeven. Kalinka knikte, pakte een doos chocoladekoeken uit de kast en een fles limonade van het aanrecht. Ze had te doen met de kinderen en nog meer met Kaat, maar dit keer zou niemand haar geluk nog in de weg staan.

Het regende en er stond een nijdige wind toen ze in Knokke arriveerden. De fiets stond klaar aan het station, waar Van In zou vertrekken.

'Hoe laat is het nu?'

'Vijf voor zes', zei Versavel.

Ze stapten uit de auto. De wind deed hen huiveren. Van In haalde een snoepreep uit zijn zak, scheurde de wikkel los en werkte de zoetigheid in twee happen naar binnen.

'Ik stel voor dat we alles nog één keer doorlopen.'

Ze stapten het dichtstbijzijnde café binnen en kozen een rustig tafeltje bij het raam. Van In bestelde warme cacao, Hannelore een glas port.

'Procureur Beekman heeft beloofd dat hij hier om zes uur zou zijn', zei Lucien Wouters.

Hannelore keek naar buiten.

'Daar is hij.'

Het had een heleboel telefoontjes en veel overredingskracht gekost om de korpschefs van de kustgemeenten ervan te overtuigen tussen zeven uur en middernacht geen geüniformeerde politiemensen op straat te sturen, om de eenvoudige reden dat ze hen niet konden uitleggen waarom dat nodig was. Van In vond immers dat er al te veel mensen op de hoogte waren van de ontvoering en ze beter geen extra risico namen door nog meer mensen daarover in te lichten.

'Goedenavond, Jozef.'

Hannelore stond op en begroette de procureur met een zoen.

'De gouverneur laat zich verontschuldigen', zei hij toen Van In hem vroeg wie de hele operatie ging coördineren. 'Hij heeft mij gevraagd of ik het wilde doen.'

Van In wilde iets lelijks zeggen over de gouverneur, die wel tijd vond om op de regionale televisie met veel poeha een onnozele alcoholcontrole aan te kondigen, maar hij hield zich in.

In plaats daarvan zei hij: 'Brains before emptiness.' Er werd niet gelachen.

'Ik laat je nog één keer zien hoe het werkt', zei Kirpitsjenko.

Hij pakte het pistool, ontgrendelde de veiligheidspal en richtte het wapen op een denkbeeldig doelwit.

'Je hoeft alleen af te drukken en pang.'

Hij drukte de veiligheidspal weer in en gaf het pistool aan Kalinka.

'Probeer jij nu maar.'

'Ik ben bang, Vadim.'

Na een onstuimige vrijpartij had Kirpitsjenko haar op de hoogte gebracht van zijn vrees dat Kerkorian misschien wel van Minski de opdracht had gekregen om hem te vermoorden. Aan de ene kant had hij haar dat toevertrouwd omdat hij wilde weten hoe ze daarop zou reageren, aan de andere kant om een stok achter de deur te hebben voor het geval Kerkorian erin slaagde hem te verrassen.

'Niet bang zijn, meid. Misschien heb ik het verkeerd voor en gebeurt er helemaal niets.'

Ze knikte, maar haar onderlip trilde. In de kelder had ze een wanhopige Kaat aangetroffen. Het meisje huilde aan één stuk en met de kinderen viel geen land meer te bezeilen. Simon zat hysterisch met zijn hoofd tegen de muur te bonken en Sarah had zich minutenlang aan haar vastgeklampt.

'Ik heb de kinderen verdoofd', zei ze.
'Dat is flink.'
Kirpitsjenko streelde door haar korte haar. Hij dacht aan zijn zus, die net als Kalinka op jonge leeftijd in de prostitutie was terechtgekomen en de manier waarop hij daarachter was gekomen. Hij zou nooit de dag vergeten dat hij met een paar vrienden in een bordeel was beland, een smak geld op tafel had gegooid en in ruil daarvoor een meisje van vijftien had gekregen, een meisje dat hij als baby nog in zijn armen had gewiegd, voor wie hij slaapliedjes had gezongen en die hem steevast 'broertje' was blijven noemen.
'Het is koud buiten. Wil je nog iets drinken, Vadim?'
'Een kleintje.'
Ze pakte de fles wodka en schonk twee glazen vol.
'Vind je het erg dat ik er ook eentje neem?'
'Natuurlijk niet.'
Ze dronken hun glas in één teug leeg.
'Ik hou van je, Vadim.'
Kirpitsjenko pakte de fles en schonk de glazen voor de tweede keer vol.
'Nasdrovje, Kalinka.'
Hij omhelsde haar, inniger dan hij dat vroeger ooit had gedaan en dacht aan zijn zusje, aan het leven dat hij had geleid en de prijs die hij daarvoor had betaald.
'Mag ik je nog één ding vragen, Vadim?'
Kalinka wist dat ze een groot risico nam, maar ze deed het toch.
'Spaar het meisje.'
'Je wist het dus.'
'De politie zal zeker niet zoveel moeite doen om ons in Afrika op te sporen als je haar laat leven', zei ze.
Kirpitsjenko wist dat ze gelijk had, maar hij deed er het zwijgen toe. Hij moest nog wennen aan de gedachte dat een vrouw zich met zijn zaken durfde te bemoeien.

Van In trok de gele jekker aan en wachtte tot Versavel de foto's op zijn rug had bevestigd. Hannelore hield de fiets voor hem klaar. Het voorbije uur hadden ze zich met zijn allen nog afgevraagd of het toch niet beter was een inspecteur in burger op de fiets mee te sturen, maar ze hadden het idee laten varen. Om niet op te vallen zou de inspecteur Van In op een vrij grote afstand moeten volgen. Als de transactie plaatsvond kon hij dat over de radio melden, maar dat zou niet veel uithalen omdat niemand wist waar die zou gebeuren. In het beste geval zou het minuten duren voor de dichtstbijzijnde interventieploeg ter plaatse was en dan zou de vogel al lang gevlogen zijn. Bovendien bleven Van In en Hannelore bij hun standpunt dat ze de veiligheid van de kinderen niet in het minst in gevaar wilden brengen. De enige toegeving die ze hadden gedaan, was het zendertje dat Wouters in de fiets had laten monteren waardoor hij de rit continu op een computerscherm kon volgen. Hij ging ervan uit dat de transactie achter de rug zou zijn als Van In langer dan drie minuten stilstond.

'Veel succes, Pietertje.'

Hannelore zoende hem teder op de mond en gaf hem een bemoedigend kneepje in de wang. Versavel beperkte zich tot een schouderklopje. Beekman en Lucien Wouters drukten hem de hand.

'Morituri te salutant.'

'Wat zegt hij?' vroeg Wouters.

'Zij die gaan sterven groeten u', zei Versavel.

Om directeur bij de Staatsveiligheid te worden moest je minstens over een universitair diploma beschikken. *Morituri te salutant* was een uitdrukking die Wouters eigenlijk moest kennen.

Het was een komisch gezicht Van In op de fiets te zien vertrekken. Bij de eerste pedaalslagen had hij moeite om in het zadel te blijven en het duurde een volle dertig seconden voor hij min of meer in een rechte lijn reed. In de lessen aardrijkskunde op de lagere school had Van In destijds geleerd dat de Belgische kust 66 kilometer lang was. Voorzover hij het zich kon herinneren had hij nooit meer dan twintig kilometer aan één stuk gefietst en ook dat was heel lang geleden. De eerste vijfhonderd meter ging alles vrij vlot. Het voelde zelfs prettig aan zijn spieren te kunnen losgooien, maar toen de wind nijdiger kwam opzetten en hij veel harder moest trappen om vooruit te komen, voelde hij zijn benen langzaam leeglopen. In de omgeving van Heist kreeg hij steken in zijn borst. Zijn longen deden pijn, zijn voorarmen verkrampten. Het was nog te vroeg om aan de kinderen te denken dus probeerde hij zich op Hannelore te concentreren en op de mooie momenten die ze met elkaar hadden gedeeld. De nachtelijke vrijpartij op het strand een paar jaar geleden, de eerste voetmassage die ze hem had gegeven, het feestje van de jonge balie waarop ze geen ondergoed droeg, het etentje in de Karmeliet waarop ze hem had getrakteerd voor zijn veertigste verjaardag... Even voorbij Zeebrugge ging het wat beter, alsof zijn lichaam zich neerlegde bij de pijniging die het moest ondergaan. De productie van endorfines draaide op volle toeren toen de lichten van Blankenberge opdoemden in de verte. Van In telde de kilometers al lang niet meer, wel de omwentelingen die hij maakte. Die brachten hem meter na meter dichter bij zijn doel, waar zich dat ook bevond. Het enige wat hij niet mocht doen was even uitrusten. Anders kwam Wouters in actie en dan was alles om zeep. Als ik het haal, koop ik een hometrainer, maakte hij zichzelf wijs. Voor het station van Blankenberge sprong het verkeerslicht op rood, maar in plaats van te stoppen reed Van In door, bang als hij was dat de korte rustpauze hem zou fnuiken.

Kirpitsjenko stond op de dijk die de jachthaven van Blankenberge in een boog omvatte en vanwaar hij een prima uitzicht had op de Koninklijke Baan. Zijn motor, een zware Kawasaki, stond beneden naast het fietspad gestald. Het was vijf over acht en hij begon zich ongerust te maken. Waren ze dan toch iets van plan? Het leek hem onwaarschijnlijk dat Van In het leven van zijn kinderen in de waagschaal zou stellen. Kirpitsjenko nam een besluit. Als Van In niet binnen tien minuten kwam opdagen, was er iets misgelopen en zou er niets anders op zitten dan de operatie af te blazen.

Kalinka zat bij het raam dat uitzag op het erf van het boerderijtje en het aardeweggetje dat er naartoe leidde. Ze had het licht in de woonkamer uitgedaan. Niemand kon haar zien van buitenaf. Sinds Kirpitsjenko op de motor was vertrokken, had ze de hele tijd zitten nadenken over wat hij over Kerkorian had gezegd. Ze kende het milieu maar al te goed. Er was geen enkele reden om zijn woorden in twijfel te trekken. Het pistool lag voor haar op de vensterbank. Ze pakte het vast, haalde de veiligheidspal over, richtte het op de brievenbus en kromde haar vinger om de trekker. Daarna kneep ze haar ogen dicht en probeerde zich voor te stellen dat de brievenbus een mens was. Zou ze ooit genoeg lef hebben om de trekker over te halen? Haar hand beefde.

Op het moment dat Kirpitsjenko zijn helm opzette en aanstalten maakte om de dijk af te lopen, verscheen in de verte een eenzame fietser in een gele jekker. Hij vorderde langzaam. Af en toe leek het zelfs alsof hij stil bleef staan. Van In was de uitputting nabij. Zijn ademhaling klonk als het gereutel van een stervende, maar hij bleef doortrappen. Hij zag alleen twee spelende kinderen bij de open haard.

Kirpitsjenko wachtte tot Van In voorbij was, wachtte nog eens dertig seconden om te verifiëren of hij niet gevolgd werd en sprong dan op de motor.

15

'Hoe lang staat hij al stil?'

Hannelore staarde naar het computerscherm. Het symbooltje dat Van In voorstelde, bleef ter plaatse flikkeren.

'Twee minuten en tien seconden', zei Wouters.

'Zijn er daar verkeerslichten?'

'Ik geloof het wel, maar ik denk niet dat hij daarvoor is gestopt.'

De laatste vijf kilometer had Van In tergend langzaam afgelegd, zodat iedereen vreesde dat hij eronderdoor was gegaan. Iedereen had een schietgebedje gezegd en gesmeekt dat de ontvoerders zich niet voorbij Oostende zouden opstellen, want dat haalde Van In nooit. Ze hadden zelfs overwogen hem te laten aflossen, maar dat vond Wouters een te groot risico. Er bestond een reële kans dat de ontvoerders Van In kenden van een foto.

'Twee minuten en vijftig seconden.'

'Wat doen we?'

'Eropaf gaan', zei Wouters. 'Wie is het dichtst in de buurt?'

'Carine en Bruynooghe', zei Versavel.

'Neem contact met hen op.'

Van In hoorde portieren dichtklappen en hij herkende de stem van Carine. Ze kwam op haar hurken bij hem zitten en keek hem meewarig aan. Zijn gezicht was asgrauw en hij trilde over zijn hele lichaam.

'Gaat het een beetje?'

'Hoe lang zit ik hier al?'

'Een minuut of vijf', zei Carine.

'Heeft er iemand de achtervolging kunnen inzetten?'

'Ik denk het niet.'

Van In liet zich op zijn zij rollen in het gras en probeerde overeind te komen door zich met een hand af te zetten. Het lukte hem niet. Hij leek wel of zijn benen geamputeerd waren. Hij voelde ze niet meer. De sterke handen van Bruynooghe haakten onder zijn oksels. Eén, twee, drie. Van In beet op zijn tanden. De handen tilden hem op.

'Waarschuw onmiddellijk alle eenheden. De ontvoerder rijdt met een zwarte Kawasaki.'

'Maak je maar geen zorgen, Pieter. Er is een ziekenwagen onderweg.'

'Een ziekenwagen?'

Van In rukte zich los uit de greep van Bruynooghe en waggelde een paar meter als een zombie over het fietspad. Welke idioot haalde het in zijn hoofd een ziekenwagen te bellen?

Kerkorian pikte Kirpitsjenko zoals afgesproken op aan een kruispunt in de buurt van Wenduine.

'Alles vlot verlopen?'

Kirpitsjenko knikte en klikte zijn veiligheidsgordel vast. Het zou zeker nog tien minuten duren voor de politie in actie kwam, maar tegen die tijd waren ze veilig in Uitkerke.

'Heb jij iets verdachts bemerkt toen je hierheen reed?'

Kerkorian schudde zijn hoofd.

'Dit keer heb je goed werk geleverd, Vadim. Minski zal tevreden zijn.'

'Alleen de kinderen nog', zei Kirpitsjenko.
'Daar zorg ik wel voor.'
'Doe het dan meteen terwijl ze nog verdoofd zijn.'
Kerkorian draaide zijn hoofd een kwartslag. Om zijn mond lag een gemene grijns.
'Wakker of verdoofd. Mij maakt het niet uit. Maar met het grietje wil ik eerst nog wat lol trappen.'
'Mij goed. Als je hen vannacht maar ver genoeg van het boerderijtje afzet.'
'Afzetten?' De verbazing op het gezicht van Kerkorian sprak boekdelen. 'Je denkt toch niet dat Minski van plan is om hen vrij te laten?'
Kirpitsjenko voelde een koude rilling over zijn rug lopen. Het kostte hem de laatste tijd al moeite volwassenen te vermoorden, laat staan kinderen.
'Justititie zal eerder het onderzoek naar een ontvoering staken dan een dubbele kindermoord ongestraft laten. Minski zal zich een boel narigheid op de hals halen.'
'Dat denk ik niet', zei Kerkorian.
'Ik wel. Van In zal niet rusten voor hij de onderste steen boven heeft gehaald. Hij is trouwens al bij Minski geweest.'
'Dat is het hem juist.'
'Sorry, maar ik kan je niet volgen.'
Ze draaiden de hobbelige landweg in die naar de boerderij leidde. Kalinka zag het dansende licht van de koplampen dichterbij komen. Ze griste het pistool en het mobieltje van de vensterbank en verstopte zich in een ingemaakte kast in de keuken. Het rook er muf en veel plaats was er niet, maar de kans was klein dat Kerkorian lang bleef.

Toen Hannelore, Wouters en Versavel bij de plek arriveerden waar de ontvoerder Van In had laten stoppen, stond het er vol politiewagens met tollende zwaailichten. Bruynooghe kwam hen tegemoet gelopen en bracht hen bij Van In, die zich een eindje verderop in een combi aan het opwarmen was.

'Heeft hij de rit een beetje goed doorstaan?'

Bruynooghe draaide zich om.

'Het is beter dat u hem een kwartier geleden niet hebt gezien, mevrouw', zei hij ernstig.

'Was het dan zo erg?'

'Hebt u ooit beelden gezien van de slag om Stalingrad?'

'Wat heeft dat er nu mee te maken, Robert?'

'Hij was niet om aan te zien, mevrouw', herstelde Bruynooghe zich.

Hij trok de schuifdeur van de combi open en maakte een gebaar in de richting van Van In, die ineengedoken en gehuld in een thermische deken op de achterbank zat te rillen.

'Maar nu ziet hij er al stukken beter uit.'

Hannelore duwde Bruynooghe nogal onzacht opzij en stapte in de combi. Versavel en Wouters glipten mee naar binnen.

'Doe in vredesnaam de deur dicht', schreeuwde Van In.

Kalinka hoorde de voordeur open- en weer dichtgaan. Kirpitsjenko en Kerkorian maakten ruzie maar ze kon niet verstaan wat ze zeiden. Het was pas toen ze in de woonkamer kwamen dat ze een paar flarden kon opvangen. Het ging over de kinderen en over Kaat, de oppas.

'En toch blijf ik erbij dat Minski onnodige risico's neemt', zei Kirpitsjenko.

'En ik zeg dat Minski weet wat hij doet.'

Kalinka hield haar adem in om het gesprek beter te kunnen volgen.

'In dat geval...'

Kirpitsjenko trok met een vliegensvlug gebaar het pistool dat tussen zijn broeksband zat. Hij had zich voorbereid op een confrontatie met Kerkorian en de nodige voorzorgen genomen.

'Je bent een dwaas, Vadim Kirpitsjenko. Minski zal je levend villen, je lever uit je buik snijden en aan zijn honden voeren.'

'Jammer dat jij dat niet meer zult meemaken, tovaritsj.'

Het was Kirpitsjenko in de auto al duidelijk geworden wat Minski van plan was. Kerkorian had de opdracht gekregen eerst hem dood te schieten en daarna met zijn pistool de kinderen en de oppas af te maken. Zo kreeg hij de schuld en waren alle hinderlijke getuigen opgeruimd.

'Dat denk ik niet.'

Er klonk een schot. Kalinka hoorde Kirpitsjenko vloeken. Aan het gestommel en het geschreeuw dat daarop volgde kon ze opmaken dat de mannen aan het vechten waren. Wat moest ze doen? Kirpitsjenko te hulp snellen? Nee. Hij had gezegd dat ze zich niet mocht laten zien wat er ook gebeurde. Serviesgoed viel kletterend stuk op de vloer. 'En nu ga je eraan', hoorde ze iemand roepen. Ze had de woorden verstaan, maar niet de stem herkend. Er verstreken een paar seconden.

'Ik vind het jammer dat je een pijnloze dood zult sterven, Vadim.'

Kalinka verstijfde. Al haar mooie dromen stortten als een kaartenhuis in elkaar. Wat moest ze doen zonder Kirpitsjenko? Ze klemde haar hand om de kolf van het pistool en haalde de veiligheidspal over, maar ze was te laat. Er klonk opnieuw een schot. Kirpitsjenko gilde en viel als een zak meel op de grond. Op de plaats van zijn rechteroog zat een bloederig gat.

‘Ik vraag me af wanneer de ontvoerders contact met ons zullen opnemen’, zei Hannelore.

‘Ik denk niet dat ze dat zullen doen’, zei Wouters.

Bij de meeste ontvoeringen waarbij losgeld werd betaald, werd de ontvoerde verdoofd en ergens op een verlaten plek achtergelaten. Van In had Hannelore liever in de waan gelaten dat de ontvoerders eerst contact met hen zouden opnemen. Nu zou ze zich ongerust maken dat de kinderen eerst uren in de kou zouden liggen voor ze gevonden werden.

‘Alle politiediensten in de provincie zijn in de hoogste staat van paraatheid gebracht, maar we moeten de ontvoerders eerst de tijd geven om de kinderen vrij te laten. Volgens mij zullen ze dat heel snel doen. Hoe langer ze ermee wachten hoe groter de kans dat ze opgepakt worden. Ik stel voor dat we ondertussen onze tenten opslaan in mijn bureau. Dan kunnen we onmiddellijk reageren als er een melding binnenkomt.’

‘Dat lijkt me een goed idee’, zei Wouters. ‘Jullie kunnen met mij meerijden.’

‘Oké’, zei Van In.

Hij gooide de thermische deken van zich af. Het leek wel of hij een koelcel binnenstapte, hoewel het in de auto zeker meer dan tweeëntwintig graden was, maar hij probeerde toch te glimlachen toen hij Hannelore bezorgd naar hem zag kijken. Hij bad in stilte dat hij gelijk had en dat de ontvoerders de kinderen heel snel zouden vrijlaten.

‘Heeft iemand de ouders van Kaat al gebeld?’

Van In had beloofd hen op de hoogte te houden. Iedere minuut die ze nodeloos in het ongewisse bleven was er één te veel.

‘Ik doe meteen het nodige’, zei Carine.

'Sta of ik schiet.'

Kerkorian stond stil, hij had de klink van de kelderdeur vast waardoor het bevel een beetje belachelijk klonk. Het pistool van Kirpitsjenko lag in zijn andere hand.

Kalinka kneep haar ogen dicht tot spleetjes, maar Kerkorian verroerde geen vin. Ze kende zijn reputatie. Hij zou zich niet zo maar gewonnen geven.

'Ik zeg het geen twee keer, Kerkorian.'

Ze haalde de haan over. De knal van het schot deed Kerkorian zelfs niet ineenkrimpen, maar hij liet het pistool wel vallen.

'Blijven staan en handen tegen de muur.'

Ze wil niet dat ik zie hoe bang ze is, dacht Kerkorian. Hij stak tergend langzaam zijn handen op en drukte ze tegen de muur.

'Ik wist niet dat Vadim hoeren in vertrouwen nam.'

De vrouw die achter hem stond mocht vastberaden zijn – ze had onmiddellijk geschoten toen hij het bevel niet meteen opvolgde –, het was de vraag of ze hem met opzet had gemist. De kans was minstens even groot of groter dat ze nog nooit een vuurwapen had gehanteerd.

'Ik ben geen hoer.'

'Dat zeggen ze allemaal. Ik kan me trouwens niet voorstellen dat Kirpitsjenko ooit een normale vrouw heeft geneukt.'

Kalinka beet op haar onderlip. Hij was haar bewust aan het uitdagen en het was beter dat ze niet inging op de beledigingen die hij haar naar het hoofd slingerde, maar ze voelde zich verplicht om te reageren, al was het maar omwille van Vadim.

'Hij heeft me tenminste netjes behandeld', zei ze. 'En dat kun je van Minski en zijn gatlikkers niet zeggen.'

Het was te laat maar ze had zich ongewild blootgegeven.

Nu wist hij wie ze was. De repliek die ze kreeg bevestigde het vermoeden.

'Kalinka Kerenski, je wilt niet weten wat er je te wachten staat.'

Kerkorian glimlachte. Hij had haar een paar weken geleden nog als een bange mus zien wegstuiven toen ze te horen kreeg dat Minski haar een speciale behandeling wilde geven.

'Jij ook niet, smeerlap.'

Ze schuifelde achteruit. Ze had haar mobieltje nodig en dat lag nog in de ingemaakte kast.

'Wat ben je eigenlijk van plan?'

Er kwam geen antwoord. Kerkorian liet zijn handen een halve centimeter zakken. Ze merkte het niet. Even overwoog hij om zich om te draaien, een tijgersprong te maken en haar te ontwapenen, maar ze stond te ver. Hij had zelfs de indruk dat ze zich van hem verwijderde. Wilde ze vluchten? Hij liet zijn handen nog een beetje zakken. Was ze eigenlijk nog in de kamer? Hij draaide voorzichtig zijn hoofd.

'Nog één beweging en je gaat eraan.'

Aan haar stem te horen stond ze bij de keukendeur. Wat had ze daar te zoeken? Kerkorian schatte zijn kansen in. Hoe verder ze van hem af stond, hoe groter dat kans dat ze zou missen.

Kalinka voelde de spanning aan. Het was nu of nooit. Ze liep de keuken in. De ingemaakte kast stond gelukkig nog open. Haar mobieltje lag op de tweede plank. Ze griste het weg. Te laat. Toen ze de woonkamer weer binnenkwam, had Kerkorian zich omgedraaid en hij zette zich af. Ze richtte het pistool en drukte af net voor hij kon springen. Kerkorian voelde een snerpende pijnscheut in zijn rechterschouder. Het kreng had hem verdomme toch geraakt.

Hij wankelde, probeerde nog een stap naar voren te zetten. Kalinka deinsde achteruit. Het laatste wat Kerkorian zag, was de angst in haar ogen.

Wouters trok zich niet veel aan van de geldende snelheidsbeperking, maar niemand in de auto zei daar iets over, zelfs Hannelore niet die daar anders altijd moeilijk over deed. Ze zat ineengedoken op de achterbank. Toen haar mobieltje plotseling overging, leek het alsof ze driehonderd volt door haar lijf kreeg.

'Hallo', haar hand beefde.

'Spreek ik met commissaris Van In?' vroeg Kalinka.

'Momentje.'

Hannelore reikte hem het toestel aan. Versavel, die op de passagiersstoel zat, draaide zich om.

Naarmate het gesprek vorderde, begon ook Van In te beven en zijn gezicht trok wit weg.

'Waar ben je?'

Het bleef even stil.

'Hoe ver van Brugge?'

'Ongeveer een kwartier rijden', zei Kalinka.

'In welke richting?'

'De kust', zei ze.

'Blijf aan de lijn.'

Van In probeerde in een paar woorden uit te leggen wat er aan de hand was. Een meisje dat beweerde het liefje van de ontvoerder te zijn belde van de plek waar de kinderen vastgehouden werden. Wouters parkeerde de wagen aan de zijkant van de weg, maar Van In gebood hem rechtsomkeert te maken. Hannelore bestierf het bijna van de zenuwen.

Van In bracht het toestel weer naar zijn oor.

'We komen eraan', zei hij. 'Maar ik heb meer gegevens nodig. Hallo. Hoor je me nog?'

Kerkorian kwam kreunend overeind en grijnsde Kalinka aan.

'Je dacht toch niet dat ik dood was, meisje.'

'Wat scheelt er?' vroeg Hannelore.

'Hallo, hoor je me?' schreeuwde Van In wanhopig.

'Kerkorian is niet dood', snikte Kalinka. 'Hij wil iedereen vermoorden.'

Ze probeerde haar arm te strekken en het pistool op hem te richten, maar het lukte haar niet. Ze was verstijfd van angst.

'Weten we iets over een zekere Kerkorian?' vroeg Van In.

Versavel pakte zijn mobieltje en drukte een nummer in. Carine en Bruynooghe waren tien minuten voor hen vertrokken. Zij moesten al op kantoor zijn.

'Ze antwoordt verdomme niet meer.'

'Welke richting neem ik?' vroeg Wouters toen ze aan een rotonde kwamen waar de weg zich splitste. 'Blankenberge of Zeebrugge?'

'Doe maar Blankenberge', zei Hannelore impulsief.

Toen Kerkorian zijn arm naar haar uitstrekte en een wankelende pas in haar richting zette, liet Kalinka het mobieltje vallen, liep de keuken in en sloot de deur achter zich af. Er parelde zweet op haar voorhoofd en ze ademde amechtig. De eerste trap deed de deur bijna uit de hengsels vliegen.

'Raadpleeg de lijst', snauwde Versavel door de telefoon.

'Welke lijst? '

'De lijst met Russen die in Brugge of omgeving wonen.'

'Waar ligt die?'

'Mijn bureau, bovenste lade links.'

'Momentje.'

Bij de derde trap begaf de deur het. Kerkorian bestierf het bijna van de pijn, maar de woede die door zijn lijf raasde hield hem op de been. Kalinka probeerde het raam open te krijgen, maar dat zat vast door de vele lagen verf die het in de loop der jaren had gekregen. Hij ging wijdbeens voor haar staan en richtte het pistool op haar voorhoofd.

'Ik zou je liever eerst nog eens lekker naaien', zei hij.

Kalinka glimlachte. Ze wilde niet sterven. De doodsangst die haar had doen verstijven viel van haar af. Ze knoopte haar bloes los en begon haar borsten te masseren.

'Vladimir Kerkorian', zei Bruynooghe, die ondertussen de lijst had gevonden. 'Polderweg 34, Uitkerke.'

'Weet iemand waar de Polderweg is?' vroeg Versavel.

Wouters haalde zijn rechterhand van het stuur en tikte al rijdend de naam van de straat en de gemeente in op zijn navigatiecomputer. Nog geen twee seconden later kregen ze een vrouwenstem te horen die zei dat ze bij het volgende kruispunt links moesten afslaan.

'Je denkt toch niet dat ik daarin trap, vuile teef.'

Kalinka maakte haar beha los. Hij aarzelde.

'Eerste rechts', zei de navigatiecomputer.

Wouters sloeg de landweg in. Met een doorsneewagen was hij zeker uit de bocht gegaan, maar de Mercedes bleef in het goede spoor.

'Kun je echt niet sneller?'

Hannelore stond op het punt om in te storten. Ze beefde over haar hele lichaam.

Kalinka knoopte haar spijkerbroek los. Ze droeg een zijden slipje met kant. Ze trok het naar beneden tot net onder de bikinilijn.

'Daar moet het zijn', zei Van In.

Aan het eind van de landweg brandde een lichtje. Wouters drukte het gaspedaal in. Toen ze het boerderijtje op ongeveer honderd meter waren genaderd hoorden ze een doffe knal.

Kerkorian bekeek het halfnaakte lichaam van Kalinka. Er sijpelde bloed tussen haar borsten.

'Vuile teef.'

Hij wreef over zijn pijnlijke schouder, draaide zich om en liep met slepende pas naar de woonkamer.

'Blijf bij Hannelore', schreeuwde Van In tegen Versavel.

Hij duwde het portier open nog voor de Mercedes stilstond en rende naar de voordeur. Wouters volgde hem op de voet.

Kerkorian stond bij de kelderdeur. Hij duwde de klink naar beneden. De voetstappen op het grind waren hem ontgaan maar toen Van In de voordeur opengooide, draaide hij zich om. Ze keken elkaar een fractie van een seconde aan. Hij hoorde iemand schreeuwen: 'Niet doen, Van In.' Het geluid van de knal die daarop volgde leek eindeloos te duren, maar toen het eindelijk uitstierf, voelde Kerkorian geen pijn meer.

Ambulances reden af en aan. Van In droeg Simon naar buiten. Hannelore ontfermde zich over Sarah. Kaat zat wezenloos op een stoel. Haar ouders waren onderweg.

'Ik moet hier nog een en ander regelen', zei Van In toen Hannelore in een van de ambulances stapte. 'Ik zie je straks wel.'

Hij zoende haar en de kinderen op het voorhoofd en liep

terug naar de boerderij, waar Wouters op hem wachtte. De foto's lagen op de keukentafel. Ze waren nog altijd ingepakt. Hij pakte ze en trok de folie los.

'Ik ben benieuwd waarom die foto's zo verdomd belangrijk zijn.'

'Als ik jou was zou ik dat niet doen', zei Wouters.

'Waarom niet?'

Van In liet de folie op de grond dwarrelen.

'Niet doen, beste vriend.'

Wouters richtte zijn pistool op Van In.

'Ik had het kunnen denken.'

Het was Wouters die hen over het bestaan van de foto's had verteld en het was hij die erop had aangedrongen ze niet via het internet te laten versturen. Toen hij ook nog als enige enthousiast had gereageerd op het voorstel om ze in Frankrijk te gaan ophalen en hemel en aarde had bewogen om hen tijdig ter plaatse te krijgen, was Van In hem gaan wantrouwen en hij had het besluit genomen het pakje niet open te maken omdat hij vermoedde dat hij het leven van de kinderen daardoor in gevaar zou brengen.

'Wat had je kunnen denken?'

'Dat jij de foto's wanhopig in je bezit wilde krijgen', zei Van In.

Hij sloeg het mapje open en bekeek ze. Geen Cantecleer of De Ridder en Minski in vrouwelijk gezelschap zoals Wouters hen had voorgehouden. Er stonden alleen naakte mannen op die elkaar aan het bevredigen waren. Van In herkende er twee van: Joeri, de zoon van Minski, en Wouters.

'Geef me de foto's en we zwijgen erover.'

'Geen sprake van.'

'Je hebt geen keus, Van In.'

'Toch wel.'

'Je gaat toch niet moeilijk doen, Van In? Minski heeft je kinderen laten ontvoeren omdat hij als de dood is dat iemand erachter zou komen dat zijn zoon homoseksueel is, je weet hoeveel belang dat soort kerels daaraan hecht. Als de foto's in de openbaarheid komen, vermoordt hij mij. Begrijp dat in godsnaam toch.'

'Ik weet maar één ding, Lucien. Jij gaat straks de gevangenis in, net als Minski en zijn bende.'

'Dat kan ik niet toelaten.'

Van In slaakte een diepe zucht.

'Guido, doe je werk.'

'Daar loop ik niet in.'

'Dan hebt u het mis, meneer Wouters.'

Versavel – Van In had hem vannacht in vertrouwen genomen – pakte Wouters in een houdgreep en drukte zijn keel dicht tot hij het pistool liet vallen. Tien minuten later legden twee potige rechercheurs hem de boeien aan en voerden hem af naar een klaarstaande politiewagen.

De kinderen zaten op de bank naar een tekenfilm te kijken. Van In stak een sigaret op.

'Weet je waar ik nu zin in heb?'

'Niet waar de kinderen bij zijn, schat.'

'Dat bedoel ik niet.'

Hij stond op en pakte haar vast.

'Ik wil met jou de rest van mijn leven de tango dansen.'

Ze dansten op de muziek van de tekenfilm en dat ging voor één keer wonderwel.

Van Pieter Aspe
zijn bij dezelfde uitgever verschenen:

Het vierkant van de wraak
De Midasmoorden
De kinderen van Chronos
De vierde gestalte
Het Dreyse-incident
Blauw bloed
Dood tij
Zoenoffer
Vagevuur
De vijfde macht
Onder valse vlag
Pandora
13

Grof wild

HET VIERKANT VAN DE WRAAK

Van In heeft bedenkingen bij een mysterieuze inbraak in een juwelierszaak. Er wordt niets gestolen. De inbrekers laten alleen een raadselachtige handtekening achter...

'Een klein meesterwerkje.' – BRABANTS DAGBLAD
'Een schot in de roos.' – HET NIEUWSBLAD

DE MIDASMOORDEN

Paniek en chaos wanneer Brugge door een reeks misdaden wordt opgeschrikt. Een geheimzinnige foto, een kneedbom... Een aartsmoeilijke opdracht voor adjunct-commissaris Van In.

'De tweede van Aspe bevestigt al het goede van het debuut.'
– HUMO

DE KINDEREN VAN CHRONOS

Een lijk wordt ontdekt in de tuin van De Love, een gerestaureerde boerderij in de omgeving van Brugge. Commissaris Van In komt erachter dat De Love destijds als lustoord fungeerde voor tal van prominente figuren.

'Een wervelende thriller die nauw aansluit bij de Belgische politieke en criminele actualiteit.' – HET LAATSTE NIEUWS

De vierde gestalte

In een sloot bij een flatgebouw wordt het lijk gevonden van de jonge kalligrafe Trui Andries. Ze werd vergiftigd met een uiterst zeldzaam product. De moord leidt naar een zekere Venex, de incarnatie van Satan op aarde.

'Een misdaadmeesterwerk van formaat.' – P-Magazine

Het Dreyse-incident

Patrick Claes, een rijke beursmakelaar, wordt in zijn eigen huis neergeslagen. Een gewone diefstal of een kluwen van misdaden? Wat is waarheid en wat is leugen?

'...stond al in de toptien terwijl de boekhandelaars nog bezig waren het boek in de rekken te zetten.' – De Morgen

Blauw bloed

Onderzoeksrechter Hannelore Martens, de vriendin van commissaris Van In, wordt door een jeugdvriendje benaderd. Opnieuw volgt een spannend verhaal met een dramatische ontknoping.

'De vaste hoofdpersonages worden intrigerender en aantrekkelijker.' – Het Nieuwsblad

Dood tij

Een verkrachting, een moord op het strand, perikelen op het ministerie van Justitie. Deze ingrediënten zijn slechts enkele elementen van deze wervelende thriller...

'Een Aspe van een goed jaar.' – Het Laatste Nieuws
'Om in één ruk uit te lezen.' – Het Volk

Zoenoffer

Terwijl Brugge zich opmaakt voor een prestigieuze tentoonstelling, wordt Van In geconfronteerd met een bizarre afrekening in het Minnewaterpark. Er wordt ook een kunstdiefstal gepleegd. Van In komt echter op een ander spoor.

'Veel humor en fantasie, maar ook veel spanning in de nieuwe Aspe.' – De Morgen

Vagevuur

Bij een inbraak worden foto's aangetroffen van Chileense folterkamers. In de buurt van het Concertgebouw wordt een potloodventer gesignaleerd. Een manege gaat in vlammen op. De puzzel valt stukje voor stukje in elkaar.

'Zwoel, erotisch, hitsig, intrigerend. En vol dubbele bodems. Een Aspe pur sang.' – De Morgen

De vijfde macht

Tijdens een prestigieus huwelijksfeest op een kasteel wordt de bruidegom vermoord. Het slachtoffer is de zoon van de manager van een groot visbedrijf. Van In, die een van de genodigden was op het feest, wordt valselijk beschuldigd van verkrachting en komt zelfs in de gevangenis terecht.

'Een spitant en spannend verhaal.' – Knack
'Een mooie mix van lol en sérieux.' – De Morgen

Onder valse vlag

In een villa aan de Damse Vaart heeft een zekere Wilfried Traen, directeur van een belangrijk bedrijf dat computers recycleert, zijn gezin uitgemoord en vervolgens zelfmoord gepleegd. Op het terras van een penthouse in Blankenberge wordt een luxecallgirl vermoord aangetroffen.
Gaat het in het eerste geval werkelijk om een gezinsdrama en wat is het motief voor de moord op de prostituee – wie is de dader?

'Wellicht de beste politieroman die hij totnogtoe publiceerde.'
– De Standaard

Pandora

Een oud dossier wordt heropend. Twintig jaar geleden werden in Brugge een legerofficier, een geestelijke en een gemeenteraadslid op dezelfde manier vermoord. Bij de lijken werd telkens ook een tarotkaart gevonden. De misdaden werden nooit opgelost.

'Aspe blijft een ongelooflijk natuurtalent die zowel slapstick als ironie en kolder kan mengen met sérieux en sarcasme. ' – Knack
'Vakwerk van een tedere anarchist.' – Gazet van Antwerpen

13

In *13* hebben Hannelore Martens en Pieter Van In het plan opgevat om in het huwelijksbootje te stappen. Een rustige voorbereiding van het huwelijksfeest is hen echter niet gegund. In een Brugs hotel wordt Wim Raes vermoord aangetroffen. Maar de echte Wim Raes blijkt (voorlopig) alive and kicking. Aan de vooravond van zijn huwelijk wordt Van In geconfronteerd met zijn vroegere liefdes. Hij dreigt kopje-onder te gaan in een bad van grondeloze haat.

'Meer dan ooit voert Aspe zijn personages op als mensen van vlees en bloed, met goede maar ook met bijzonder kleine kantjes. Pas wanneer je het boek hebt weggelegd, besef je hoezeer je aan Pieter, Hannelore en Guido gehecht bent geraakt.' – GAZET VAN ANTWERPEN

GROF WILD

Om hun zilveren huwelijksjubileum te vieren besluit Eva haar echtgenoot Victor te verrassen met een korte vakantie in een afgelegen chalet in de Ardennen. Ze heeft een eigenaardig plan uitgedokterd, waarmee ze haar echtgenoot weer helemaal voor zich wil winnen. Wat een gezellig weekje uit zou moeten worden, ontaardt al vlug in een nachtmerrie zonder weerga.

'Een tussendoortje van Pieter Aspe.' – HET NIEUWSBLAD